동물농장
Animal Farm

아로파 세계문학 01

동물농장
Animal Farm

조지 오웰
George Orwell

임종기 옮김

아로파

차례 |

　* 1947년 3월 오웰은 이 특별 서문을 써서, 같은 해 11월 뮌헨에 있는 '우크라이나 추방자 기구'에서 펴낸 책에 실었다. 오웰의 원본 원고는 사라졌고, 이 서문은 우크라이나어로 된 글을 영어로 다시 번역한 것이다.

　나는 《동물농장》 우크라이나어 판의 서문을 써 달라는 부탁을 받았습니다. 나는 전혀 모르는 독자를 위해 글을 쓰지만, 어쩌면 독자들 역시 나에 대해 알 수 있는 기회가 전혀 없었으리라 생각합니다.

　독자들은 내가 이 서문에서 《동물농장》을 어떻게 쓰게 되었는지 몇 마디 밝히기를 기대하겠지만, 나는 우선 개인적인 이야기와 나의 정치적 성향을 만드는 데 영향을 준 경험들에 대해 말하고 싶습니다.

　나는 1903년에 인도에서 태어났습니다. 아버지는 인도 주재 영국 행정부 소속의 하급 관리였고, 우리 집은 군인, 성직자, 공무원, 교사, 법률가, 의사 등의 다른 가정처럼 평범한 중산층에 속했습니다. 나는 영국 사립학교[1] 중 학비가 가장 비싸고 속물적인 이튼스쿨에 다녔습니다. 나는

---

1) the English Public Schools. 오웰은 이들 학교에 대해 다음과 같은 주석을 붙였다.
"이 학교들은 공영 '국립학교'가 아니라 그와 정반대였다. 배타적이고 비싼 기숙 중등학교로, 도처에 산재해 있었다. 이들은 최근까지도 부유한 귀족 가문 자제의 입학만을 허가했다. 자식들을 이 학교에 집어넣는 것은 19세기 신흥 부유층 은행가들의 꿈이었다. 이러한 학교들은 스포츠를 매우 강조하였는데, 스포츠가 이른바 당당하고 강인하면서도 신사다운 인생관을 준다고 믿었기 때문이었다. 이들 학교 가운데에서도 이튼이 특별히 유명하다. 웰링턴 장군이 '워털루 전투 승리는 이튼의 운동장에서 결정되었다'고 말한 사실이 보도되기도 하였다. 어느 분야를 막론하고 영국에서 지도층이 된 사람들 중에 사립학교 출신이 압도적으로 많았다는 것은 그리 먼 과거의 일이 아니다."

거기에서 장학금을 받았습니다. 그러지 않았다면 아버지가 나를 이런 학교에 보낼 생각도 하지 못했을 겁니다.

학교를 졸업한 직후 스무 살이 채 안 되었던 나는 버마[2]로 가서 인도 대영제국 경찰이 되었습니다. 스페인 시민 경비대나 프랑스 기동 헌병대 같은, 일종의 무장 헌병 경찰이었습니다. 나는 그곳에서 5년간 복무했습니다. 당시 버마에는 민족주의가 그리 뚜렷한 것도 아니었고 영국과 버마 사이가 특별히 나쁘지도 않았지만, 경찰 일은 나와 맞지 않았고 나로 하여금 제국주의를 혐오하게 만들었습니다. 1927년 영국에서 휴가를 보내던 중, 나는 미련 없이 사직서를 냈고 작가가 되기로 결심했습니다. 처음에는 특별한 성공을 거두지 못했습니다. 1928년부터 1929년까지는 파리에서 소설과 짤막한 이야기들을 썼지만 아무도 출간하려 하지 않았습니다. 나중에 나는 그 원고를 몽땅 없애 버렸습니다. 그 후 몇 년 동안 나는 거의 입에 풀칠만 할 정도로 가난과 배고픔에 허덕이며 살았습니다. 1934년 이후에야 겨우 내가 쓴 글로 먹고살 수 있었습니다. 그때 나는 가끔씩 빈민가의 하층민들, 범죄자나 다름없는 사람들과 몇 개월씩 어울려 지냈고 거리에서 구걸이나 도둑질을 하며 지내기도 했습니다. 당시에는 돈이 없어서 그들과 어울린 것이지만, 나중에는 그들의 생활 방식 자체에 깊은 관심을 갖게 되었습니다. 그래서 나는 몇 개월 동안 영국 북부 지방 광부들의 실상을 좀 더 체계적으로 연구하였습니다. 1930년까지만 해도 나는 나 자신을 사회주의자로 여기지 않았습니다. 사실 그때까지만 해도 나는 뚜렷한 정치적 견해를 정하지 못한 상황이었습니다. 내가 친(親)사회주의자가 된 것은 계획 사회를 이론적으로 찬양해서가

---

2) Burma. 미얀마의 옛 이름이다.

아니라, 산업 노동자 중에서도 더 가난한 사람들이 억압받고 무시당하는 현실을 혐오했기 때문입니다.

나는 1936년에 결혼했습니다. 그리고 그 주를 즈음해서 스페인에서 내전이 일어났습니다. 아내와 나는 둘 다 스페인으로 가서 스페인 정부 편에서 싸우고 싶었습니다. 6개월 후, 내가 쓰고 있던 책을 끝내자마자 우리는 스페인으로 갈 준비를 했습니다. 아라곤 전선에서 나는 여섯 달 정도 머물렀고, 후에스카에서 한 파시스트 저격병이 쏜 총에 맞아 목에 심한 관통상을 입었습니다.

전쟁 초기에 외국인들은 스페인 정부를 지지하는 다양한 정치 집단 사이에 내부 갈등이 일어나고 있다는 사실을 전혀 알아차리지 못했습니다. 나는 몇 가지 사건을 겪은 후에 보통 외국인들로 구성되어 있던 국제 여단이 아닌 스페인 트로츠키주의자들이 만든 마르크스주의 통일 노동당(POUM) 민병대에 가입하여 활동하고 있었습니다.

그래서 1937년 중반 공산주의자들이 스페인 정부를 (부분적으로) 조종하고 트로츠키주의자들을 색출하기 시작했을 때 나와 아내는 우리도 그 대상자임을 직감했습니다. 다행히 우리는 잡히지 않고 스페인을 무사히 탈출할 수 있었습니다. 하지만 많은 친구들이 총살당했고, 어떤 이들은 오랫동안 수감되거나 소리 없이 사라졌습니다.

스페인에서 벌어진 이러한 인간 사냥은 소련에서의 대숙청[3]과 거의 동시에 일어났으며 그 숙청 작업의 보완과도 같은 것이었습니다. 러시아

---

3) 1930년대 스탈린이 자행한 반(反)혁명 재판을 말한다. 소련 공산당의 중앙 위원은 물론 하부 당원까지 숙청의 대상이 되었으며, 숙청된 당원의 수는 최소 160만 명에 이른다. 일반 시민 역시 대상이 되었는데, 한 통계에 따르면 약 700~800만 명의 시민이 직접적인 대상이 되었거나 또는 영향을 받은 것으로 추측된다. 대숙청은 소련 내 소수 민족, 이웃 국가로까지 확대되었으며, 자식이 부모를 신고해 표창을 받는 등 비인도적으로 자행되었다.

뿐만 아니라 스페인에서도 기소 내용은 파시스트와 공모했다는 것이었고, 나는 적어도 스페인에서만큼은 그 기소가 모두 거짓임을 밝힐 근거를 갖고 있었습니다. 이러한 경험들은 나에게 값진 교훈을 주었습니다. 나는 전체주의 선전이 민주주의 국가에 사는 지식인들의 의견을 얼마나 쉽게 통제할 수 있는지 알게 되었습니다.

아내와 나는 무고한 사람이 단지 의심스럽다는 이유로 감옥에 갇히는 모습을 보았습니다. 그러나 영국으로 돌아온 우리는 분별력 있고 정보에 정통하다고 하는 수많은 이들이 모스크바 재판에 대해 언론이 보도하는 음모, 배반, 태업(怠業) 등의 기상천외한 이야기들을 그대로 믿는다는 사실을 알았습니다.

그래서 나는 소련의 신화가 서구 사회주의 운동에 끼치는 부정적인 영향을 그 어느 때보다 명확히 깨닫게 되었습니다.

그리고 이제 나는 소련 정권에 대한 나의 태도를 설명하겠습니다.

나는 소련을 방문해 본 적도 없고, 소련에 대한 지식도 기껏해야 책이나 신문을 통해 배운 것이 전부입니다. 설령 나에게 힘이 있다 해도 나는 소련 국내 사정에 간섭하고 싶지 않습니다. 단지 야만적이고 비민주적이라는 이유만으로 스탈린과 그의 협력자들을 비난하지도 않을 것입니다. 설령 그들이 좋은 의도를 가졌더라도, 그곳의 전반적인 상황에서 분명 다르게 행동할 수는 없었을 것입니다.

그러나 서유럽 사람들이 소련 정권을 있는 그대로 보는 것은 매우 중요한 문제입니다. 1930년 이후 나는 소련이 진정한 사회주의를 향해 발전해 나아가고 있다는 그 어떤 증거도 발견하지 못했습니다. 오히려 반대로, 소련이 계급 사회로 변질되어 간다는 확실한 징후를 보았습니다. 그 계급 사회에서 통치자들이, 다른 지배 계급이 그러하듯 권력을 포기

할 이유는 전혀 없습니다. 게다가 영국과 같은 나라에 사는 노동자와 지식인 계급은 오늘날 소련이 1917년의 소련과 전혀 다르다는 것을 이해하지 못합니다. 이것은 그들이 이해하려 하지 않기 때문에, 다시 말해 진정한 사회주의 국가가 이 세상 어딘가에 실존함을 믿고 싶어 하기 때문입니다. 또 다른 한편으로는 공적 생활에서의 상대적인 자유와 편안함에 익숙해져 있어서 전체주의가 무엇인지 전혀 이해할 수 없기 때문이기도 합니다.

그러나 영국 또한 완벽한 민주국가가 아님을 반드시 기억해야 합니다. 영국은 상당한 계급적 특권이 유지되는 나라로, 모든 사람을 평등하게 만드는 경향이 있는 전쟁을 치르고 난 지금도 빈부 격차가 큰 자본주의 국가입니다. 그럼에도 영국은 수백 년 동안 내전 없이 함께 살아온 데다가 법률이 상대적으로 공정하고, 공식적인 발표나 통계가 믿을 만하며, 특히 소수의 의견이나 그에 대한 지지의 목소리를 내더라도 큰 위험에 처하지 않는 나라입니다. 이러한 분위기 속에서 사는 사람들은 강제 수용소, 대규모 추방, 재판 없는 체포, 언론 검열 등을 진정으로 이해하지 못합니다. 이들이 소련에 대해 접하는 보도는 자동적으로 영국의 관점으로 번역되기 때문에, 전체주의 선전의 거짓말을 순진하게 믿게 됩니다. 1939년까지, 그리고 그 후에도 영국인 대다수는 독일 나치 정권의 본질에 접근할 수 없었고, 지금은 소련 정권에 대해 여전히 유사한 환상에 빠져 있습니다.

이것은 영국의 사회주의 운동에 심각한 악영향을 미쳤으며 영국의 대외 정책에도 막대한 결과를 초래하였습니다. 소련은 사회주의 국가이며, 소련 지도자들의 모든 행동은 우리가 모방만 하지 않는다면 용서될 수 있다는 믿음이 사회주의의 근본이념을 타락시킨 가장 큰 원인이라는 것이 나의 생각입니다.

그리하여 나는 지난 10년 동안, 만약 우리가 사회주의 운동이 다시 부흥하기 원한다면 소련의 신화는 반드시 무너뜨려야 한다고 확신하게 되었습니다.

스페인에서 돌아온 후 나는 모든 사람이 쉽게 이해할 수 있고, 다른 언어로 쉽게 번역할 수 있는 이야기 속에서 소련 신화를 한번 폭로해 봐야겠다고 생각했습니다. 그러나 구체적인 내용이 한동안 머릿속에 떠오르지 않았습니다. 그러던 어느 날, 나는 열 살쯤 되어 보이는 어린 소년이 큰 짐마차를 몰고 좁은 시골길을 따라가면서, 굽은 길을 돌 때마다 말에게 채찍질하는 것을 보았습니다. 그 광경을 보면서 만약 저런 동물이 자신의 힘을 인지하기만 한다면 우리는 그들을 통제할 수 없을 것이며, 인간이 동물을 착취하는 것은 부자가 노동 계급을 착취하는 것과 거의 같다는 생각이 불현듯 머리를 스쳤습니다.

나는 동물의 관점에서 마르크스의 이론을 분석하였습니다. 그들에게 인간들의 계급 투쟁 개념은 순전한 환상임이 분명했습니다. 동물을 착취할 필요가 있을 때면, 모든 인간은 언제나 단결하기 때문입니다. 진정한 투쟁은 동물과 인간 사이의 투쟁임이 분명해졌습니다. 이러한 관점에서 이야기를 세밀하게 풀어 나가는 일은 어렵지 않았습니다. 다만 항상 다른 일에 참여하느라 시간적 여유가 없어서, 1943년까지 이 작품을 마무리하지 못했습니다. 그리고 테헤란 회담4)과 같이 내가 글을 쓰는 중에 일어난 몇 가지 사건을 이야기에 포함시키게 되었습니다. 그러므로 이 이야기의 뼈대는 내가 실제 집필을 하기 전까지 6년 동안 내 머릿속에만

---

4) 1948년 11월 28일에 미국의 루스벨트, 영국의 처칠, 소련의 스탈린이 이란의 수도 테헤란에 모여 삼국의 협력과 제2차 세계 대전 수행의 의지를 표명한 회담이다.

있었습니다.

　나는 이 작품에 대해 언급하고 싶지 않습니다. 만약 작품 자체로 말할 수 없다면, 이 소설은 실패작입니다. 그러나 나는 두 가지 점을 강조하고 싶습니다. 첫 번째로 다양한 사건은 러시아 혁명의 실제 역사에서 따온 것이지만, 작품에서는 도식적으로 다루었고 연대순도 바뀌어 있습니다. 이야기의 균형을 잡기 위해 필수적인 일이었습니다. 두 번째 요점은 수많은 비평가들이 간과하는 바로, 아마 나 스스로 충분히 강조하지 않았기 때문일 것입니다. 이 책을 읽은 많은 독자들은 이 이야기의 결말이 돼지와 인간의 완전한 화해로 끝을 맺는다는 인상을 받을 것입니다. 나의 의도는 그렇지 않았습니다. 오히려 반대로 나는 돼지와 인간이 서로 언성을 높이며 대립하면서 끝나도록 계획했습니다. 소련과 서구 국가가 최선의 관계를 이룩해 냈다고 모두가 생각했던 테헤란 회담이 끝난 직후에 이 작품을 썼기 때문입니다. 개인적으로 나는 양측의 이러한 우호 관계가 그리 길게 지속되지 않으리라고 여겼습니다. 그리고 그 후의 사건이 말해 주듯, 내 생각은 크게 틀리지 않았습니다.

1

"That is my message to you, comrades:
Rebellion!"

    그날 밤 '매너[1] 농장'의 주인 존스 씨는 닭장 문을 잠그긴 했지만, 술에 너무 취해 있었던 탓에 쪽문을 닫는 일은 깜빡 잊고 말았다. 그는 비틀거리며 마당을 가로질러 걸었다. 손에 든 등불에서 뿜어내는 동그란 불빛이 이리저리 춤을 추었다. 그는 뒷문에서 발길질하듯 장화를 벗어던지고는 주방 술통에서 마지막으로 맥주를 한 잔 따라 쭉 들이켠 뒤 침대로 올라갔다. 존스 부인은 벌써 코를 골며 자고 있었다.

    침실 불빛이 꺼지자마자 농장의 모든 축사에서 부스럭거리는 소리, 퍼

---

1) Manor. 중세 유럽의 귀족이나 사원의 사유지인 장원(莊園)을 상징한다.

덕거리는 소리가 나기 시작했다. 품평회에서 상을 탄 적이 있는 미들 화이트종(種) 수퇘지 메이저 영감이 전날 밤 이상한 꿈을 꾸었는데, 그 꿈을 다른 동물들에게 이야기해 주려고 한다는 소문이 낮 동안 농장 안에 쫙 퍼졌다. 그래서 존스 씨가 무사히 그들 곁에서 모습을 감추고 나면 모두들 곧바로 큰 헛간에 모이기로 약속한 상태였다. (품평회엔 '월링던 뷰티'라는 이름으로 나갔지만 늘 이렇게 불리곤 하는) 메이저 영감은 농장에서 대단히 존경받고 있던 터라, 그의 이야기를 듣기 위해서라면 다들 잠 한두 시간쯤은 덜 자도 괜찮다 여기고 있었다.

커다란 헛간 한쪽 끝에는 높다란 연단 같은 것이 있었는데, 메이저 영감은 벌써 그 위에 짚단을 깐 자리에 편안히 앉아서 대들보에 매달린 등불 빛을 받고 있었다. 올해로 열두 살이 된 그는 최근 들어 몸이 부쩍 불어 뚱뚱했지만 여전히 위풍당당해 보이는 돼지였다. 송곳니를 한 번도 자르지 않았는데도 현명하고 자애로운 모습이었다. 곧 다른 동물들이 속속 도착하더니 각자 알아서 편한 자세로 자리를 잡았다. 맨 먼저 블루벨, 제시, 핀처라는 개 세 마리가 들어왔고, 뒤이어 돼지들이 들어와 연단 바로 앞에 깔린 짚단에 자리를 잡았다. 암탉들은 창턱에 올라앉았고, 비둘기들은 퍼덕거리며 서까래로 올라갔다. 양과 염소들은 돼지들 뒤편에 앉아서는 되새김질을 시작했다. 짐마차를 끄는 말인 복서와 클로버는 함께 등장했다. 그들은 혹여 짚더미 속에 숨어 있을지도 모르는 작은 동물들을 밟지나 않을까, 아주 조심스럽게 큼지막한 털투성이 발굽을 디디며 천천히 걸어 들어왔다. 클로버는 중년에 접어든 뚱뚱한 어미 말로, 네 번째 새끼를 출산한 이후로는 당최 옛날의 자태를 되찾지 못하고 있었다. 복서는 키가 거의 열여덟 뼘이나 되는 덩치 큰 짐승으로 보통 말 두 마리를 합친 것만큼이나 힘이 셌다. 콧등으로 뻗어 내려온 흰 줄무늬 때문에 좀 멍청해 보였다. 사실 그는 지능이 대단히 뛰어난 편은 아니었지만, 견실한 성품과 일할 때 발휘하는 엄청난 힘 때문에 모든 동물들로부터 두루 존경을 받았다. 그 말들에 이어 흰 염소 뮤리엘과 당나귀 벤자민이 들어왔다. 벤자민은 농장에서 나이가 가장 많고 성질도 가장 고약한 동물이었다. 그는 좀체 말문을 여는 일이 없었지만, 일단 입을 열었다 하면 냉소적인 말을 내뱉기 일쑤였다. 이를테면 하느님은 자신에게 파리를 쫓으라고 꼬리를 달아 주었겠지만, 차라리 파리도 꼬리도 없었으면 좋았을 거라는 식이었다. 농장 동물들 중에서 웃지 않는 이는 오직 그뿐이었다. 누군가가 왜 웃지 않느냐고 물으면 "웃을 일이 없어."라고 대답하곤 했다. 내놓고 인정하지는 않았지만, 그는 복서만큼은 진심으로 좋아했다. 둘은 일요일이면 과수원 너머에 있는 작은 방목장에서 나란히 풀을 뜯으며 조용히 시간을 보내곤 했다.

말 둘이 막 자리를 잡았을 때, 어미 잃은 새끼 오리 한 무리가 헛간으로 줄지어 들어와서는 밟히지 않을 만한 자리를 찾느라 나지막이 삐악거리며 이리저리 돌아다녔다. 클로버가 커다란 앞발로 둥그렇게 울타리를 만들어 주자 새끼 오리들은 그 안에 들어가 편히 자리 잡더니 금세 잠이 들었다. 마지막 순간에는 존스 씨의 이륜마차를 끄는, 멍청하지만 예쁜 흰색 암말 몰리가 각설탕을 씹으며 우아한 몸짓으로 들어왔다. 그녀는 앞쪽 연단 가까운 곳에 자리를 잡고는 다른 동물들의 시선을 끌고 싶은 듯 흰 갈기에 장식한 빨간 리본을 흔들어 대기 시작했다. 맨 마지막으로 들어온 동물은 고양이였다. 그녀는 늘 그렇듯 가장 따뜻한 자리를 찾아 두리번거리더니 결국 복서와 클로버 사이로 비집고 들어갔다. 거기서 그녀는 메이저 영감이 연설을 하는 내내 한 마디도 듣지 않고, 그저 만족스러운 듯 그르렁거리기만 했다.

이로써 길든 갈까마귀 모지스를 제외하고 모든 동물들이 참석했다. 모지스는 뒷문 뒤편의 횃대에서 자고 있었다. 메이저는 동물들이 모두 편안히 앉아 경청할 준비를 하는 모습을 확인한 뒤 목청을 가다듬고 말문을 열었다.

"동지들, 여러분은 내가 어젯밤에 이상한 꿈을 꾸었다는 이야기를 이미 들었을 겁니다. 하지만 꿈 이야기는 나중에 하기로 하죠. 먼저 할 다른 이야기가 있어요. 동지들, 내가 앞으로 여러분과 함께 지낼 날이 몇 달 남지 않은 것 같습니다. 그래서 내가 지금껏 살아오며 터득한 지혜를 죽기 전에 여러분에게 전해 주는 것이 내 의무라는 생각이 듭니다. 나는 오래 살았고 우리에 혼자 누워 생각할 시간이 많았어요. 그러니 나는 지금 살아 있는 어떤 동물보다 이 땅에서의 삶의 본질을 잘 이해한다고 말할 수 있을 듯합니다. 바로 이것에 관해 여러분에게 말하고자 합니다.

자, 동지들, 우리 삶의 본질은 어떻습니까? 현실을 똑바로 봅시다. 우리의 삶은 비참하고 고단하고 짧아요. 우리는 태어나서 몸뚱이에 겨우 숨이 붙어 있을 만큼만 먹이를 받아먹고, 그렇게 해서 숨 쉴 수 있는 이들은 마지막 힘이 다하는 순간까지 일을 해야만 합니다. 그러다가 쓸모없는 순간이 오면, 우리는 그 즉시 끔찍하고 참혹하게 도살당하고 맙니다. 영국에 사는 어떤 동물도 한 살 이후로는 행복이나 여가가 무엇인지 알지 못합니다. 영국에 사는 어떤 동물도 자유롭지 못합니다. 동물의 삶은 마치 비참한 노예와 같습니다. 이건 아주 명백한 진실입니다.

하지만 이런 현실이 그저 자연의 질서에 속한 걸까요? 우리가 사는 이 땅이 너무 척박해서 버젓한 삶을 살 형편이 안 되기 때문에 우리의 현실이 이런 걸까요? 동지들, 그렇지 않아요. 천만에요, 결코 그렇지 않아요! 영국은 토양이 비옥하고 기후도 좋아서 지금 현재 영국에 살고 있는 동물보다 훨씬 더 많은 동물들이 산다 해도 식량은 충분합니다. 우리가 살고 있는 이 농장 하나만 해도 말 열두 마리, 젖소 스무 마리, 양 수백 마리를 풍족히 먹여 살릴 수 있을 것입니다. 게다가 지금 우리는 상상도 할수 없을 정도로 안락하고 품위 있는 삶을 영위할 수도 있을 것입니다. 그런데 우리는 왜 이 비참한 상태에 계속 머물러야 하는 겁니까? 그건 우리의 노동력으로 생산한 거의 전부를 인간들이 빼앗아 가기 때문입니다. 동지들, 우리의 모든 문제에 대한 해답은 바로 거기에 있는 겁니다. 한마디로 요약하면 문제의 근원은 '인간'입니다. 인간이 우리의 유일하고도 진정한 적입니다. 그러니 우리가 사는 이 무대에서 인간을 몰아내면, 굶주림과 과도한 노동의 근본 원인을 영원히 없앨 수 있을 겁니다.

인간은 생산은 하지 않고 소비만 하는 유일한 동물입니다. 인간은 우유를 생산하지도 않고 달걀을 낳지도 않으며, 너무 힘이 약해 쟁기를 끌지도 못하고 토끼를 잡을 만큼 빨리 달리지도 못합니다. 그런데도 인간은 모든 동물의 주인 자리를 차지하고 있습니다. 인간은 동물들을 부리면서도 굶어 죽지 않을 만큼의 먹이만 주고 나머지는 모두 자기가 챙깁니다. 우리의 노동이 땅을 일구고 우리의 배설물이 땅을 기름지게 하지만 우리는 맨가죽 말고는 아무것도 가진 게 없습니다. 지금 내 앞에 앉아 있는 젖소 여러분, 작년에 여러분은 우유를 몇천 리터나 바쳤습니까? 송아지들을 튼튼하게 기르는 데 써야 할 그 우유는 어찌 되었습니까? 그 우유는 한 방울도 남김없이 전부 다 우리 적들의 목구멍으로 넘어갔습니다. 암탉 여러분, 작년에 여러분은 알을 얼마나 낳았고, 그중 몇 개나 병아리로 부화하였습니까? 나머지 알들은 모두 시장에 내다 팔려, 존스와그의 일당에게 돈을 안겨 주었습니다. 그리고 클로버, 당신이 낳은 망아지 네 마리는 지금 어디에 있습니까? 말년에 당신을 부양하고 당신에게 기쁨을 안겨 줘야 할 새끼들인데 말입니다. 그 녀석들은 한 살 때 다 팔려 나갔고, 당신은 그들을 다시는 만나지 못할 겁니다. 네 번이나 출산하고 들판에서 뼈 빠지게 일한 대가로 당신이 지금껏 얻은 게 겨우 끼니를 때울 먹이와 마구간 말고 또 뭐가 있습니까?

그리고 그 비참한 삶을 살면서도 우리에겐 천명(天命)이 허락되지 않습니다. 나야 불평할 처지는 아니란 걸 잘 알고 있습니다. 운이 좋은 축에 꼈으니 말입니다. 나는 지금껏 열두 해나 살아왔고, 자손을 400마리도 넘게 두었어요. 그게 돼지의 자연스러운 생애입니다. 하지만 어떤 동물도 마지막에는 무자비한 칼날을 피할 수 없습니다. 내 앞에 앉아 있는 젊은 식용 돼지들이여, 그대들은 1년 안에 도살장으로 끌려가 살려 달라고 울부짖을 것이오. 우리는 모두 다 소름 끼치는 그 순간을 맞게 될 것입니다. 젖소, 돼지, 암탉, 양, 모두 말입니다. 말과 개들의 운명도 더 나을 게 없습니다. 복서, 당신의 그 옹골찬 근육이 힘을 잃는 날, 존스는 당신을 폐마 도축업자에게 팔아 버릴 테고 그 도축업자는 당신의 목을 자르고 당신을 푹 삶아 여우 사냥개에게 먹일 겁니다. 개들도 늙어서 이빨이 빠지면, 존스가 목에 벽돌을 매달아 가까운 연못에 빠뜨려 죽일 것입니다.

동지들, 사정이 이렇다면 우리 삶의 이 모든 악이 인간의 포악한 횡포에서 나왔다는 것이 너무도 명백하지 않습니까? 인간을 없애기만 한다면 우리 노동의 생산물은 모두 우리 것이 될 겁니다. 하룻밤 사이에 우리는 부자가 되고 자유로워질 겁니다. 그럼 우리는 무엇을 해야 할까요? 그렇습니다. 우리는 밤낮으로, 몸과 영혼을 다 바쳐 인간을 타도하는 일에 나서야 합니다! 동지들, 이것이 내가 여러분에게 전하는 메시지입니다. 반란, 반란하라! 그 반란이 언제 일어날지 나는 모릅니다. 일주일 안에 일어날 수도 있고, 100년 후에 일어날 수도 있지만 나는 머지않아 정의가 구현되리라는 사실만큼은 지금 발밑에 이 지푸라기를 보듯 명확히 알고 있습니다. 동지들, 짧은 생애 동안 이 사실에서 절대로 눈을 떼지 마십시오! 무엇보다도 내가 전하는 이 메시지를 여러분의 후손에게 전하십시오. 그래야 미래 세대들이 승리의 그날까지 투쟁을 계속할 수 있을 겁니다.

그리고 동지들, 여러분의 결의가 한 치도 흔들려서는 안 된다는 걸 잊지 마십시오. 논쟁에 휘말려 길을 잃어서는 안 됩니다. 인간과 동물이 공동의 이익을 갖는다느니, 한쪽의 번영이 곧 다른 쪽의 번영이기도 하다느니 하는 말에는 귀를 기울이지 마십시오. 그건 모두 새빨간 거짓말입니다. 인간은 자신 말고는 다른 어떤 동물의 이익에도 이바지하지 않습니다. 그러니 우리 동물들은 철저하게 하나로 단결하고, 완벽한 동지애를 발휘해 투쟁해야 합니다. 모든 인간은 적입니다. 모든 동물은 동지입니다."

바로 이 순간 한바탕 소란이 일었다. 메이저가 연설을 하는 동안 커다란 쥐 네 마리가 쥐구멍에서 기어 나와 궁둥이를 깔고 앉아서 연설을 듣고 있었다. 그런데 갑자기 개들이 이들에게 달려들었고, 쥐들은 재빨리 쥐구멍 안으로 도망친 덕에 목숨을 구할 수 있었다. 메이저가 앞발을 들어 소란을 가라앉혔다.

"동지들, 지금 결정해야 할 문제가 하나 있습니다. 쥐와 토끼 같은 야생 동물은 우리의 친구입니까, 아니면 적입니까? 이 문제를 표결에 부칩시다. 이 문제를 오늘 모임의 의제로 상정하는 바입니다. 쥐는 동지입니까?"

즉시 투표가 진행되었고, 압도적인 다수가 쥐가 동지라는 데에 동의를 표했다. 반대표는 넷뿐이었는데, 개 세 마리와 고양이 한 마리가 던진 표였다. 고양이는 찬성과 반대 양쪽 모두에 투표한 것으로 나중에 밝혀졌다. 메이저는 말을 이었다.

"이제 할 이야기가 별로 없습니다. 다만 다시 한번 말하건대, 인간과 인간의 모든 방식을 증오하는 것이 여러분의 의무임을 늘 기억하십시오. 두 발로 걷는 것은 누구든 적입니다. 네 발로 걷거나 날개를 가진 것은 누구든 친구입니다. 또 하나, 인간과 맞서 싸울 때 우리가 결코 그들을 닮아서는 안 된다는 점도 기억하십시오. 인간을 정복했을 때도 절대로 인간의 악덕을 답습해서는 안 됩니다. 동물이라면 집 안에서 살거나 침대에서 잠을 자거나 옷을 입어선 안 됩니다. 술을 마시거나 담배를 피워서도 안 되고, 돈을 만지거나 장사를 해서도 안 됩니다. 인간의 모든 습관은 사악하기 때문이지요. 그리고 무엇보다 동물은 동족을 압제해서는 안 됩니다. 힘이 약하든 강하든, 영리하든 어리석든 우리는 모두 형제입니다. 동물이라면 누구든 다른 동물을 죽여선 안 됩니다. 모든 동물은 평등합니다.

자, 동지들, 지금부터는 어젯밤에 꾼 꿈 이야기를 들려줄까 합니다. 그 꿈을 생생하게 설명할 순 없습니다. 그건 인간이 사라진 이후에 찾아올 세상에 관한 꿈이었습니다. 그 꿈 덕분에 나는 오랫동안 잊고 있던 일을 다시 떠올릴 수 있게 되었습니다. 여러 해 전, 내가 어린 돼지였을 적에 내 어머니와 다른 암퇘지들은 곡조와 첫 세 마디 가사만 알고 있는 옛 노래를 즐겨 부르곤 했습니다. 나도 어릴 적에는 그 곡을 알고 있었지만 이미 오래전에 뇌리에서 사라지고 말았습니다. 그런데 어젯밤 꿈속에서 그 곡조가 되살아났습니다. 그뿐만 아니라, 가사까지도 되살아났습니다. 분명히 그건 오래전에 동물들이 불러 오다가 여러 세대를 거치며 기억에서 사라진 가사입니다. 동지들, 지금 그 노래를 여러분에게 불러 주겠습니다. 난 이제 늙어 목소리가 쉬었지만 여러분에게 곡조를 가르쳐 주면 여러분은 나보다 더 잘 부를 수 있을 겁니다. 노래 제목은 〈잉글랜드의 동물들〉입니다."

메이저 영감은 목청을 가다듬고 노래하기 시작했다. 그의 말대로 목소리는 쉬어 있었지만 노래는 꽤 잘 불렀다. 가슴을 뒤흔드는 곡조로, 〈클레멘타인〉[2]과 〈라 쿠카라차〉[3]의 중간쯤 되는 노래였다. 가사는 다음과 같았다.

잉글랜드의 동물들이여, 아일랜드의 동물들이여,

온 세계, 온 나라의 동물들이여,

황금빛 미래를 알리는

내 기쁜 소식에 귀 기울여라.

머지않아 그날이 오리니,

압제자 '인간'은 타도되고

잉글랜드의 비옥한 들판을

동물들만이 밟게 되리라.

우리의 코에서 코뚜레가 사라지고

---

2) Clementine. 1884년에 작곡된 것으로 알려진 미국 서부 민요로, 골드 러시가 일어났던 서부 개척 시대에 한 광부가 수해로 잃은 딸을 그리워하는 내용을 담고 있다.

3) La Cucaracha. 원래 흥겨운 멕시코의 전통 민요였으나 멕시코 혁명(1910~1917) 당시 혁명 가요로 개사되어 불렸다.

우리의 등에서 멍에가 벗겨지고
재갈과 박차는 영원히 녹슬고
무자비한 채찍은 더는 소리 내지 못하리라.

상상할 수 있는 것보다 훨씬 더 많은 풍요가,
밀과 보리, 귀리와 건초,
클로버와 콩 그리고 사탕무가
우리의 것이 되리라.

우리가 자유를 얻는 그날이 오면,
잉글랜드의 들판은 밝게 빛나고
강물은 더욱 맑아지고
미풍은 더욱 감미롭게 불리라.

그날을 위해 우리 모두 힘써야 하리라,
그날이 오기 전에 죽을지라도.
젖소와 말, 거위와 칠면조,
모두가 자유를 위해 힘써야 하리라.

잉글랜드의 동물들이여, 아일랜드의 동물들이여,
온 세계, 온 나라의 동물들이여,
황금빛 미래를 알리는
내 기쁜 소식을 잘 듣고 널리 전파하라.

이 노래가 울려 퍼지자 동물들은 더없이 열광적인 흥분에 빠져들었다. 메이저가 노래를 끝마치기도 전에 동물들은 알아서 노래를 따라 부르기 시작했다. 심지어 가장 아둔한 몇몇 동물들마저도 이미 곡조와 가사 몇 소절을 익힌 듯 흥얼거렸고, 돼지와 개들처럼 머리가 좋은 동물들은 몇 분 만에 그 노래를 전부 외워 버렸다. 곧이어 몇 차례 연습을 거친 후에, 동물들은 온 농장이 떠나갈 듯 〈잉글랜드의 동물들〉을 우렁차게 합창했다. 젖소들은 음매음매, 개들은 멍멍, 양들은 매애매애, 말들은 히힝히힝, 오리들은 꽥꽥 하면서 노래를 불렀다. 동물들은 다들 노래에 무척 심취하여 다섯 번이나 연달아 불렀다. 아마 방해만 받지 않았더라면 밤새껏 계속해서 불렀을 것이다.

유감스럽게도, 요란 법석한 소란에 잠에서 깬 존스 씨가 침대에서 벌떡 일어났다. 그는 여우가 마당에 들어온 것이라 확신하고는 침실 한구석에 늘 세워 두는 총을 집어 들었다. 그러고는 어둠 속을 향해 산탄총 여섯 발을 쐈다. 총알들은 헛간 벽에 박혔고, 모임은 서둘러 끝이 났다. 동물들은 전부 각자의 잠자리로 잽싸게 내뺐다. 새들은 횃대로 껑충 날아올랐고 동물들은 짚단 위로 숨어들었다. 온 농장은 일순간 잠에 빠져들었다.

2

"All animals are equal."

사흘 밤이 지난 후, 메이저 영감은 잠을 자다 평화롭게 숨을 거두었다. 그의 시신은 과수원 기슭에 묻혔다.

3월 초의 일이었다. 그 이후 석 달 동안 이런저런 비밀스러운 움직임이 분주히 일었다. 메이저의 연설은 농장의 영리한 동물들에게 삶에 대해 완전히 새로운 시각을 심어 주었다. 그들은 메이저가 예언한 반란이 언제 일어날지 알지 못했고, 그 반란이 살아생전에 일어날 것이라고 생각할 근거도 없었지만, 반란을 준비하는 것이 자신들의 의무임을 분명히 인식하고 있었다. 돼지가 가장 영리하다는 걸 대체로 인정하는 분위기라서 다른 동물들을 가르치고 조직하는 일은 자연스럽게 돼지들의 몫이 되었다. 돼지들 중에서도 존스 씨가 내다 팔려고 길러 온 젊은 수퇘지 두 마리, 스노볼과 나폴레옹이 단연 출중했다. 나폴레옹은 덩치가 크고 상당히 사나워 보이는 수퇘지로, 농장에서 유일한 버크셔종이었다. 그는 말솜씨가 좋은 편은 아니었지만, 마음먹은 일은 꼭 이루어 내고야 만다는 평판을 얻고 있었다. 스노볼은 나폴레옹보다 훨씬 더 쾌활하고 말솜씨가 좋고 창의력이 뛰어났지만 나폴레옹만큼 심지(心志)가 깊지는 못했다. 농장의 다른 수퇘지들은 모두 식용 돼지였다. 그중에서 가장 유명한 이는 스퀼러라는 작고 토실토실한 돼지였다. 그의 뺨은 아주 통통했고 두 눈은 반짝거렸으며 몸동작이 민첩하고 목소리가 날카로웠다. 그는 말솜씨가 뛰어났고, 뭔가 어려운 문제를 논할 때는 가볍게 이리저리 뛰면서 꼬리를 탈탈 터는 버릇이 있었는데, 이런 모습 덕분에 그의 주장이 꽤나 설득력 있게 보였다. 어떤 동물들은 스퀼러라면 검은색을 하얀색으로 바꿀 수도 있을 것이라고 말하기까지 했다.

이들 셋이 메이저 영감의 가르침을 정교하게 잘 다듬어 완벽한 사상 체계로 발전시킨 뒤 여기에 '동물주의'라는 이름을 붙였다. 그들은 존스 씨가 잠든 밤이면, 일주일에 몇 번이고 헛간에서 비밀 집회를 열어 '동물주의'의 원리들을 다른 동물들에게 상세히 설명했다. 처음에는 동물들의 우둔하고 무관심한 반응에 자주 부딪히곤 했다. 어떤 동물들은 존스 씨를 '주인님'이라 칭하면서 그에 대한 충성의 의무를 말하거나, "존스 씨가 우릴 먹여 살리고 있잖아. 그분이 없으면 우린 굶어 죽을 거야."라는 순진하기 짝이 없는 말을 했다. 또한 어떤 동물들은 "우리가 죽고 난 후에 일어날 일까지 왜 신경 써야 해?"라거나 "어쨌든 그 '반란'이란 게 터지고야 말 일이라면 우리가 굳이 반란을 위해 힘쓸 필요가 있어?"라고 묻기도 했다. 그런 말을 들을 때면 돼지들은 그런 태도가 '동물주의' 정신에

위배된다는 사실을 이해시키느라 무척 어려움을 겪었다. 가장 우둔한 질문을 내뱉은 동물은 흰 암말 몰리였다. 그녀가 스노볼에게 던진 첫 질문은 "반란 후에도 설탕이 있을까요?"라는 것이었다.

"아니오."

스노볼이 단호하게 대답했다.

"이 농장에서는 설탕을 만들 방법이 없소. 게다가 당신에게는 설탕이 필요 없소. 귀리와 건초를 실컷 먹게 될 테니."

몰리가 다시 물었다.

"그럼 갈기에 리본을 계속 달고 지낼 수는 있을까요?"

"동지, 당신이 그토록 소중히 여기는 그 리본은 노예의 표식이오. 자유가 리본보다 훨씬 더 가치 있다는 걸 모르겠소?"

스노볼의 말에 몰리는 동의를 표했지만 목소리가 그리 확신하는 것처럼 들리지는 않았다.

돼지들은 길든 갈까귀 모지스가 퍼뜨린 거짓말에 대응하느라 더욱더 힘든 싸움을 벌여야 했다. 존스 씨가 특별히 아끼는 애완동물이었던 모지스는 첩자인 데다 고자질쟁이였지만, 영리한 말재주꾼이기도 했다. 그는 동물이 죽으면 가게 되는, '얼음사탕 산'이라는 신비한 나라의 존재를 알고 있다고 주장했다. 모지스는 그곳이 하늘 높은 곳, 구름 너머 조금 먼 어딘가에 있다고 말했다. 얼음사탕 산에서는 일주일에 7일이 전부 일요일이고 1년 내내 클로버가 가득하며, 각설탕과 아마인 깻묵[4]이 산울타리에서 자란다고 했다. 동물들은 헛소리만 많을 뿐 일은 하지 않는 모지스를 미워했지만, 그래도 일부 동물들은 얼음사탕 산이 정말 있다고

---

4) linceed cake. 아마과(科)의 한해살이풀인 아마의 씨(아마인)에서 기름을 짜내고 남은 찌꺼기. 가축 사료로 이용된다.

믿었다. 돼지들은 그런 곳은 없다고 설득하느라 진땀을 흘려야 했다.

돼지들의 가장 충실한 제자는 짐마차를 끄는 말인 복서와 클로버였다. 이 둘은 스스로 뭔가를 생각해 내는 데는 무척 어려움을 겪었지만 돼지들을 스승으로 받아들인 이후에는 그들이 하는 말은 무엇이든 모조리 흡수한 뒤 그것을 단순한 말로 바꿔 다른 동물들에게 전파했다. 그들은 헛간에서 열리는 비밀 집회에 빠짐없이 참석했고 집회를 마무리 지을 때는 늘 부르는 노래인 〈잉글랜드의 동물들〉을 선창했다.

결과로 드러났듯이, 반란은 예상보다 훨씬 빠르고 꽤나 수월하게 이루어졌다. 지난 몇 년 동안 존스 씨는 비록 주인으로서는 무정했어도 농부로서는 유능한 편이었는데, 최근 들어 연달아 불운을 겪고 있었다. 그는 어떤 소송에 휘말려 돈을 날린 후로 무척 낙심한 나머지 몸을 망칠 정도로 과하게 술을 마셔 댔다. 어떤 때는 며칠이고 부엌에 놓인 윈저 의자에 앉아 빈둥거리며 신문을 보고 술을 마시거나, 가끔 맥주에 적신 빵 조각을 모지스에게 먹이곤 했다. 일꾼들은 게으르고 불성실했다. 들판에는 잡초가 무성히 자라나 있었고 축사 지붕은 너무 헐어 당장 손봐야 할 정도였다. 산울타리는 아무렇게나 방치되어 있는 상황인 데다 동물들은 먹이를 받아먹지 못하고 있는 실정이었다.

6월이 되었고 건초를 베어야 할 시기가 왔다. 세례 요한 축일[5] 전날인 토요일에 존스 씨는 윌링던에 갔다가 '레드 라이언'에서 진탕 술을 마시는 바람에 일요일 한낮까지도 집에 돌아오지 못했다. 일꾼들은 아침 일찍 젖소의 젖을 짠 뒤, 동물들에게 먹이를 줘야 하는 성가신 일을 나 몰라라 팽개치고는 토끼 사냥을 하러 나가 버렸다. 존스 씨는 집에 돌아오

---

5) Midsummer day. 6월 24일 세례 요한 탄생 기념일. 이날이 지나면 건초 만들기가 시작된다.

자마자 거실 소파에 누워 《뉴스 오브 더 월드》를 얼굴에 덮고 잠들었다. 그 바람에 동물들은 해가 질 때까지 아무것도 먹지 못하고 있었다. 동물들은 더는 참을 수 없었다. 젖소 한 마리가 곳간 문을 뿔로 들이받아 부수고 안으로 난입했다. 그러자 다른 동물들도 따라 들어와 곡식 저장통에 머리를 박고 곡식을 실컷 먹어 대기 시작했다. 그제야 존스 씨는 잠에서 깼다. 그리고 일꾼 넷과 함께 곳간으로 들어와 손에 든 채찍을 마구 휘둘렀다. 굶주린 동물들은 더는 견딜 수가 없었다. 사전에 계획해 둔 계략이 있었던 것도 아닌데, 동물들은 자신들을 괴롭히는 인간들을 향해 일제히 달려들었다. 존스와 일꾼들은 순식간에 사방에서 공격하는 동물들의 뿔에 받히고 발에 채였다. 그들로서는 도저히 어찌할 수 없는 상황이었다. 동물들이 이렇게 행동하는 모습을 지금껏 본 적이 없었다. 그동안 마음 내키는 대로 채찍질하고 학대해 온 짐승들이 난데없이 폭동을 일으키자, 그들은 기가 질려 정신을 차릴 수가 없을 지경이었다. 잠시 후 그들은 방어할 생각을 포기하고 부리나케 도망쳤다. 이윽고 의기양양하게 추격하는 동물들에게 쫓겨 다섯 사람 모두 큰길로 이어지는 마찻길을 따라 걸음아 날 살려라 있는 힘껏 내달렸다.

침실 창문으로 밖을 내다보고 있던 존스 부인은 눈앞에서 벌어지고 있는 사태를 목격하고는 몇 가지 소지품을 여행용 가방에 서둘러 챙겨 넣고서 다른 길로 농장을 빠져나갔다. 모지스는 횃대를 박차고 날아올라 그녀를 쫓아가면서 날개를 퍼덕이며 요란하게 깍깍 울어 댔다. 그사이 동물들은 존스와 일꾼들을 큰길까지 내몰고서 가로대가 다섯 개나 되는 농장 대문을 꽝 하고 닫아 잠가 버렸다. 이로써 무슨 일이 일어나고 있는지 동물들이 미처 깨닫기도 전에 '반란'은 성공을 거두었다. 존스는 쫓겨났고 매너 농장은 동물들의 차지가 되었다.

처음 몇 분 동안 그들은 자신들에게 찾아온 행운을 믿을 수 없었다. 그들이 맨 먼저 한 일은 어딘가에 인간이 숨어 있는지 분명히 확인이라도 하듯이, 무리를 지어 신속히 농장 경계선을 한 바퀴 빙 돌아보는 것이었다. 그리고는 잽싸게 농장 건물로 돌아와서 존스의 혐오스러운 통치의 흔적을 남김없이 씻어 냈다. 마구간 한쪽 끝에 있는 마구(馬具) 창고를 부수고, 그 안에 있던 재갈, 코뚜레, 개 사슬, 그리고 존스 씨가 돼지와 양들을 거세할 때 쓰던 끔찍한 칼들을 꺼내 전부 우물 속에 던져 버렸다. 고삐, 굴레, 눈가리개, 그리고 말이 목에 걸고 다녔던 모욕적인 사료 자루는 마당에 지핀 불 속에 던져 다른 쓰레기와 함께 태워 버렸다. 채찍들이 불길에 휩싸여 타오르는 걸 보자 동물들은 너 나 할 것 없이 모두 기뻐서 펄쩍펄쩍 뛰었다. 스노볼은 장날이면 말의 갈기와 꼬리에 장식하곤 했던 리본들도 불길 속으로 던져 버리며 말했다.

"리본은 옷으로 간주해야 합니다. 인간의 표식이지요. 모든 동물은 맨몸으로 지내야 합니다."

복서가 이 말을 듣고는 여름철 귓가에 몰려드는 파리 떼를 쫓는 데 썼던 작은 밀짚모자를 가져와 다른 것들과 함께 불길 속에 던져 넣었다.

아주 짧은 시간 동안 동물들은 존스 씨를 떠올리게 하는 것이라면 무엇이든 모조리 파괴했다. 그런 다음 나폴레옹은 동물들을 곳간으로 데려가서 모두에게 옥수수를 평소 분량보다 두 배나 더 많이 나눠 주었고 개들에게도 비스킷을 두 개씩 주었다. 그렇게 주린 배를 채운 다음, 동물들은 〈잉글랜드의 동물들〉을 처음부터 끝까지 일곱 번이나 반복해서 불렀다. 그리고 곧 밤이 찾아오자 편안히 잠자리에 누워 지금껏 맛보지 못한 단잠에 빠져들었다.

그들은 평소처럼 새벽에 깨어났다. 그러다 전날 일어났던 영광스러운 사건을 문득 떠올리고는 다들 함께 목초지로 뛰어나갔다. 목초지 조금 아래쪽에는 농장 모습을 한눈에 볼 수 있는 야트막한 언덕이 있었다. 동물들은 그 언덕 꼭대기로 달려 올라가 맑은 아침 햇살 속에서 사방을 둘러보았다. 그랬다. 자신들의 것이었다. 눈에 들어온 모든 게 자신들의 것이었다! 그런 생각을 하자 황홀감에 휩싸인 동물들은 원을 그리며 빙글빙글 돌기도 하고, 흥분해서 허공으로 폴짝폴짝 뛰어오르기도 했다. 이슬을 머금은 풀밭에서 뒹굴거나 달콤한 여름풀을 한입 가득 뜯어 먹기도 하였다. 검은 흙덩어리를 발로 차고 짙은 흙냄새를 맡기도 했다. 그런 다음에는 농장 전체를 시찰하는 여정에 나섰다. 그들은 경작지와 건초지, 과수원, 식수 웅덩이, 잡목이 자라는 숲 등을 말없이 감탄하며 살펴보았다. 마치 난생처음 보는 광경 같았고, 그 모든 게 자기들 것이라는 사실이 아직도 믿기지 않았다.

시찰을 마친 그들은 농장 건물로 줄지어 되돌아가서는 농장 저택의 문밖에서 조용히 걸음을 멈췄다. 그 집도 그들의 것이었지만 웬일인지 안으로 들어가기가 두려웠다. 하지만 잠시 후 스노볼과 나폴레옹이 어깨로 문을 밀어 열었고 동물들은 한 줄로 줄지어 안으로 들어갔다. 그들은 뭐든 건드릴까 봐 아주 조심스레 걸었다. 아무 소리도 내지 않으려는 듯 작게 속삭이면서, 발뒤꿈치를 들고 이 방 저 방을 돌아다니며 자신들의 털로 만든 매트리스를 깐 침대, 거울, 말총 소파, 브뤼셀 융단, 거실 벽난로 선반 위에 걸어 놓은 빅토리아 여왕 석판화 등 믿을 수 없을 정도로 사치스러운 물품을 경외감에 사로잡힌 눈길로 바라보았다. 이윽고 계단을 막 내려오는데 몰리가 보이지 않았다. 다른 동물들이 돌아가서 찾아보니, 몰리는 가장 좋은 침실에 남아 있었다. 그녀는 존스 부인의 화장대에서 푸른색 리본 하나를 꺼내 어깨에 대보고는 거울에 비친 제 모습을 보며 아주 멍청한 표정으로 감탄하고 있었다. 다른 동물들이 그녀를 호되게 나무란 다음 밖으로 나왔다. 부엌에 매달려 있던 햄은 떼어 내 땅에 묻어 주었고, 주방에 있던 술통은 복서가 발굽으로 걷어차 박살냈다. 그 이외의 것들은 건드리지 않고 그대로 놔뒀다. 이 농장 저택을 박물관으로 보존한다는 결의가 즉석에서 만장일치로 통과되었다. 어떤 동물도 그 안에서 살아서는 안 된다는 데 모두가 동의했다.

동물들은 아침을 먹었고, 그 후 스노볼과 나폴레옹이 동물들을 다시 불러 모았다. 스노볼이 말했다.

"동지들, 지금은 6시 반이고 우리 앞에 긴 하루가 펼쳐져 있소. 오늘은 건초 수확을 시작합시다. 하지만 그에 앞서 해결해야 할 다른 문제가 하나 있소."

그제야 돼지들은 자신들이 존스 씨의 아이들이 쓰다가 쓰레기 더미에 버린 낡은 철자 교본을 가지고 지난 석 달간 문자를 읽고 쓰는 법을 독학으로 터득했음을 밝혔다. 나폴레옹은 검은색과 흰색 페인트를 가져오게 한 뒤 동물들을 이끌고 큰길로 통하는 가로대 다섯 개짜리 정문으로 내려갔다. (글씨를 가장 잘 썼던) 스노볼이 앞발의 두 발굽 사이에 붓을 끼우고는 정문 맨 위 가로대에 쓰인 '매너 농장'이라는 글자를 페인트로 지운 다음, 그 자리에 '동물농장'이라고 썼다. 이제부터 그것이 농장의 이름이었다. 이 일을 마친 동물들은 다시 농장 건물로 돌아갔고, 그곳에서 스노볼과 나폴레옹이 사다리를 가져와 큰 헛간 벽 한쪽 끝에 걸쳐 놓게 했다. 스노볼과 나폴레옹은 돼지들이 지난 석 달 동안 연구한 끝에 '동물주의' 원칙들을 '7계명'으로 요약하는 데 성공했다고 설명했다. 그 7계명을 지금 벽에 쓸 것이며, 그 계명은 동물농장의 모든 동물들이 앞으로 영원히 준수하며 살아야 할 불변의 법률이 될 것이라고 했다. (돼지가 사다리 위에서 균형을 잡는 일이 쉽지 않았기 때문에) 스노볼은 꽤나 힘겹게 사다리에 올라가서 7계명을 쓰기 시작했고 스퀼러는 두세 단 밑에서 페인트 통을 들어 주었다. 타르를 칠한 벽에 흰색 글자로 큼지막하게 써놓은 7계명은 30미터 밖에서도 읽을 수 있을 정도로 잘 보였다. 계명은 다음과 같았다.

7계명

1. 두 발로 걷는 자는 누구든 적이다.
2. 네 발로 걷거나 날개를 가진 자는 누구든 친구다.
3. 어떤 동물도 옷을 입어서는 안 된다.
4. 어떤 동물도 침대에서 잠을 자서는 안 된다.
5. 어떤 동물도 술을 마셔서는 안 된다.
6. 어떤 동물도 다른 동물을 죽여서는 안 된다.
7. 모든 동물은 평등하다.

아주 깔끔하게 잘 쓴 글씨였다. 'friend'를 'freind'로 쓰고, 'S' 하나를 거꾸로 잘못 쓴 것을 제외하면 모든 철자가 정확했다. 스노볼이 동의를 구하기 위해 다른 동물들에게 7계명을 큰 소리로 읽어 주었다. 동물들은 모두 전적으로 동의한다는 의미로 고개를 끄덕였고, 상대적으로 머리 좋은 동물들은 그 즉시 계명을 줄줄 외우기 시작했다.

스노볼이 붓을 내던지며 소리쳤다.

"자, 동지들, 이제 목초지로 갑시다! 우리의 명예를 걸고, 존스와 그 일꾼들이 해낸 것보다 더 빨리 수확해 봅시다."

바로 그때, 한동안 불편해 보였던 젖소 셋이 음매 하고 울음을 크게 내질렀다. 젖소들은 하루 종일 젖을 짜지 않아서 젖통이 거의 터질 지경이었다. 돼지들은 잠시 생각에 잠기더니 곧 양동이 여러 개를 가져오게 해서 용케 젖을 짰다. 그들의 발굽이 젖을 짜는 일에 안성맞춤이었다. 곧 거품이 생긴 크림색 우유가 다섯 양동이나 찼고, 많은 동물들이 아주 관심어린 시선으로 지켜보았다.

누군가가 "저 우유는 다 어쩔 거죠?"라고 물었다.

"존스는 가끔 먹이에 우유를 타주곤 했는데."

암탉 하나가 말했다.

"동지들, 우유에는 신경 쓰지 마시오!"

나폴레옹이 양동이 앞으로 나서며 소리쳤다.

"그건 나중에 처리할 겁니다. 건초를 수확하는 일이 더 중요합니다. 스노볼 동지가 앞장설 겁니다. 난 몇 분 후에 뒤따르겠소. 동지들, 앞으로! 풀이 기다리고 있소."

그리하여 동물들은 무리 지어 목초지로 내려가 풀을 베기 시작했다. 그렇게 풀을 베고 저녁에 돌아와 보니 우유는 이미 사라지고 없었다.

3

"Four legs good, two legs bad."

건초를 거둬들이느라 얼마나 고생하고 얼마나 많은 땀을 흘렸던가! 하지만 그들의 수고에는 보상이 따랐다. 수확이 기대보다 훨씬 더 큰 성공을 거두었으니 말이다.

때로는 일이 무척 힘들었다. 농기구는 인간을 위해 제작된 것이어서 동물이 쓰기에는 적합하지 않았다. 뒷다리로 서서 사용해야 하는 농기구를 쓸 수 있는 동물이 아무도 없다는 게 큰 제약이었다. 하지만 돼지들은 워낙 영리해서 매번 어려운 문제에 부딪힐 때마다 해결책을 궁리해 냈다. 말들은 들판 구석구석을 훤히 알았고, 풀을 베고 긁어모으는 일에도 존스와 그 일꾼들보다 훨씬 더 유능했다. 돼지들은 다른 동물들처럼 직접 일을 하지는 않고 대신 그들을 감독하고 지휘했다. 다른 동물들에 비해 뛰어난 지식을 갖춘 돼지들이 지휘권을 갖는 것은 당연한 일이었다. 복서와 클로버는 제 몸에 풀 베는 농기구나 써레를 달고 (물론 요즘엔 재갈이나 고삐는 필요하지 않았다.) 계속해서 들판을 빙빙 돌아다니며 일했고, 돼지 하나가 그 뒤를 따라다니며 상황에 따라 "동지, 위로!" 혹은 "동지, 뒤로!" 하고 소리치곤 했다. 가장 작은 동물들까지 포함해 농장의 모든 동물들이 풀을 뒤집고 모으는 일에 동참했다. 오리와 암탉들도 온종일 땡볕에서 이리저리 왔다 갔다 하며 부리에 풀 몇 가닥을 물고 날랐다. 마침내 동물들은 존스와 그 일꾼들이 일할 때보다 이틀이나 앞당겨 수확을 끝냈다. 더군다나 지금껏 거둬 보지 못한 최대의 수확이었다. 손실은 전혀 없었다. 암탉과 오리 들이 예리한 눈으로 마지막 풀 한 포기까지 놓치지 않고 모았기 때문이다. 농장의 어떤 동물도 풀 한 입 훔쳐 먹는 일이 없었다.

그해 여름 내내 농장 일은 시계태엽처럼 돌아갔다. 동물들은 그럴 수 있으리라고 상상도 해본 적이 없을 만큼 행복했다. 음식을 한 입 먹을 때마다 짜릿할 정도로 너무나 즐거웠다. 그것은 인색한 주인이 마지못해 조금씩 나눠 주던 먹이가 아니라 동물들이 제힘으로 스스로를 위해 생산한, 진정한 자신들의 음식이기 때문이었다. 기생충 같은 쓸모없는 인간들이 사라진 덕에 모든 동물들에게는 식량도 더 많이 돌아갔다. 동물들로서는 경험해 본 적이 없는 여가도 많아졌다. 하지만 많은 난관에 부딪히기도 했다. 예컨대 그해 가을 옥수수를 수확할 때, 농장에 탈곡기가 없어서 동물들은 아주 옛날 방식대로 발로 밟아 낟알을 탈곡하고 입으로 불어서 껍질을 걷어 내야 했다. 하지만 영리한 돼지들과 엄청난 근력을 지닌 복서가 항상 문제를 해결해 주었다. 누구나 다 복서에게 감탄했다.

그는 존스 시절에도 열심히 일하는 일꾼이었지만, 지금은 말 세 마리 몫은 거뜬히 하는 것 같아 보였다. 어떤 날에는 농장의 모든 일이 그의 힘센 두 어깨에 달려 있는 것처럼 느껴지기도 했다. 아침부터 밤까지 밀고 당기며, 가장 힘든 일이 있는 곳이라면 어디든 늘 그가 있었다. 그는 어린 수탉 한 마리에게 아침에 다른 동물들보다 30분 먼저 깨워 달라고 부탁하고는, 하루 일과가 시작되기도 전에 가장 급해 보이는 일에 자진해서 발 벗고 나섰다. 어떤 문제가 생기거나 어떤 난관에 봉착할 때면 복서는 "내가 좀 더 열심히 일하겠어!"라고 말하곤 했다. 그는 그 말을 자신의 좌우명으로 삼았다.

모든 동물들은 각자 자기 능력에 맞게 일했다. 예를 들어 암탉과 오리들은 수확 시기에 흩어진 낟알을 주워 모아 옥수수를 다섯 포대나 모았다. 아무도 식량을 훔치지 않았고, 분배량이 적다고 불평하지도 않았다. 전에는 일상적으로 흔히 있던 다툼이나 물어뜯는 일, 서로 질투하던 모습도 거의 다 사라졌다. 게으름 피우는 동물도 없었다. 실은 전혀 없는 것은 아니고, 거의 없었다. 사실 몰리는 아침에 잘 일어나질 못했다. 발굽에 돌이 박혔다며 일찌감치 일터를 떠나기 일쑤였다. 고양이의 행동도 좀 유별났다. 동물들은 할 일이 있을 때면 고양이가 보이지 않는다는 걸 곧 알게 되었다. 그녀는 사라진 후 몇 시간이고 쭉 보이지 않다가 식사 시간이나 일이 다 끝난 저녁때가 되면 마치 아무 일도 없었다는 듯이 슬그머니 다시 나타나곤 했다. 하지만 늘 그럴듯한 핑계를 대고 너무나 다정하게 가르랑거려서 그녀의 선의를 믿을 수밖에 없었다. 벤자민은 반란 후에도 변한 게 전혀 없었다. 그는 존스 시절에도 그랬듯이 고집스러운 방식으로 느려 터지게 일했다. 게으름을 피우지도 않았지만 남은 일을 자진해서 더 하려고도 하지 않았다. 반란에 관해서든 그 결과에 관해서든 그는 어떤 견해도 밝히지 않았다. 지금 존스가 없으니 더 행복하냐는 질문을 받으면 "당나귀는 오래 살지. 너희 중 누구도 죽은 당나귀를 본 적이 없잖아."라고 말할 뿐이었다. 다른 동물들은 이 수수께끼 같은 대답에 만족할 수밖에 없었다.

일요일에는 일을 하지 않았다. 아침 식사는 평소보다 한 시간 늦게 했고 식사 후에는 매주 한 번도 거르지 않고 의식이 거행되었다. 맨 먼저 깃발 게양식이 있었다. 깃발은 스노볼이 마구 창고에서 존스 부인이 쓰던 낡은 초록색 식탁보 하나를 찾아내 거기에 흰색으로 발굽과 뿔을 그려 넣은 것이었다. 매주 일요일 아침이면 농장 정원의 깃대에 이 깃발이 내걸렸다. 스노볼은 깃발의 초록색은 잉글랜드의 푸른 들판을 의미하며, 발굽과 뿔은 인류가 완전히 멸망할 때 수립될 미래의 '동물 공화국'을 상징한다고 설명했다. 깃발 게양식을 마친 후에 모든 동물들은 '집회'라고 부르는 총회를 위해 큰 헛간으로 무리 지어 향했다. 여기서 다음 주에 할 일을 계획하였으며, 결의안을 내놓고 토론을 벌였다. 결의안을 내놓는 일은 늘 돼지들이 도맡아 했다. 다른 동물들은 투표하는 법은 알았지만 어떠한 결의안도 스스로 생각해 내지는 못했다. 토론에 가장 활발히 참여하는 동물은 스노볼과 나폴레옹이었다. 하지만 곧 드러났듯이 둘은 결코 의견의 일치를 보는 일이 없었다. 어느 한쪽이 어떤 안을 제안하면 무엇이 됐든 다른 한쪽은 반대하고 나섰다. 심지어 과수원 뒤편에 있는 작은 방목장을 일할 나이를 넘긴 동물들이 남은 삶을 편히 쉴 수 있는 요양소로 남겨 두기로 결정 — 누구도 그 일 자체를 반대할 수는 없는 — 을 한 뒤에도 각 동물별로 적절한 은퇴 연령이 몇 살인지를 놓고 격렬한 토론이 벌어졌다. 집회는 언제나 〈잉글랜드의 동물들〉을 부르는 것으로 끝났고, 오후는 오락 시간으로 할애되었다.

돼지들은 마구 창고를 본부로 정했다. 그들은 저녁이면 여기에 모여 농장 저택에서 가져온 책들을 보며 대장장이 기술과 목수 기술, 그 외에 필요한 기술들을 연구했다. 스노볼은 다른 동물들을 모아 스스로 명명한 '동물 위원회'를 조직하느라 분주했다. 그는 위원회를 조직하는 일에 지칠 줄을 몰랐다. 그는 암탉들로 구성된 '달걀 생산 위원회'와 젖소들로 구성된 '깨끗한 꼬리 연맹'을 조직했다. 또한 '야생 동지 재교육 위원회(이 조직의 목적은 쥐와 토끼를 길들이는 일이었다.)', 양들로 구성된 '더 하얀 양털 생산 운동'을 비롯해 여러 위원회를 조직했고, 읽고 쓰는 법을 가르치는 수업도 개설했다. 하지만 이 기획들은 대부분 실패했다. 예컨대 야생 동물을 길들이려는 시도는 거의 시작과 함께 실패하고 말았다. 야생 동물들은 예전과 똑같이 행동했고, 관대한 대접을 받으면 그것을 이용하려고만 했다. 고양이는 재교육 위원회에 가입해 처음 며칠 동안은 아주 적극적으로 활동했다. 어느 날 그녀가 지붕에 올라앉아 발이 닿을 만한 거리보다 조금 멀리 있는 참새 몇 마리에게 말을 걸고 있는 모습이 목격되었다. 그녀는 이젠 모든 동물이 동지이니 어떤 참새든 원한다면 자신의 앞발에 앉아도 좋다고 말했지만, 참새들은 가까이 다가오려 하지 않았다.

그래도 읽기와 쓰기 수업은 대성공이었다. 가을 즈음해서는 농장의 거의 모든 동물들이 어느 정도 글자를 읽고 쓸 수 있게 되었다.

돼지들은 이미 완벽하게 읽고 쓸 수 있었다. 개들도 읽는 걸 썩 잘 배웠지만 7계명 외에는 어떤 것이든 읽는 데에 별 관심이 없었다. 염소 뮤리엘은 개들보다 좀 더 잘 읽을 수 있어서, 가끔 저녁이면 쓰레기 더미에서 주워 온 신문 쪼가리를 다른 동물들에게 읽어 주곤 했다. 벤자민은 어떤 돼지 못지않게 잘 읽었지만 자기 능력을 발휘하는 법이 없었다. 그는 자기가 아는 한 읽을 만한 가치 있는 것은 없다고 말했다. 클로버는 알파벳을 전부 배웠지만 단어들을 조합하지는 못했다. 복서는 D 이상의 진도를 나가지 못했다. 그는 커다란 발굽으로 땅바닥에 A, B, C, D까지 써놓고는 두 귀를 뒤로 젖히고 그 글자들을 빤히 쳐다보며, 이따금 앞머리를 흔들면서 다음 알파벳을 기억해 내려 기를 썼지만 번번이 실패하고 말았다. 실은 몇 차례 E, F, G, H를 익히기는 했지만, 그런 뒤에는 늘 A, B, C, D를 잊고 말았다. 결국 그는 첫 네 문자에 만족하기로 하고 그나마도 잊지 않으려고 매일 한두 번씩 써보곤 했다. 몰리는 자기 이름에 들어가는 알파벳 여섯 글자 외에는 그 무엇도 배우려 하지 않았다. 그녀는 작은 나뭇가지로 자기 이름을 아주 예쁘게 만들어 놓고 한두 송이 꽃으로 장식한 다음, 그 글자 주변을 빙빙 돌며 감탄하곤 했다.

그 밖에 농장에 있는 다른 동물들은 A 이상 진도를 나가지 못했다. 알고 보니 양, 암탉, 오리처럼 유독 머리가 둔한 동물들은 7계명조차도 외우지 못했다. 스노볼은 심사숙고한 끝에 7계명이 '네 발은 좋고 두 발은 나쁘다.'라는 단 하나의 금언(金言)으로 효과적으로 요약될 수 있다고 선언했다. 스노볼은 그 금언 속에 '동물주의'의 기본 원칙이 다 포함되어 있다고 말했다. 누구든 그것만 철저히 이해하면, 인간의 영향으로부터 안전하다는 것이었다. 처음에는 새들이 자신들도 발이 두 개라며 반대하고 나섰다. 하지만 스노볼은 그들에게 그렇지 않다는 것을 입증해 보였다.

"동지들, 새의 날개는 추진 기관이지 조작 기관이 아니오. 그러니 날개는 다리로 간주해야 하오. 인간의 뚜렷한 특징은 '손'이오. 인간이 온갖 악행을 저지르는 도구가 바로 그 손이란 말이오."

새들은 스노볼의 장황한 말을 이해하지 못했지만 그의 설명을 받아들였다. 그리고 더 아둔한 동물들은 모두 새로운 금언을 외우기 시작했다.

'네 발은 좋고 두 발은 나쁘다.'라는 문구가 헛간 벽의 끝, 7계명 위에 그보다 더 크게 쓰였다. 양들은 일단 외우고 나더니, 그 금언이 무척 마음에 들었던지 들판에 누워 있을 때면 종종 "네 발은 좋고 두 발은 나쁘다! 네 발은 좋고 두 발은 나쁘다!"라고 소리치기 시작했다. 몇 시간이고 지칠 줄 모르고 그렇게 계속 외쳐 댔다.

나폴레옹은 스노볼의 위원회에는 전혀 관심이 없었다. 그는 어린 동물을 교육시키는 일이 이미 다 자란 동물들을 상대로 할 수 있는 그 어떤 일보다도 중요하다고 말했다. 건초 수확이 끝난 직후 제시와 블루벨이 새끼를 낳았는데, 아홉 마리 모두 아주 튼튼했다. 강아지들이 젖을 떼자마자 나폴레옹은 강아지 교육은 자기가 책임지겠다며 이들을 어미 품에서 떼어 내 데려갔다. 그는 마구 창고에서 사다리를 타고 올라가야만 갈 수 있는 다락방에 강아지들을 격리시켰다. 그 때문에 농장의 다른 동물들은 곧 강아지들이 있었다는 사실조차 잊어버렸다.

사라진 우유를 둘러싼 수수께끼는 곧 밝혀졌다. 우유는 매일 돼지들의 먹이에 들어가고 있었던 것이다. 마침 이른 사과가 익기 시작했고, 과수원의 풀밭에는 바람에 떨어진 사과알이 나뒹굴었다. 동물들은 그 사과를 당연히 공평하게 나눌 것이라고 생각했다. 하지만 어느 날 돼지들이 먹을 수 있도록 떨어진 사과를 모두 수거해 마구 창고로 가져오라는 명령이 떨어졌다. 몇몇 동물들이 투덜댔지만 별 소용이 없었다. 그 문제에 대해서는 모든 돼지들의 의견이 일치했다. 심지어 스노볼과 나폴레옹마저도 같은 의견이었다. 그래야만 하는 이유를 다른 동물에게 설명하기 위해 스퀼러가 파견되었다.

"동지들! 여러분은 우리 돼지들이 이기심과 특권 의식 때문에 이런다고 생각하진 않겠지요? 사실 우리 중에는 우유와 사과를 싫어하는 돼지들이 많소. 나도 마찬가지입니다. 그런데도 우리가 우유와 사과를 먹는 유일한 목적은 건강을 유지하기 위함이오. 우유와 사과에는 돼지의 건강에 반드시 필요한 물질들이 들어 있소. (동지들, 이건 과학적으로 증명된 사실이오.) 우리 돼지들은 두뇌 노동자들이오. 이 농장의 경영과 조직은 전적으로 우리에게 달려 있소. 우리는 밤낮으로 여러분의 복지를 살피고 있소. 우리가 우유를 마시고 사과를 먹는 것은 바로 '여러분'을 위한 일이오. 만일 우리 돼지들이 의무를 다하지 못하면 어떤 일이 벌어질지 아시오? 존스가 돌아올 것이오! 그래요, 존스가 돌아올 것이오!"

스퀼러는 이쪽저쪽으로 뛰어다니고 꼬리를 흔들며 거의 애원하듯이 말했다.

"동지들, 설마 여러분 중에 존스가 다시 돌아오는 걸 바라는 분은 없겠지요?"

지금 동물들이 전적으로 확신하는 바가 하나 있다면 그것은 존스가 돌아오길 바라지 않는다는 것이었다. 상황이 이렇게 설명되자, 동물들은 더 이상 할 말이 없었다. 돼지들의 건강을 유지하는 게 중요하다는 사실은 너무도 명백했다. 이로써 우유와 바람에 떨어진 사과를 (그리고 다 익은 후에 수확한 사과마저도) 돼지들만의 몫으로 비축해 두어야 한다는 데에 더 이상 이의 없는 합의가 이루어졌다.

4

"The only good human being is a dead one."

늦여름 무렵에는 동물농장에서 일어난 사건에 관한 소식이 그 주(州)의 절반까지 퍼져 나갔다. 스노볼과 나폴레옹은 매일 비둘기들을 날려 보냈다. 인근 농장으로 날아가 그곳의 동물들과 어울리면서 그들에게 반란 이야기를 들려주고 〈잉글랜드의 동물들〉을 가르치는 것이 비둘기에게 내려진 명령이었다.

그동안 존스 씨는 대개 윌링던의 '레드 라이언'에서 이야기를 들어 주는 사람이면 아무나 붙잡고 앉아 자신이 아무 쓸모 없는 동물 떨거지에게 농장을 빼앗기면서 겪은 너무도 부당한 일을 하소연하며 시간을 보냈다. 다른 농부들은 원칙적으로는 존스를 동정했지만 처음에는 별 도움을 주지 않았다. 그들은 각자 마음속으로 존스의 불행을 어떻게든 자신들에게 이득이 될 만한 쪽으로 유도할 수 없을지 궁리했다. 동물농장 근처에 자리한 두 농장의 주인이 서로 영원한 앙숙지간이라 다행이었다. 그중 하나는 폭스우드라는 구식 농장으로, 규모는 크지만 거의 방치하다시피 내버려 둔 탓에 나무들은 제멋대로 자라 있었고 모든 목초지는 황폐했으며 산울타리는 볼썽사납게 망가진 상태였다. 폭스우드의 농장주인 필킹턴 씨는 태평스럽고 느긋한 성격이어서 철따라 낚시를 하거나 사냥을 하면서 대부분의 시간을 보냈다. 또 다른 곳은 핀치필드라는 농장이었는데, 폭스우드에 비해 규모는 작은 편이지만 관리는 훨씬 잘 되고 있었다. 이곳의 농장주인 프레더릭 씨는 강인하고 빈틈없는 사람으로, 늘 이런저런 소송에 휘말려 있었고 거래를 할 때 집요하게 흥정하는 것으로 이름난 사람이었다. 두 농장주는 서로를 너무나 싫어해서 자신들의 이익을 보호하는 일에서조차 의견 일치에 이르기가 힘들었다.

그럼에도 두 사람 다 동물농장에서 일어난 반란에는 기겁하고 전전긍긍하며 자기 농장의 동물들이 그 일에 대해 잘 알지 못하게 막으려고 애썼다. 처음 그들은 동물들이 스스로 농장을 경영한다는 소리에 코웃음을 치며 조롱했다. 그들은 2주도 채 못 가 모든 게 끝날 것이라고 말했다. 그들은 ('동물농장'이라는 이름을 참을 수 없었기에 계속 '매너 농장'이라고 부르길 고집하며) 매너 농장의 동물들이 노상 싸움질만 해대다가 곧 굶어 죽게 될 거라고 떠들어 댔다. 하지만 시간이 꽤 흘렀는데도 동물들이 굶어 죽지 않는 것이 분명해지자, 프레더릭과 필킹턴은 말을 바꾸어 동물농장에서는 지금 끔찍하고 사악한 일들이 벌어지고 있다고 소문을 내기 시작했다. 그곳에서는 동물들이 서로를 잡아먹고 빨갛게 달군 편자로 서로를 고문하며 암컷들을 공유한다는 이야기를 퍼뜨렸다. 그것이 자연법칙에 반해 일으킨 반란의 결과라고 두 사람은 말했다.

하지만 사람들이 이런 이야기들을 곧이곧대로 믿지는 않았다. 인간이 쫓겨나고 동물들이 스스로 자기 일을 관리해 나간다는, 놀라운 농장에 대한 소문은 막연하고 왜곡된 형태로 계속 퍼져 나갔고, 그해 내내 반란의 물결이 시골 전역으로 번졌다. 늘 온순하기만 했던 황소들은 별안간 사납게 돌변했고 양들은 산울타리를 부수고 토끼풀을 보는 족족 게걸스럽게 먹어 치웠다. 젖소들은 들통을 걷어찼고, 사냥 말들은 울타리를 뛰어넘지 않고 갑자기 멈춰 서서 자기 등에 탄 사람들을 반대편으로 내동댕이쳤다. 무엇보다도 〈잉글랜드의 동물들〉이 곡조는 물론이고 가사까지 도처에 알려졌다. 그 노래는 놀라운 속도로 퍼져 나갔다. 노래를 들어 본 인간들은 참 우스꽝스러울 뿐이라고 생각하는 체했지만 실은 끓어오르는 분노를 억누르지 못했다. 이들은 아무리 동물이라지만 어떻게 그처럼 가증스럽기 짝이 없고 쓰레기 같은 노래를 부를 수 있는지 이해할 수 없다고 말했다. 노래를 부르다 들킨 동물은 그 자리에서 매질을 당했다. 하지만 노래가 퍼지는 걸 막을 수는 없었다. 지빠귀들은 산울타리 속에서 그 노래를 지저귀었고 비둘기들은 느릅나무 위에서 구구거리며 그 노래를 불러 댔다. 그 소리는 대장간의 시끄러운 소음, 교회의 종소리와 뒤섞였다. 인간들은 노랫소리를 들을 때면, 그 속에서 자신들의 미래에 대한 예언을 듣는 것 같아 두려워하며 남몰래 몸을 부르르 떨곤 했다.

10월 초, 수확한 옥수수를 쌓아 놓고 그중 일부는 벌써 타작까지 마쳤을 때였다. 비행하던 비둘기 한 무리가 공중을 빙빙 돌다가 몹시 흥분한 기색으로 동물농장 마당에 내려앉았다. 존스와 그의 모든 일꾼들이 폭스우드와 핀치필드 농장에서 온 여섯 사람과 함께 대문을 통과해 마찻길을 따라 농장으로 올라오고 있다고 했다. 존스를 제외하고는 모두 몽둥이를 쥐고 있었다. 존스는 두 손으로 총을 쥔 채 앞장서서 전진해 오고 있었다. 그들은 농장의 탈환을 시도하려는 게 분명했다.

오래전부터 예상했던 일인지라 동물들은 이미 만반의 준비를 갖춰 놓은 상황이었다. 농장 저택에서 줄리어스 시저의 군사 작전에 관한 옛 책을 찾아 이미 연구까지 마친 스노볼이 방어 작전을 지휘했다. 그는 신속하게 명령을 내렸고, 모든 동물들은 2분도 지나지 않아 각자 위치에 배치되었다.

인간들이 농장 건물 쪽으로 접근하자 스노볼이 첫 번째 공격 명령을 내렸다. 서른다섯 마리나 되는 비둘기들이 일제히 인간들의 머리 위로 이리저리 날아다니며 공중에서 똥을 갈겨 댔다. 인간들이 비둘기 똥에 대처하느라 정신이 없는 사이에 산울타리 뒤에 숨었던 거위들이 세차게 달려 나와 인간들의 종아리를 사정없이 쪼아 댔다. 하지만 이 정도의 공격은 적에게 혼란을 주기 위한 가벼운 전초전에 불과했다. 인간들은 몽둥이로 쉽게 거위들을 쫓아냈다. 스노볼은 이제 두 번째 공격대를 출정시켰다. 스스로 선두에 나서서 뮤리엘과 벤자민, 양 떼를 이끌고 앞으로 돌진하여 사방에서 인간들을 찌르고 들이받았다. 그러던 중에 벤자민은 빙 돌아서서 작은 발굽으로 인간들을 냅다 후려쳤다. 하지만 이번에도 몽둥이와 징 박은 장화로 무장한 인간들의 공격은 동물들이 감당하기에는 너무 강했다. 별안간 스노볼이 꽥꽥 하는 소리를 냈다. 퇴각 신호였다. 그러자 동물들은 모두 뒤돌아 문을 거쳐 마당으로 도망쳤다.

인간들은 승리의 함성을 질렀다. 자신들이 상상했던 대로 적들이 도망치는 걸 보고는 무턱대고 그들을 뒤쫓았다. 그것이 바로 스노볼이 의도한 작전이었다. 인간들이 마당 안으로 들어서자마자, 외양간에 매복해 있던 말 세 마리와 젖소 세 마리, 나머지 돼지들이 불시에 인간들의 등

뒤로 나타나 퇴로를 차단했다. 순간 스노볼이 돌격 신호를 보냈다. 스노볼 자신은 존스를 향해 정면으로 달려들었다. 존스는 스노볼이 달려드는 걸 보고는 총을 발사했다. 여러 발의 총알이 스노볼의 등을 스치며 핏자국을 남겼고 양 한 마리가 급사했다. 스노볼은 한순간도 머뭇대지 않고 존스의 두 다리를 향해 100킬로그램에 육박하는 몸을 날렸다. 존스는 똥더미로 내동댕이쳐졌고 총은 그의 손에서 튕겨 나갔다. 하지만 누구보다도 무시무시한 장관(壯觀)을 연출한 이는 복서였다. 그는 종마처럼 뒷다리로 벌떡 서서는 쇠 장식을 단 거대한 발굽을 주먹질하듯 휘둘러 댔다. 그가 맨 처음 휘두른 발굽은 폭스우드 농장에서 온 마구간지기 청년의 머리통에 정통으로 맞았다. 한순간에 청년은 진흙탕 위로 죽은 듯이 쭉 뻗어 버렸다. 이 광경을 목격한 인간 몇몇은 몽둥이를 내팽개치고 도망치려 했다. 그들은 공포에 휩싸인 상태였다. 그 순간 모든 동물들은 일제히 마당을 빙빙 돌며 인간들을 쫓아다녔다. 인간들은 뿔에 받히고, 걷어차이고, 물어 뜯기고, 짓밟혔다. 농장에 있는 동물치고 자기 나름의 방식대로 인간들에게 복수하지 않은 이는 없었다. 심지어 고양이마저도 지붕 위에서 소 치는 사람의 어깨 위로 순식간에 뛰어내려 발톱으로 목을 할퀴었고, 그는 끔찍한 비명을 내질렀다. 한순간 도주로가 열리자 인간들은 천만다행이다 싶었는지 마당에서 냅다 뛰쳐나가 큰길 쪽으로 쏜살같이 달아났다. 이리하여 침입한 지 채 5분도 안 되어 인간들은 왔던 길로 수치스럽게 퇴각했다. 거위 떼가 쉿쉿 소리를 내며 뒤쫓아 가서 그들의 종아리를 연신 쪼아 댔다.

한 사람만 빼고 모두가 도망쳤다. 복서는 마당으로 돌아와서는 진흙탕에 머리를 박은 채 엎어져 있는 마구간지기의 몸을 발굽으로 건드리며 뒤집어 보려 애썼다. 하지만 청년은 꿈쩍도 하지 않았다.

"죽었어."

복서가 슬픔에 잠긴 목소리로 말했다.

"이렇게까지 할 생각은 없었는데. 발굽에 징을 박고 있다는 걸 깜빡 잊고 있었어. 내가 일부러 이러지 않았다는 걸 누가 믿어 주겠어?"

"동지, 감상은 금물이오!"

스노볼이 소리쳤다. 그의 몸에 난 상처에서는 아직도 피가 뚝뚝 떨어지고 있었다.

"전쟁은 전쟁이오. 좋은 인간은 죽은 인간뿐이오."

"아무리 인간이라도 목숨까지 빼앗고 싶은 마음은 없어요."

복서는 두 눈에 눈물을 글썽이며 거듭 말했다.

그때 "몰리는 어디 있지?"라고 누군가 소리쳤다.

정말로 몰리가 보이지 않았다. 잠시 엄청난 불안감이 감돌았다. 인간들이 몰리를 해쳤거나 데려갔을지도 모른다는 공포감이 일었다. 하지만 결국 동물들은 마구간 여물통의 건초 더미에 머리를 박은 채 숨어 있는 몰리를 발견했다. 그녀는 존스의 총소리를 듣자마자 곧바로 도망친 모양이었다. 동물들이 몰리를 찾은 후에 마당으로 돌아와 보니, 마구간지기 청년은 온데간데없었다. 사실 그는 잠시 기절했다가 정신을 차리고 도망친 것이었다.

동물들은 이제 격렬히 흥분한 채로 다시 모여들어서는 저마다 이번 전투에서 자기가 세운 공적을 목청 높여 일일이 늘어놓았다. 곧장 즉석에서 승전 축하식이 거행되었다. 동물들은 깃발을 게양하고 〈잉글랜드의 동물들〉을 여러 번 연이어 불렀다. 사망한 양의 장례식을 엄숙하게 치렀고, 무덤에 산사나무를 심었다. 스노볼은 무덤 앞에서 짧막한 연설을 하며, 모든 동물은 동물농장을 위해 필요하다면 언제든 죽을 각오를 해야 한다고 강조했다.

동물들은 만장일치로 무공 훈장을 제정하기로 결정하고 그 자리에서 스노볼과 복서에게 '1급 동물 영웅 훈장'을 수여했다. 황동 메달(사실은 마구 창고에서 찾아낸 낡은 놋쇠 장식이었다.)로 된 훈장은 일요일과 휴일마다 달기로 결정했다. '2급 동물 영웅 훈장'은 죽은 양에게 추서했다.

이 전투를 뭐라고 불러야 할지를 놓고 격론이 벌어졌다. 결국 '외양간 전투'라는 이름이 붙었다. 매복 공격이 전개된 곳이 외양간이었기 때문이다. 진흙탕에 처박힌 존스 씨의 총이 발견되었고, 농장 저택에 탄약통이 있다는 사실도 밝혀졌다. 총은 깃대 발치에 대포처럼 세워 두고, 일 년에 두 번, '외양간 전투' 기념일인 10월 12일과 '반란' 기념일인 세례 요한 축일에 각각 한 발씩 쏘기로 결정했다.

5

"If Comrade Napoleon says it,
it must be right."

　겨울이 다가오면서 몰리는 점점 더 골칫거리가 되었다. 그녀는 아침마다 일터에 늦게 와서는 늦잠을 잤다고 변명했다. 식욕은 아주 왕성하면서도 이상하게 여기저기 아프다며 불평을 했다. 그녀는 온갖 핑계를 대고 일터를 빠져나가서 식수 웅덩이에 비친 자기 모습을 멍하니 바라보며 서 있곤 했다. 더 심각한 소문도 돌았다. 어느 날 몰리가 긴 꼬리를 흔들고 건초 한 줄기를 씹으며 즐거운 듯 마당 안으로 어슬렁어슬렁 걸어 들어오자 클로버가 그녀를 한쪽으로 데리고 갔다.

　"몰리, 할 이야기가 있어요. 아주 중요한 이야기예요. 오늘 아침, 당신이 동물농장과 폭스우드 농장 사이에 있는 산울타리를 넘겨다보는 걸 봤어요. 산울타리 건너편에는 필킹턴의 일꾼 한 사람이 서 있었지요. 한데 말이죠, 비록 내가 멀리 떨어져 있기는 했지만 분명히 봤어요. 그 인간이 당신에게 말을 걸면서 당신의 코를 쓰다듬는 걸요. 그런데도 당신은 가만히 있었지요. 몰리, 그게 뭘 의미하는 거죠?"

"그 사람은 안 그랬어요. 나도 안 그랬어요! 사실이 아녜요!"

몰리는 껑충껑충 뛰고 앞발로 땅바닥을 긁어 대며 소리쳤다.

"몰리! 내 얼굴을 똑바로 봐요. 그 인간이 당신의 코를 쓰다듬지 않았다는 걸 명예를 걸고 말할 수 있겠어요?"

"사실이 아녜요!"

몰리는 되풀이해 말했지만, 클로버의 얼굴을 똑바로 쳐다보지 못했다. 그리고 그녀는 곧장 뒤돌아 들판으로 있는 힘껏 달아났다.

어떤 생각이 클로버의 뇌리에 스쳤다. 그녀는 다른 동물들에게는 아무 말도 않고 몰리의 마구간으로 가서 발굽으로 짚단을 들추어 보았다. 짚단 밑에는 작은 각설탕 덩어리와 온갖 빛깔의 리본 다발 여러 개가 숨겨져 있었다.

사흘 후 몰리가 사라졌다. 몇 주일간 몰리의 행방은 전혀 알려지지 않았다. 그러다가 비둘기들이 윌링던의 저편에서 그녀를 봤다고 보고했다. 어떤 술집 앞에 서 있는, 빨간색과 검은색 페인트칠을 한 산뜻한 이륜마차의 양 굴대 사이에 서 있었다는 것이다. 각반을 댄 체크무늬 승마용 바지를 입고, 목이 긴 장화를 신은 어떤 인간이 몰리의 코를 어루만지며 설탕을 먹이고 있었는데, 비둘기들은 뚱뚱한 몸집에 얼굴이 붉게 달아오른 그 남자가 선술집 주인 같아 보였다고 했다. 몰리는 털을 새로 깎고 앞머리에 진홍색 리본을 달고 있었다고 한다. 비둘기들은 몰리가 즐겁게 지

내는 것처럼 보였다고 말했다. 그 이후 어떤 동물도 몰리에 대한 이야기
는 두 번 다시 입에 올리지 않았다.

1월이 되자 날씨가 몹시 매서워졌다. 땅이 쇠처럼 단단해져서 들판에
서는 아무 일도 할 수 없었다. 큰 헛간에서는 집회가 자주 열렸고 돼지들
은 다가올 봄철의 일을 계획하느라 정신이 없었다. 다른 동물보다 확실
히 영리한 돼지들이 농장의 모든 정책들을 결정해야 한다는 사실을 모두
가 받아들였다. 물론 그들의 결정도 다수결의 인준을 받아야 했다. 이러
한 체제는 스노볼과 나폴레옹 사이의 다툼만 없었다면 잘 굴러갔을 것이
다. 두 돼지는 의견이 갈릴 만한 여지가 있는 일이면 무엇이든 사사건건
대립했다. 한쪽이 보리 경작지를 넓히자고 제안하면 다른 쪽은 귀리 경
작지를 넓히자고 요구했고, 한쪽이 이런저런 밭은 양배추 농사에 적당하
다고 말하면 다른 쪽에서는 그 밭은 뿌리채소류 농사 말고는 아무짝에도
쓸모없는 땅이라고 공언했다. 두 돼지는 각자 추종자들을 거느리고 있었
기에 자주 격론을 벌이곤 했다. 집회에서는 스노볼이 훌륭한 연설로 다
수의 지지를 이끌어 냈지만, 나폴레옹은 집회 시간 내내 틈틈이 지지를
얻어 내는 데 더 능했다. 나폴레옹은 특히 양들을 잘 꾀어냈다. 최근에는
양들이 "네 발은 좋고 두 발은 나쁘다."라고 시도 때도 없이 외치고 돌아
다니는 바람에 종종 집회가 중단되곤 했다. 양들은 특히 스노볼의 연설
이 결정적인 순간에 이르면 별안간 끼어들어 "네 발은 좋고 두 발은 나쁘
다."를 외쳐 대곤 했다. 스노볼은 농장 저택에서 찾아낸 《농부와 목축업
자》라는 잡지 여러 권을 면밀히 연구한 끝에 농장을 혁신하고 개선할 계
획안을 잔뜩 내놓았다. 그는 농지 배수로, 저장 목초, 비료용 염기 용재
(鎔滓) 등에 대해서 막힘없이 말했고, 똥거름을 짐수레로 운반하는 수고
를 덜기 위해 동물들이 매일 들판의 다른 장소에 직접 똥을 누도록 하는

복잡한 계획안을 고안했다. 나폴레옹은 직접 만든 계획안을 내놓지는 않았지만 스노볼의 계획안은 허사가 될 것이라고 은근히 말했다. 아마 그는 때를 기다리고 있는 듯했다. 하지만 뭐니 뭐니 해도 풍차를 둘러싸고 일어난 이견 다툼이 둘 사이의 격론 중에서 가장 치열했다.

농장 건물에서 그리 멀지 않은 길쭉한 목초지 안에는 야트막한 언덕이 하나 있었다. 이 언덕이 농장에서 가장 높은 지점이었다. 스노볼은 그 언덕 지형을 조사한 후에 그곳이 풍차를 세우기에 가장 안성맞춤인 장소라고 발표했다. 그는 풍차를 건설해 발전기를 가동하면 농장에 전력을 공급할 수 있다고 말했다. 그렇게 되면 우리에 불을 밝힐 수 있고 겨울에는 난방을 할 수 있을 뿐 아니라, 회전 톱, 여물 써는 기계, 사탕무 절단기, 전기 착유기도 사용할 수 있다고 했다. 동물들은 지금껏 그런 기계들에 대해서 들어 본 적이 없었기에 (그곳은 구식 농장이어서 가장 원시적인 기계들만 갖추고 있었다.) 놀라워하며 귀를 기울였다. 스노볼은 환상적인 기계의 모습을 그림 그리듯 생생하게 제시하며, 자신들이 들판에서 편안히 풀을 뜯거나 독서와 대화로 정신을 함양하는 동안 그 기계들이 일을 대신해 줄 거라고 설명했다.

몇 주가 지나는 사이, 스노볼의 풍차 건설 계획은 완벽하게 수립되었다. 기계에 관한 세부적인 내용은 대부분 존스 씨가 읽던 《집수리에 유용한 천 가지 방법》, 《누구나 벽돌공이 될 수 있다》, 《초보자를 위한 전기학》 같은 책을 참고한 것이었다. 스노볼은 전에 부화실로 쓰던 헛간을 연구실로 사용했다. 나무 바닥이 매끈해서 도면을 그리기에 적합했다. 그는 한번 연구실에 들어가면 몇 시간씩 틀어박혀 좀체 나올 줄을 몰랐다. 그는 책을 돌로 눌러 펴 놓고 발굽과 발굽 사이에 분필을 끼어 쥐고는 민첩하게 이리저리 오가며 계속해서 선을 그었다. 그러다가 흥분을 주체하지 못하고 작게 킁킁거리기도 했다. 설계도는 점차 회전반과 톱니바퀴들로 이루어진 복잡한 도면으로 발전하며 마룻바닥 절반 이상을 덮어 버렸다. 다른 동물들은 이 설계도를 전혀 이해할 수 없었지만 그저 보는 것만으로 깊이 감동받았다. 모든 동물들이 적어도 하루에 한 번은 스노볼의 설계도를 구경하러 왔다. 암탉과 오리들마저도 구경을 와서는 분필로 표시한 기호들을 밟지 않으려고 애썼다. 오직 나폴레옹만이 냉담했다. 그는 처음부터 풍차 건설에 반대 의사를 표명했다. 그런데 어느 날 그가 설계도를 검토하겠다면서 불시에 나타났다. 그는 묵직한 발걸음으로 헛간을 빙 돌더니 설계도를 세부적인 부분까지 꼼꼼하게 살펴보고, 킁킁거리며 한두 번 냄새를 맡아 보기도 했다. 그러다 잠시 서서 찬찬히 곁눈질로 노려보더니, 갑자기 한쪽 다리를 들고는 설계도에 오줌을 갈겼다. 그러고는 한마디 말도 없이 걸어 나갔다.

풍차 건설 문제를 두고 농장 전체가 심각하게 분열되었다. 스노볼은 풍차 건설이 어려운 일이라는 걸 부정하지는 않았다. 돌을 구해 와 벽을 세운 다음 풍차 날개를 만들어야 하고, 이어 발전기와 전선을 구해야 할 것이다. (이것들을 어떻게 조달할지에 대해선 스노볼은 아무 말도 하지 않았다.) 하지만 그는 그 모든 일을 1년 내에 끝낼 수 있다고 단언했다. 그리하여 풍차가 완성되면 노동력이 크게 줄어들 것이니 동물들은 일주일에 사흘만 일하면 된다고 자신했다. 그에 맞서 나폴레옹은 지금 당장 무엇보다도 긴급한 사안은 식량 생산을 늘리는 일이니 풍차에 시간을 허비했다가는 농장 동물들이 모두 굶어 죽을 것이라고 주장했다. 동물들은 '스노볼에게 투표하여 주 3일 노동을'과 '나폴레옹에게 투표하여 풍족한 여물을'이라는 구호 아래 두 파벌로 나뉘었다. 벤자민만이 어느 쪽도 편들지 않았다. 그는 식량이 풍부해질 거라는 말도, 풍차가 노동을 줄여 줄 거라는 말도 믿지 않았다. 풍차가 있건 없건 삶은 예전과 다름없이 비참할 것이라고 말할 따름이었다.

풍차를 둘러싼 대립 말고도 농장의 방어 문제가 시급한 사안으로 떠올랐다. 인간들이 외양간 전투에서는 패배했지만, 농장을 되찾고 존스 씨를 다시 주인 자리에 앉히려는 시도를 더욱 과감히 하리라는 점은 충분히 예측할 수 있었다. 인간의 패배 소식이 온 지방에 쫙 퍼지면서 이웃 농장의 동물들이 전보다 훨씬 더 난폭해졌기 때문에 인간들이 그렇게 행동할 이유는 그 어느 때보다도 충분했다. 늘 그렇듯이 농장의 방어 문제에 대해서도 스노볼과 나폴레옹의 의견은 일치하지 않았다. 나폴레옹은 우선 총기를 입수해서 동물들이 사용법을 훈련해야 한다고 주장했다. 이에 반해 스노볼은 더욱더 많은 비둘기를 파견해서 다른 농장의 동물에게 반란을 선동하는 일이 더 시급하다고 말했다. 나폴레옹은 동물들이 스스로 방어하지 못하면 정복당하고 말 것이라고 주장했고, 스노볼은 도처에서 반란이 일어나면 방어는 할 필요도 없는 일이라고 주장했다. 동물들은 처음에는 나폴레옹의 주장에 귀를 기울이다가 곧장 다음에는 스노볼의 주장에 귀를 기울였다. 그렇게 양쪽으로 이리저리 끌려다닐 뿐 어느 쪽이 옳은지 갈피를 잡지는 못했다. 사실 동물들은 그때그때 말하는 쪽의 주장에 늘 동의를 표하고 있었다.

마침내 스노볼의 풍차 계획이 완성되었다. 다음 일요일 집회에서 풍차 건설에 착수할 것인지 말 것인지를 놓고 표결을 하게 되었다. 동물들이 큰 헛간에 모이자 스노볼이 일어서서 이따금 양들이 울어 대는 소리에 방해를 받아 가며, 자신이 풍차 건설을 주장하는 이유를 설명했다. 그러자 나폴레옹이 일어나 반박에 나섰다. 그는 조용한 목소리로 풍차는 황당무계한 이야기이니 누구도 그것에 찬성하는 표를 던지지 말 것을 충고한다고 말하고는 곧 자리에 앉았다. 30초도 안 되어 발언을 끝낸 나폴레옹은 자신의 발언에 동물들이 어떤 반응을 보이는지에는 거의 관심이 없는 듯했다. 이에 스노볼이 벌떡 일어나더니 다시 매매 하고 울어 대기 시작하는 양들에게 고함을 질러 조용히 시키고는, 풍차 건설을 지지해 달라고 열렬히 호소했다. 이제까지는 동물들의 의견이 양쪽으로 거의 균등하게 갈린 상황이었지만, 스노볼의 웅변이 한순간에 동물들의 마음을 휘어잡았다. 스노볼은 등허리를 짓누르는 참담한 노동에서 벗어날 때 보게 될 동물농장의 미래상을 강력한 어휘로 생생히 묘사했다. 그가 상상한 미래의 모습은 작두나 순무 절단기 정도의 수준을 훌쩍 넘어서는 것이었다. 그는 전기로 모든 우리에 전깃불, 온수와 냉수, 전기난로를 공급할 수 있을 뿐만 아니라 탈곡기, 쟁기, 써레, 땅 고르는 기계, 수확기, 짚단 묶는 기계 등을 가동할 수 있다고 말했다. 그가 연설을 마칠 즈음에는 투표 결과가 어떻게 나올지 너무나 명확해 보였다. 하지만 바로 그 순간 나폴레옹이 자리에서 일어서더니, 특유의 곁눈질로 스노볼을 슬쩍 노려보며 지금껏 누구도 그에게서 들어 본 적 없는 날카로운 소리를 꽥 하고 내질렀다.

그러자 밖에서 소름 끼치도록 으르렁거리는 소리가 들리더니, 놋쇠 장식 단추가 달린 목걸이를 한 거대한 개 아홉 마리가 헛간 안으로 뛰어 들어왔다. 개들은 곧장 스노볼에게 달려들었다. 스노볼은 그 즉시 자리에서 펄쩍 뛰어 일어나 물어뜯으려고 대드는 개들의 이빨을 피했다. 곧바로 그는 헛간 문 바깥으로 뛰쳐나갔고 개들이 그 뒤를 쫓았다. 동물들은 너무 놀라고 겁에 질린 나머지 아무 말도 못 하고 문 쪽으로 몰려가 쫓고 쫓기는 광경을 지켜보았다. 스노볼은 큰길로 이어지는 길쭉한 목초지를 가로질러 부리나케 달아나고 있었다. 그는 돼지가 뛸 수 있는 최고의 속도로 힘껏 달렸지만, 개들은 금세 바짝 따라붙었다. 그가 갑자기 미끄러지는 바람에 개들에게 금방이라도 잡힐 것 같았다. 순간 스노볼이 다시 일어나 더 빨리 뛰었고 개들이 다시 그를 따라붙었다. 개 한 마리가 스노볼의 꼬리를 물 듯했지만, 스노볼이 때마침 꼬리를 흔들어 가까스로 위기를 모면했다. 그는 죽을힘을 다해 뛰었고, 불과 몇 센티미터 사이를 두고 산울타리에 난 구멍으로 빠져나갔다. 그 이후로는 그의 모습이 더 이상 보이지 않았다.

겁에 질려 말을 잃은 동물들은 헛간 안으로 슬금슬금 돌아왔다. 곧 개들이 돌아왔다. 처음에는 누구도 그 짐승들이 어디서 왔는지 상상하지 못했지만 곧 의문이 풀렸다. 나폴레옹이 어미 품에서 떼어 내 몰래 키운 강아지들이었다. 아직 다 자라진 않았지만 몸집이 거대했고, 늑대처럼 몹시 사나워 보였다. 개들은 나폴레옹 곁에 붙어 있었다. 그들은 예전에 다른 개들이 존스 씨에게 그랬듯이 나폴레옹에게 꼬리를 흔들었다.

이제 나폴레옹은 자신을 뒤따르는 개들을 거느리고 예전에 메이저가 서서 연설을 했던 단상으로 올라갔다. 그는 이제부터 일요일 아침 집회를 중단한다고 선언했다. 집회는 불필요한 시간 낭비일 뿐이라고 말했다. 앞으로 농장 운영에 관한 모든 문제들은 돼지들로 구성된 특별 위원회가 처리할 것이며, 자신이 그 위원회를 관장한다는 것이었다. 특별 위원회는 비공개로 열리고 결정 사항은 나중에 다른 동물들에게 전달될 것이라고 했다. 동물들은 앞으로도 계속 일요일 아침에 집합해 깃발을 게양하고, 〈잉글랜드의 동물들〉을 부르고, 그 주에 할 일을 지시받겠지만, 더 이상 토론은 없다고 말했다.

스노볼의 추방이 던져 준 충격에도 불구하고 동물들은 나폴레옹의 이 발표에 당황하며 실의에 빠졌다. 적당한 논거를 생각해 낼 수만 있다면 몇몇 동물들은 앞으로 나서서 항의할 기세였다. 복서마저도 왠지 마음이 편치 않았다. 그는 귀를 뒤로 젖히고 몇 차례 앞머리 갈기를 흔들며 생각을 정리해 보려 애썼지만, 결국 할 말을 떠올리지 못했다. 하지만 몇몇 돼지들은 자기 의사를 뚜렷이 밝힐 수 있었다. 맨 앞줄에 있던 젊은 식용 돼지 네 마리는 꽥꽥 하고 날카로운 소리를 내며 불만을 토로하더니, 한꺼번에 벌떡 일어나 본격적으로 말문을 열었다. 하지만 나폴레옹을 에워싸고 앉아 있던 개들이 갑자기 낮고 위협적인 소리로 으르렁대자 젊은 돼지들은 조용히 입을 다물고 다시 자리에 앉았다. 바로 그때 양들이 엄청나게 큰 소리로 "네 발은 좋고 두 발은 나쁘다!"라고 외쳐 댔다. 이 외침이 거의 15분 동안이나 계속 이어졌고, 그 바람에 토론의 기회는 사라지고 말았다.

나중에 스퀼러가 농장에 파견되어서 다른 동물들에게 새로운 결정 사항을 설명했다.

"동지들, 나는 여기 있는 모든 동물들이 이 특별한 일을 떠맡은 나폴레옹 동지의 희생적인 행위를 높이 평가하리라 믿소. 동지들, 지도자 자리에 있는 것이 즐거운 일이라고 생각하지 마시오! 오히려 반대로 그건 깊고 무거운 책임을 지는 것이오. 나폴레옹 동지는 그 누구보다도 모든 동물은 평등하다는 사실을 확고히 믿고 있소. 나폴레옹 동지는 여러분들이 스스로 결정하는 걸 기꺼이 받아들이고 싶어 합니다. 하지만 동지들, 여러분은 가끔 잘못된 결정을 내릴 수 있을 테고 그러면 우리는 어찌 되겠소? 만약 여러분이 스노볼을 따라 황당무계한 풍차 건설안을 지지했더라면 어찌 됐을지 생각해 보시오. 이젠 모두 알다시피 스노볼은 범죄자나 다름없지 않소?"

"스노볼은 외양간 전투에서 용감히 싸웠잖소."

누군가가 말했다.

"용감한 것만으로는 충분치 않소."

스퀼러가 대답했다.

"충성과 복종이 더 중요하오. 그리고 외양간 전투에 관해 말하자면, 당시에 스노볼의 역할이 너무 과장되었다는 사실이 곧 밝혀질 것으로 믿소. 동지들, 규율, 철통 같은 규율! 이것이 오늘의 표어이오. 한 발 잘못 내디디는 순간 적들은 우리를 덮칠 것이오. 동지들, 설마 존스가 돌아오는 걸 원치는 않겠지요?"

이번에도, 이러한 주장에 다들 어떤 반박도 하지 못했다. 동물들이 존스가 돌아오기를 원치 않는다는 것은 분명했다. 일요일 아침의 집회가 존스를 돌아오게 하는 일이 될 수 있다면 그 집회는 당연히 중단되어야 할 터이다. 이제 사태를 깊이 생각해 볼 시간을 가졌던 복서가 동물들의 전반적인 감정을 말로 표현했다.

"나폴레옹 동지가 그렇게 말하면 그게 옳은 거야."

그리고 그때부터 그는 "내가 좀 더 열심히 일하겠어!"라는 자신의 좌우명 외에 "나폴레옹은 항상 옳다."라는 말을 추가했다.

그 무렵 날씨가 풀리면서 봄철 쟁기질이 시작되었다. 스노볼이 풍차 설계도를 그렸던 헛간은 폐쇄되었다. 동물들은 그 설계도가 마룻바닥에서 지워져 없어졌을 거라고 생각했다. 매주 일요일 아침 10시면 동물들은 큰 헛간에 집합해 그 주에 할 일을 지시받았다. 이제는 살점이 말끔히 씻겨 나가고 뼈만 남은 메이저 영감의 두개골을 과수원에서 파내어, 깃대 아래 나무 그루터기에 총과 나란히 안치했다. 깃발 게양 후에 동물들은 경건한 태도로 메이저 영감의 두개골 앞을 줄지어 지나쳐 헛간 안으로 들어가야 했다. 이제는 예전처럼 동물들이 모두 함께 앉지는 않았다.

나폴레옹과 스퀼러는 노래와 시를 짓는 데 놀라운 재주가 있는 미니무스라는 돼지와 함께 높은 연단의 앞쪽에 앉았다. 젊은 개 아홉 마리가 그들을 반원형으로 에워쌌고, 다른 돼지들은 그 뒤에 앉았다. 나머지 동물들은 헛간 바닥에 그들을 마주 보고 앉았다. 나폴레옹이 그 주의 지시 사항을 군인처럼 무뚝뚝한 목소리로 읽고 나면, 모든 동물들은 〈잉글랜드의 동물들〉을 딱 한 번 부른 다음 해산했다.

스노볼이 추방되고 나서 세 번째 맞은 일요일, 나폴레옹이 결국 풍차를 건설할 계획이라고 발표하자 동물들은 깜짝 놀랐다. 나폴레옹은 자신이 생각을 바꾼 이유에 대해서는 밝히지 않고, 다만 이 특별한 과업은 대단히 힘든 일이 될 것이며 어쩌면 식량 배급을 줄여야 할 필요가 있을지도 모른다고 경고했다. 설계도는 마지막 세부 사항까지 전부 마련된 상태였다. 돼지들의 특별 위원회가 지난 3주 동안 그 설계도 작업에 매달렸다고 했다. 풍차 건설은 부수적인 몇 가지 개량 공사와 함께 2년 정도 걸릴 것으로 예상되었다.

그날 저녁 사적인 자리에서 스퀼러는 다른 동물들에게 사실 나폴레옹이 풍차 건설에 반대했던 게 아니라고 설명했다. 오히려 반대로 처음부터 풍차 건설을 주창한 이는 나폴레옹이며, 스노볼이 부화실의 마룻바닥에 그린 설계도는 실은 나폴레옹의 문서에서 훔친 것이라고 말했다. 원래 풍차는 나폴레옹이 직접 고안한 아이디어라는 주장이었다. 그렇다면 왜 그 계획에 그토록 강경하게 반대했느냐고 누군가가 물었다. 그러자 스퀼러는 아주 교활한 표정을 지어 보이며 그게 바로 나폴레옹 동지의 전략이라고 말했다. 나폴레옹은 동물들에게 악영향을 끼치는 위험인물인 스노볼을 제거하기 위한 책략으로 풍차 건설에 반대하는 척하였다는 것이다. 스퀼러는 이제 스노볼을 추방했으니, 풍차 건설안은 그의 간섭

없이 추진될 수 있다고 했다. 스퀼러는 바로 이런 것이 전술이라고 했다. 그는 즐거운 듯이 명랑하게 웃으며 이리저리 깡충깡충 뛰고 꼬리를 흔들면서 "동지들, 전술, 전술이라고!" 하는 말을 몇 번이고 반복해서 말했다. 동물들은 그 말이 무슨 뜻인지 정확히 알지는 못했지만 스퀼러가 너무나 설득력 있게 말하는 데다가, 그와 함께 있던 개 세 마리가 아주 위협적으로 으르렁대는 통에 더 이상은 질문하지 않고 그의 설명을 받아들였다.

6

"No animal shall sleep in a bed with sheets."

    그해 내내 동물들은 노예처럼 일했다. 하지만 그렇게 일을 하면서도 행복했다. 그들은 노동과 희생을 아끼지 않았다. 이 모든 일이 자신과 후손들의 이익을 위한 것이지, 도둑과 다름없고 게으르기 짝이 없는 인간 패거리를 위한 것이 아니라는 사실을 잘 알고 있었기 때문이었다.

    봄과 여름 동안 그들은 일주일에 60시간을 일했고, 8월이 되자 나폴레옹은 일요일 오후에도 작업이 있을 거라고 발표했다. 이 노동은 순전히 자발적인 의사에 따라 참여하는 것이었지만, 작업에 빠지는 동물은 누구든 식량을 절반만 배급받게 될 터였다. 그렇게까지 일하는데도 손도 못 댄 일들이 남아돌았다. 수확량은 지난해에 비해 다소 줄었고, 일찌감치

밭갈이를 하지 못해 초여름에 심었어야 할 뿌리채소 씨를 뿌리지 못한 밭도 두 곳이나 되었다. 돌아오는 겨울은 힘든 시기가 될 것임을 쉽게 예상할 수 있었다.

풍차 건설은 예상치 못한 난관에 봉착했다. 농장에는 좋은 석회암 채석장이 있었고 딴채 한 곳에서 모래와 시멘트를 충분히 발견한 덕에 풍차 건설에 필요한 자재들은 모두 준비된 상태였다. 하지만 동물들이 첫 번째로 해결할 수 없었던 문제는 돌을 적당한 크기로 쪼개는 일이었다. 곡괭이와 쇠지레를 이용하는 수밖에는 없었는데 뒷다리로 설 수 있는 동물이 없어 그런 도구는 무용지물이었다. 몇 주간 헛수고를 한 끝에 누군가가 좋은 아이디어를 냈다. 중력의 힘을 이용하자는 생각이었다. 채석장 바닥에는 너무 커서 쓸 수 없는 거대한 바윗덩어리들이 사방에 널려 있었다. 동물들은 그 바윗덩어리를 밧줄로 묶은 뒤 비탈길을 따라 느릿느릿 채석장 꼭대기까지 끌고 올라갔다. 젖소와 말, 양 할 것 없이 밧줄을 잡을 수 있는 동물은 전부 힘을 모았다. 심지어 가끔 결정적인 순간에는 돼지들도 힘을 보탰다. 동물들은 그렇게 끌어올린 바윗덩어리를 절벽 아래로 밀어 떨어뜨렸다. 이렇게 떨어진 바윗덩어리는 바닥에서 잘게 쪼개졌다. 깨진 돌을 나르는 일은 비교적 수월했다. 말들이 수레에 돌을 실어 날랐고, 양들은 돌덩이 하나씩을 끌어 옮겼다. 뮤리엘과 벤자민까지도 낡은 이륜마차를 매고 제 몫을 다했다. 늦여름이 됐을 때, 공사장으로 옮긴 돌들이 충분히 쌓였다. 마침내 돼지들의 감독하에 건설 공사가 시작되었다.

하지만 공사는 더디고 힘든 과정이었다. 바윗덩어리 하나를 채석장 꼭대기까지 끌어올리는 데 하루 온종일 죽을힘을 다해야 할 경우도 빈번했고, 절벽 밑으로 밀어 떨어뜨린 바윗덩어리가 깨지지 않는 경우도 가끔 있었다. 복서가 없었다면 아무 일도 못 했을 것이다. 그의 힘은 나머지 동물들 모두의 힘을 합친 것과 엇비슷해 보였다. 바윗덩어리가 미끄러질 때면 동물들이 언덕 아래로 함께 딸려 내려가면서 절망적으로 소리를 질렀고, 그럴 때마다 늘 복서가 있는 힘껏 밧줄을 당겨 바윗덩어리를 정지시켰다. 커다란 옆구리가 땀에 흠뻑 젖은 채, 가쁘게 숨을 몰아쉬며 발굽 끝으로 땅을 움켜쥐어 가며 한 발 한 발 천천히 비탈을 오르는 그의 모습을 본 동물들은 모두 감탄했다. 이따금 클로버는 복서에게 너무 무리하지 말라고 주의를 주었지만 복서는 들으려 하지 않았다. "내가 좀 더 열심히 일하겠어."와 "나폴레옹은 항상 옳다."라는 그의 두 가지 좌우명이 그에게는 모든 문제에 대한 충분한 해답인 듯했다. 그는 아침에 30분 일찍 일어나던 것을 15분 더 앞당겨서, 45분 먼저 깨워 달라고 어린 수탉에게 부탁했다. 요즘에는 여유를 부릴 틈이 별로 없었지만, 혹여 짬이 나면 그는 혼자 채석장으로 가서 깨진 돌멩이를 한 짐 가득 모아 누구의 도움도 받지 않고 풍차 건설 현장으로 끌고 갔다.

그해 여름 내내 동물들은 고된 노동에 시달리긴 했어도 형편이 나쁘지는 않았다. 존스 시절에 비해 더 배불리 먹는 건 아니었지만, 적어도 그때보다 못하지는 않았다. 무절제한 인간 다섯까지 부양할 필요 없이 자신들만 먹으면 된다는 커다란 이점 덕분에, 크게 실패하더라도 지장이 없었다. 그리고 동물들이 일하는 방식은 여러 면에서 더 효율적이었고 노동력을 절감할 수 있었다. 예를 들어 잡초 제거 작업과 같은 일은 인간이라면 불가능했을 정도로 완벽하게 완수하였다. 게다가 이제는 어떤 동물도 도둑질을 하지 않았기 때문에 경작지와 목초지 사이에 울타리를 칠 필요도 없었고, 덕분에 산울타리와 출입문을 유지하는 데 드는 노동력을 상당히 절감할 수 있었다. 그럼에도 동물들은 여름이 지나가는 사이에 예상하지 못했던 여러 가지 물품들이 부족하다는 사실을 피부로 느끼기 시작했다. 파라핀유(油), 못, 끈, 개 비스킷, 그리고 편자에 쓸 쇠가 필요했다. 이런 물품은 농장에서는 생산할 수 없는 것들이었다. 또한 나중에는 씨앗과 인조 비료는 물론이고 여러 가지 도구들, 그리고 결국에는 풍차에 쓸 기계들도 필요할 터였다. 그러나 이것들을 어떻게 조달할지 누구도 생각해 낼 수 없었다.

어느 일요일 아침, 동물들이 명령을 받으려고 모이자 나폴레옹은 새로운 정책을 결정했다고 발표했다. 지금부터 동물농장은 이웃 농장들과 거래를 할 거라는 이야기였다. 물론 상업적인 목적을 위해서가 아니라 긴급하게 필요한 물품을 얻기 위함이라고 했다. 나폴레옹은 풍차 건설에 필요한 물자가 다른 어떤 것보다 우선해야만 한다고 말했다. 그 결정에 따라 건초 한 더미와 올해 수확한 밀 일부를 팔 채비를 하고 있으며, 나중에 돈이 더 필요하면 윌링턴 상설 시장에 달걀을 내다 팔아 충당할 계획이라고 했다. 나폴레옹은 암탉들에게 자신들이 풍차 건설에 특별히 공헌한다 여기고 이러한 희생을 환영해야 할 것이라고 말했다.

동물들은 다시 한번 막연한 불안감에 사로잡혔다. 인간과는 어떠한 거래도 하지 말 것, 장사를 하지 말 것, 돈을 사용하지 말 것. 이 사항들은 존스를 쫓아낸 후에 처음 열린 승리의 집회 때 통과시킨 첫 결의안에 해당되지 않던가? 모든 동물들은 그런 결의안을 통과시켰던 일을 기억하고 있었다. 아니 적어도 기억하고 있다고 생각했다. 나폴레옹이 집회를 폐지할 때 항의했던 젊은 돼지 넷이 소심하게 목소리를 높였지만, 개들이 사납게 으르렁거리자 얼른 입을 다물었다. 그러자 양들이 평소처럼 "네 발은 좋고 두 발은 나쁘다."라고 외쳐 댔고, 순간적으로 어색했던 분위기는 해소되었다. 마침내 나폴레옹은 앞발을 들어 동물들을 조용히 시킨 다음, 자기가 이미 필요한 모든 조치를 취해 놓았다고 공표했다. 그는 어떤 동물도 인간과 직접 접촉할 필요가 없으며, 인간과의 접촉이 분명 바람직한 일도 아니라고 말했다. 그는 모든 짐을 자신이 짊어지려 한다고 했다. 윌링던에 사는 휨퍼 씨라는 사무 변호사가 동물농장과 바깥세상을 연결해 주는 중개자 역할을 하기로 합의했고, 매주 월요일 아침이면 나폴레옹의 지시를 받으러 농장을 방문하기로 되어 있었다. 나폴레옹은 늘 그러듯 "동물농장 만세!"라고 외치며 연설을 끝냈고, 동물들은 〈잉글랜드의 동물들〉을 부른 후 해산했다.

나중에 스퀼러가 농장을 한 바퀴 순회하면서 동물들의 마음을 진정시켰다. 그는 장사를 하지 않는다는 결의안과 돈을 사용하지 않는다는 결의안은 통과된 적이 없으며, 심지어 그런 안이 제기된 적조차 없다고 동물들을 납득시키려 했다. 그건 순전히 상상에 불과하며 아마도 그 상상은 스노볼이 퍼뜨린 거짓말에서 비롯되었을 것이라고 덧붙였다. 몇몇 동물이 여전히 뭔가 미심쩍다는 심정을 드러냈지만, 스퀼러는 약삭빠르게 질문을 던졌다.

"동지들, 여러분은 그게 꿈꾼 것이 아니라고 확신합니까? 여러분은 그 결의안과 관련된 기록을 가지고 있소? 어디에 적어 놓은 거라도 있소?"

사실상 그런 문서는 없는 것이 분명했기 때문에 동물들은 자신들이 잘못 알았다고 여기는 것으로 만족스러워했다.

약속한 대로 매주 월요일마다 휨퍼 씨가 농장을 방문했다. 눈에 띄는 구레나룻에 몸집이 작고 교활해 보이는 사내였다. 그는 변변치 않은 일을 맡던 사무 변호사였지만, 동물농장에는 중개인이 필요할 것이며 중개 수수료가 꽤 될 것이라는 사실을 누구보다도 먼저 알아챌 정도로 눈치가 빠른 사람이었다. 동물들은 그가 오고가는 모습을 두려운 눈으로 지켜보

앉고, 가능한 한 그를 피했다. 그럼에도 동물들에게는 네 발로 선 나폴레옹이 두 발로 서 있는 인간 휨퍼에게 명령을 내리는 광경이 무척 자랑스럽게 느껴졌고, 그 때문에 새로운 조치를 큰 거부감 없이 수용할 마음도 생겼다. 이제 동물들과 인간의 관계는 예전과 달랐다. 물론 동물농장이 지금 번창하고 있다고 해서 인간들이 동물농장을 예전보다 덜 증오하는 것은 아니었다. 실은 예전보다 더 증오하고 있었다. 인간들은 모두 동물농장이 조만간 파산할 것이며, 무엇보다도 풍차 건설은 실패할 것이라고 굳게 믿고 있었다. 인간들은 술집에서 서로 만나면 풍차는 반드시 무너질 것이고 설사 세운다고 하더라도 작동하지 않을 거라고 그림까지 그려 가면서 증명해 보이려 했다. 하지만 인간들은 이러한 자신들의 의지와는 다르게 동물들이 자기 일을 효율적으로 잘 꾸려 가고 있다는 사실에 일종의 존경심마저 품게 되었다. 인간들이 농장을 더 이상 '매너 농장'이라 부르지 않고 '동물농장'이라고 제대로 부르기 시작한 것은 그러한 변화의 한 징표였다. 또한 인간들은 더는 존스 편을 들지 않았다. 존스는 농장을 되찾으려는 희망을 버리고 다른 곳으로 이사해 살고 있었다. 휨퍼를 통하는 방법 외에 동물농장과 바깥세상은 아직까지 아무런 접촉이 없었다. 하지만 나폴레옹이 곧 폭스우드 농장의 필킹턴 씨나 아니면 핀치필드 농장의 프레더릭 씨와 확실한 사업 거래를 협상할 것이라는 소문이 끊이지 않고 나돌았다. 그렇지만 두 사람과 동시에 거래하는 일은 없을 것이라고 했다.

　이 무렵 돼지들은 갑자기 거처를 농장 저택으로 옮겨 그곳에서 살기 시작했다. 이번에도 동물들은 그런 생활을 금하는 결의안이 옛날에 일치 감치 통과됐던 사실이 기억나는 듯했다. 그러자 또다시 스퀼러가 나서서 그런 일은 없었다고 동물들을 납득시킬 수 있었다. 스퀼러는 농장의 두

뇌인 돼지들에게는 조용히 일할 곳이 절대적으로 필요하다고 말했다. 또한 돼지우리보다는 저택에서 사는 것이 '지도자(요즘 들어 그는 나폴레옹을 '지도자'라는 칭호로 부르곤 했다.)'의 품위에 걸맞은 일이라고 말했다. 스퀼러의 해명에도, 돼지들이 부엌에서 식사를 하고 거실을 휴게실로 쓸 뿐 아니라 잠도 침대에서 잔다는 말을 듣자 몇몇 동물들은 기분이 께름칙했다. 복서는 늘 그렇듯 "나폴레옹은 항상 옳다!"라는 말로 넘겨 버렸지만, 침대 사용을 금지한 규정을 분명히 기억한다고 생각한 클로버는 헛간 끝으로 가서 그곳에 새겨 있는 7계명을 읽어 보려고 애썼다. 하지만 곧 자신이 개별적인 글자 하나하나밖에 읽을 수 없음을 깨닫고 뮤리엘을 데리고 갔다.

"뮤리엘, 저기 네 번째 계명 좀 읽어 줘. 침대에서 자면 안 된다는 내용이 쓰여 있는 거 아냐?"

뮤리엘은 그 계명을 간신히 읽었다.

"'어떤 동물도 침대에서 '침대보를 깔고' 잠을 자서는 안 된다.'라고 쓰여 있어."

이상한 일이지만, 클로버는 네 번째 계명에 침대보가 언급되어 있었다는 걸 기억하지 못했다. 하지만 벽에 그렇게 쓰여 있으니 그건 틀림없는 사실일 터였다. 그때 마침, 개 두세 마리의 호위를 받으며 그 옆을 지나가던 스퀼러가 그 문제를 적절히 설명해 주었다.

"동지들, 여러분은 우리 돼지들이 농장 저택의 침대에서 잔다는 이야기를 들었지요? 그리하면 안 될 이유라도 있소? 설마 동지들은 '침대' 사용을 금지한 규정이라도 있다고 여기는 건 아니겠지요? 침대란 그저 잠자는 자리를 뜻하는 것일 뿐이오. 정확히 말하면, 우리 안의 짚단도 침대라고 할 수 있소. 법 규정은 인간이 만든 침대보를 금지하는 것이오. 우리는 농장 저택의 침대에서 침대보를 걷어 내고 담요를 깔고 자오. 그 또한 아주 편안한 침대이오! 하지만 동지들, 분명히 말하는데, 요즘 우리가 해야 하는 정신노동에 필요한 것 이상으로 편안하지는 않소. 동지들, 여러분은 우리에게서 휴식마저 빼앗을 생각은 없겠지요? 우리가 너무 지쳐 우리의 의무를 다하지 못하게 할 생각은 없겠지요? 설마 여러분 중 누구도 존스가 돌아오는 걸 원하지는 않겠지요?"

동물들은 절대 그럴 리가 없다며 곧바로 스퀼러를 안심시켰고, 돼지들이 농장 저택의 침대에서 자는 것에 대해서 더는 거론하지 않았다. 며칠 후, 이제부터 돼지들은 아침에 다른 동물들보다 한 시간 늦게 일어나게 되었다는 발표에도 동물들은 아무런 불평을 하지 않았다.

가을이 올 무렵, 동물들은 몸은 지쳤지만 마음만은 행복했다. 고된 한 해를 보냈고, 건초와 옥수수 일부를 팔고 난 후라 겨울에 먹을 비축 식량은 충분치 않았지만 풍차가 모든 것을 보상해 주었다. 풍차 건설은 지금까지 거의 절반쯤 진척된 상태였다. 추수가 끝난 직후 맑고 건조한 날씨가 한동안 계속되자, 동물들은 어느 때보다 열심히 일했다. 풍차의 벽을 한 칸이라도 더 올릴 수 있다면 온종일 이리저리 오가며 돌덩이를 나르는 일은 충분히 가치가 있다고 생각했다. 복서는 심지어 밤중에도 나와 추수기의 달빛 아래에서 한두 시간씩 혼자 일을 하곤 했다. 잠깐 여유가 나면 동물들은 반쯤 완성한 풍차 주위를 돌면서 아주 견고하게 수직으로 쌓은 벽을 보며 감탄하기도 하고 자신들이 그처럼 위풍당당한 구조물을 만들 수 있었다는 데 놀라기도 했다. 벤자민만이 풍차에 대해서 전혀 열광하지 않았다. 그는 평소처럼 당나귀는 오래 산다고 하는 수수께끼 같은 말 말고는 아무런 이야기도 하지 않으려 했다.

매서운 남서풍과 함께 11월이 왔다. 날씨가 너무 습해 시멘트를 섞을 수 없어서 풍차 건설 공사는 중단될 수밖에 없었다. 그러던 어느 날 밤, 강풍이 세차게 불어 대는 통에 농장 건물들이 밑동부터 흔들렸고 헛간 지붕에서 기와 몇 장이 떨어져 나갔다. 겁에 질려 잠에서 깬 암탉들이 꼬꼬댁거렸다. 그들 모두가 거의 동시에, 멀리서 총소리가 들리는 꿈을 꾼 탓이었다. 아침에 동물들이 우리 밖으로 나와 보니, 깃대가 바람에 날려 쓰러져 있고 과수원 기슭에 있던 느릅나무 한 그루가 무처럼 뿌리째 뽑혀 있었다. 바로 그 순간 모든 동물들의 목구멍에서 절망에 찬 비명이 터져 나왔다. 무시무시한 광경이 눈앞에 펼쳐져 있었다. 풍차가 완전히 무너져 버린 것이다.

동물들은 일제히 그 현장으로 달려갔다. 좀처럼 뛰는 일이 없었던 나폴레옹이 앞장서서 달렸다. 그랬다. 그들이 고군분투 끝에 맺은 결실이 토대까지 폭삭 무너져 버렸고, 그들이 그토록 힘들여 깨고 날랐던 돌들이 사방에 흩어져 있었다. 처음에는 모든 동물들이 아무런 말도 못하고 비탄에 잠긴 눈으로 무너진 돌무더기들을 바라보았다. 나폴레옹은 말없이 이리저리 왔다 갔다 하면서 가끔 땅에 코를 대고 킁킁거렸다. 그의 꼬리가 빳빳해지더니 좌우로 격하게 씰룩거렸다. 그가 열심히 머리를 굴리고 있다는 신호였다. 마음을 정한 듯 그는 별안간 걸음을 멈추었다.

"동지들."

그가 낮은 목소리로 말했다.

"이게 다 누구 짓인지 아시오? 밤중에 숨어들어 와서 우리 풍차를 송두리째 파괴한 적이 누군지 말이오? 바로 스노볼이오!" 그가 갑자기 천둥소리 같은 고함을 내질렀다. "스노볼이 이런 짓을 한 것이오! 순전히 앙심을 품고서 우리의 계획을 망치고 굴욕적으로 추방당한 걸 복수하고자 이 반역자는 어둠을 틈타 이곳으로 몰래 기어들어 와 우리가 거의

1년에 걸쳐 이룩한 풍차를 파괴해 버렸소. 동지들, 지금 이 자리에서 나는 스노볼에게 사형을 선고하는 바이오. 누구든 그자에게 법의 심판을 받게 하는 동물에게는 2급 동물 영웅 훈장과 사과 반 포대를 줄 것이오. 그를 생포해 오는 동물에게는 사과 한 포대를 줄 것이오!"

동물들은 스노볼이 그런 범죄를 범할 수 있다는 사실을 깨닫고는 엄청난 충격을 받았다. 곳곳에서 분노의 외침이 터져 나왔고 동물들 모두가 스노볼이 돌아오면 어떻게 잡을지 궁리하기 시작했다. 곧 언덕과 조금 떨어진 풀밭에서 돼지 발자국이 발견되었다. 그 발자국은 겨우 몇 미터까지만 나 있었지만, 방향은 산울타리에 난 구멍으로 이어진 것 같았다. 나폴레옹은 발자국에 코를 대 냄새를 깊게 맡아 보고는 이것이 스노볼의 발자국이라고 공표했다. 그는 스노볼이 폭스우드 농장 쪽에서 왔을 거라는 의견을 제시했다.

발자국 조사를 마친 뒤 그가 소리쳤다.

"동지들, 더 이상 미루지 맙시다! 해야 할 일이 있소. 바로 오늘 아침부터 우리는 풍차 재건에 착수해야 하오. 우리는 비가 오건 날이 개건 겨울 내내 공사를 계속할 것이오. 그 파렴치한 반역자에게 우리의 일을 그리 쉽게 망칠 수 없다는 사실을 가르쳐 줄 것이오. 동지들, 잊지 마시오. 우리의 계획은 결코 바뀌지 않는다는 것을. 완성되는 그날까지 우리의 계획은 실행될 것이오. 동지들, 전진합시다! 풍차 만세! 동물농장 만세!"

7

If she herself had had any picture of the future,
it had been of a society of
animals set free from hunger and the whip,
all equal, each working according to his capacity,
the strong protecting the weak.

혹독한 겨울이었다. 폭풍우가 치고 나면 진눈깨비가 쏟아졌고, 이 이후로 내린 매서운 서리는 2월에 들어서도 녹지 않았다. 동물들은 풍차 재건에 전력을 다했다. 그들은 바깥세상이 자신들을 지켜보고 있으며, 풍차가 제때에 완공되지 못하면 시기심 많은 인간들이 기뻐하며 기고만 장하리라는 것을 잘 알고 있었다.

악의에 찬 인간들은 스노볼이 풍차를 파괴했다는 사실을 믿지 않는 체했다. 그들은 풍차가 무너진 이유가 너무 얇은 벽 때문이라고 말했다. 이 말이 사실이 아니란 것을 동물들은 알고 있었지만, 전에는 45센티미터였던 벽 두께를 이번에는 90센티미터로 늘려 쌓기로 결정했다. 이 때문에 훨씬 더 많은 양의 돌을 모아야 했다. 채석장에는 오랫동안 쌓인 눈더미가 가득했기 때문에 한동안 아무 일도 할 수 없었다. 건조하고 추운 날씨에도 작업에는 약간의 진척이 있었지만, 노동은 가혹했고 동물들은 전처럼 풍차 건설에 부푼 희망만을 가질 수는 없었다. 그들은 늘 춥고 배가 고팠다. 복서와 클로버만이 낙담하지 않았다. 스킬러가 봉사의 기쁨과 노동의 존엄성에 관해 훌륭한 연설을 했지만 다른 동물들은 복서의 힘과 "내가 좀 더 열심히 일하겠어!"라는 그의 변함없는 외침에서 더 큰 감화를 받았다.

1월이 되자 식량이 바닥을 드러내기 시작했다. 옥수수 배급량이 크게 줄었고, 이를 보충하기 위해 특별히 감자를 배급할 것이라는 발표가 있었다. 그런데 알고 보니 감자는 흙더미를 충분히 두껍게 덮어 주지 않아 거의 다 얼어 버린 상태였다. 무르고 색이 변해 버린 감자 중에 먹을 수 있는 것은 얼마 되지 않았다. 동물들은 며칠씩 왕겨와 사탕무만 먹어야 할 때도 있었다. 굶주림이 그들을 정면으로 노려보고 있는 것만 같았다.

이러한 사정을 바깥세상에는 반드시 숨겨야 했다. 풍차가 붕괴되자 용기를 얻은 인간들은 동물농장에 대한 새로운 거짓말들을 지어내고 있었다. 또다시 모든 동물이 굶주림과 질병으로 죽어 가고 있다거나, 자기들끼리 끊임없이 싸우고 서로 잡아먹으며 급기야 어린 새끼들을 죽이는 일까지 벌어지고 있다는 소문이 퍼졌다. 나폴레옹은 농장의 식량 사정이 외부에 사실대로 알려지면 어떤 결과가 뒤따를지 잘 알고 있었다. 그래서 그는 휨퍼 씨를 이용해 정반대의 소문을 퍼뜨리기로 결심했다. 지금까지는 매주 농장을 방문하는 휌퍼 씨와 동물들 사이에 접촉이 거의 또는 전혀 없었다. 하지만 이제는 몇몇 선발된 동물들, 주로 양이 휌퍼 씨가 듣는 데서 어쩌다 우연히 나온 말인 것처럼 자연스럽게 '식량 배급량이 늘어났다'는 이야기를 주고받으라는 지시를 받았다. 또한 나폴레옹은 식량 창고에 있는 거의 텅 빈 식량 통들을 모래로 가득 채우고 그 위를 남아 있는 곡물과 곡물 가루로 덮으라고 명령했다. 그리고는 적당한 구실로 휌퍼를 식량 창고로 데리고 가서 식량 통들을 슬쩍 볼 수 있게 했다. 결국 속아 넘어간 휌퍼는 동물농장에는 식량이 부족하지 않다고 바깥세상에 계속 알리고 다녔다.

그렇지만 1월 말이 되자, 어디에서든 반드시 곡물을 좀 더 확보해야 했다. 요즘에 나폴레옹은 좀처럼 공식 석상에는 모습을 드러내지 않았다. 대신 문이란 문에는 모두 몹시 사납게 생긴 개들이 지키고 서 있는 농장 저택 안에서만 시간을 보냈다. 그가 모습을 드러낼 때는 중요한 의식이라도 치르는 듯 개 여섯 마리의 호위를 받았고, 개들은 그를 에워싼 채 누구든 가까이 다가오기라도 하면 으르렁댔다. 그는 심지어 일요일 아침에도 나타나지 않는 경우가 빈번했으며, 다른 돼지들 중 하나를 통해 명령을 전달했다. 대개는 스퀼러가 그 역할을 맡았다.

어느 일요일 아침, 스퀼러가 막 다시 알을 낳기 시작한 암탉들에게 달걀을 모두 내놓아야 한다고 통보했다. 나폴레옹이 휌퍼를 통해 매주 달걀 400개를 팔기로 계약한 것이다. 그렇게 달걀을 판매해 거둔 돈이면 형편이 좋아지는 여름 전까지 농장을 유지하는 데 충분한 곡물과 곡물 가루를 구입할 수 있을 거라고 했다.

암탉들은 그 소리를 듣고는 매섭게 비명을 지르며 항의했다. 전에 이러한 희생이 필요할지도 모른다는 경고를 들은 적이 있지만, 정말로 이런 일이 일어나리라고는 미처 생각하지 못했다. 암탉들은 봄철에 병아리를 부화시키기 위해 알을 품을 준비를 막 하고 있던 참이었다. 그들은 지금 알을 빼앗는 것은 살해 행위라며 저항에 나섰다. 존스를 쫓아낸 이후 처음으로 반란 비슷한 일이 벌어졌다. 검은색 미노르카종 젊은 암탉 셋의 지휘 아래 암탉들은 나폴레옹의 요구를 무산시키기 위해 단호한 저항에 나섰다. 그들이 생각해 낸 방법은 서까래로 날아오른 뒤에 거기서 알을 낳아, 바닥에 떨어뜨려 박살내는 것이었다. 나폴레옹은 재빨리 무자비한 조치를 취했다. 그는 암탉들의 식량 배급을 중지하라고 명령하며, 어느 동물을 막론하고 암탉들에게 옥수수 한 알이라도 주는 자는 사형에 처하겠다고 포고했다. 개들이 이 명령이 지켜지는지 감시했다. 암탉들은 닷새를 저항하다가 결국 항복하고 둥지로 돌아갔다. 그사이 암탉 아홉이 죽었다. 그들은 과수원에 묻혔고, 콕시듐[6]에 걸려 죽었다는 발표가 나왔다. 휨퍼는 이번 일에 대해서 아무런 이야기도 듣지 못했고 달걀은 제시간에 전달되었다. 식료품 가게의 소형 마차 한 대가 일주일에 한 번씩 와서 달걀들을 실어 갔다.

이 모든 일이 벌어지는 사이에, 스노볼의 모습은 단 한 번도 볼 수 없었다. 그가 이웃인 폭스우드 농장 아니면 핀치필드 농장에 숨어 있다는 소문이 돌았다. 이 무렵 나폴레옹은 다른 이웃 농장 주인들과 좀 더 좋은 관계를 유지해 나갔다. 마침 농장 마당에는 10년 전 너도밤나무 숲을 개간할 때 베어서 쌓아 놓은 목재 더미가 있었다. 휨퍼는 나폴레옹에게 잘 말라 있는 그 목재를 팔라고 조언했다. 필킹턴 씨와 프레더릭 씨 둘 다 그 목재를 몹시 사고 싶어 한다고도 덧붙였다. 나폴레옹은 둘 중 누구에

---

6) coccidium. 가축의 장에 기생하여 설사, 빈혈, 영양 장애를 일으키는 전염병이다.

게 팔지 결정하지 못하고 망설였다. 그가 프레더릭과 거래를 하려는 듯 보일 때면 스노볼이 폭스우드 농장에 숨어 있다는 이야기가 들렸고, 그의 마음이 필킹턴 쪽으로 기울면 스노볼이 필치필드 농장에 숨어 있다는 이야기가 나돌았다.

이른 봄에 갑자기 놀라운 사실이 밝혀졌다. 스노볼이 밤이면 몰래 농장을 드나드는 일이 빈번히 벌어졌다는 이야기였다! 동물들은 너무나 불안해진 나머지 우리 안에서 잠을 이룰 수가 없었다. 매일 밤 어둠을 틈타 농장에 기어 들어온 스노볼이 온갖 악행을 저지른다는 소문이 돌았다. 옥수수를 훔치고 우유통을 엎고 달걀을 깨 버리고 모판을 짓밟고 과일나무 껍질을 이빨로 물어뜯는다는 것이다. 뭔가 잘못된 일이 생기면 스노볼의 짓으로 돌리는 게 예사가 되었다. 창문이 깨지거나 하수구가 막히면 누군가 꼭 스노볼이 밤에 와서 한 짓이라고 말했다. 창고의 열쇠를 잃어버렸을 때도 농장의 동물들은 모두 스노볼이 우물에 던져 버렸다고 믿었다. 없어졌던 열쇠가 곡물 자루 밑에서 발견된 후에도, 이상한 일이지만 동물들은 스노볼이 열쇠를 우물에 던졌다는 말을 계속 믿었다. 젖소들은 스노볼이 외양간으로 숨어 들어와 자신들이 잠자는 동안에 젖을 짰다고 한목소리로 주장했다. 그해 겨울에는 골칫거리였던 쥐들이 스노볼과 결탁했다는 이야기도 나돌았다.

나폴레옹은 스노볼의 행동을 전면 조사하겠다고 선포했다. 그는 개들의 호위를 받으며 조사에 착수했다. 그는 농장을 한 바퀴 순회하며 모든 건물들을 철저히 조사했고, 다른 동물들은 무례를 범하지 않도록 일정한 거리를 두고 그 뒤를 따랐다. 나폴레옹은 몇 걸음마다 발을 멈추고는 땅에 코를 대고 쿵쿵거리며 냄새를 맡았다. 그러면서 냄새만으로 스노볼의 자취를 찾을 수 있다고 말했다. 나폴레옹은 헛간, 외양간, 닭장, 채소밭을 가리지 않고 다니며 구석구석 냄새를 맡으면서 도처에서 스노볼의 흔적을 발견했다. 그는 주둥이를 땅에 대고 몇 차례 깊숙이 냄새를 맡아 보다가, "스노볼이야! 놈이 여기에 왔었어! 분명히 놈의 냄새가 나!"라고 무서운 소리로 외쳤다. '스노볼'이라는 말에 개들은 모두 송곳니를 드러내고 소름 끼치도록 사납게 으르렁거렸다.

동물들은 기겁했다. 스노볼이 마치 주변 공기에 스며들어 자신들에게 온갖 위협과 해를 가하는 보이지 않는 힘처럼 느껴졌다. 저녁에 스퀼러가 동물들을 소집해 놓고는 놀랍다는 표정을 지으며 중대한 소식을 전하겠다고 말했다.

"동지들!"

스퀼러는 다소 신경질적으로 펄쩍펄쩍 뛰면서 외쳤다.

"아주 무서운 사실이 밝혀졌소. 스노볼이 지금도 우리를 공격해서 농장을 빼앗을 음모를 꾸미고 있는 핀치필드 농장의 프레더릭에게 매수되었소! 공격이 개시되면 스노볼은 프레더릭의 안내자 노릇을 할 거요. 그리고 이보다도 더 나쁜 소식이 있소. 우리는 스노볼이 허영과 야심 때문에 우리를 배반했다고 생각했었소. 한데 우리의 생각이 틀렸소, 동지들. 진짜 이유가 무엇인지 아시오? 스노볼은 처음부터 존스와 결탁했던 거요! 놈은 줄곧 존스의 첩자였소. 이 사실은 모두 스노볼이 달아나며 남긴 문서를 통해 밝혀졌소. 우리는 그 문서를 방금 발견했소. 동지들, 나는 이것이 많은 것을 설명해 준다고 생각하오. 외양간 전투 당시 놈이 어떻게 우리의 패배를 도모하고 우리를 파멸시키려 했는지 직접 보지 않았소? 다행히 성공하지는 못했지만 말이오."

동물들은 얼떨떨했다. 이는 풍차를 파괴한 것보다 훨씬 더 사악한 짓이었다. 하지만 동물들이 이 상황을 완전히 받아들이는 데에는 얼마간의 시간이 필요했다. 동물들 모두 외양간 전투에서 스노볼이 앞장서서 공격하던 모습을, 매번 자신들을 모아 놓고 격려하던 모습을, 존스가 쏜 총에 맞아 등에 상처를 입고서도 한순간도 멈출 줄 모르던 모습을 기억하고 있었다. 아니, 기억하고 있다고 생각했다. 이러한 기억 속의 모습이 그가 존스의 편이었다는 사실과 어떻게 들어맞는지 이해하기 어려웠다. 좀처럼 캐묻지 않는 복서마저도 어리둥절했다. 그는 앞발을 모으고 꿇어앉아서 눈을 감은 채 생각을 정리하려고 무척 애썼다.

복서가 말했다.

"난 그 얘길 믿을 수 없소. 스노볼은 외양간 전투에서 용감하게 싸웠소. 내 두 눈으로 똑똑히 봤소. 전투 직후에 우리가 그에게 1급 동물 영웅 훈장을 주지 않았소?"

"동지, 그건 우리의 실수였소. 이제야 알게 됐지만 그자는 사실 우리를 파멸에 빠뜨리려고 하였소. 이는 우리가 찾아낸 비밀문서에 모두 기록되어 있소."

"하지만 그는 부상을 입었잖소. 그가 피투성이가 된 채 뛰는 걸 우린 모두 보았소."

"그게 다 서로 짠 각본이오!"

복서의 말에 스퀄러가 소리쳤다.

"존스가 쏜 총알은 스치고 지나갔을 뿐이오. 여러분이 읽을 수만 있다면 그놈이 직접 쓴 글을 보여 줄 수도 있소. 결정적인 순간에 도주 신호를 보내고 적에게 농장을 내주려는 것이 스노볼의 계략이었소. 거의 성공할 뻔했지요. 내가 장담하는데, 우리의 영웅적인 지도자 나폴레옹 동지가 안 계셨다면, 그놈의 계략은 성공했을 거요. 존스 일당이 마당으로 들어온 순간, 스노볼이 갑자기 뒤돌아 달아났고 많은 동물들이 그 뒤를 따랐던 일이 기억나지 않소이까? 또한 돌연한 공포감에 휩싸여 모든 게 끝장날 듯하였던 바로 그 순간에 나폴레옹 동지가 앞으로 뛰쳐나와 '인간에게 죽음을!'이라고 외치며 존스의 다리를 이빨로 물어뜯던 일도 기억나지 않소이까? 동지들, 여러분은 분명 그 일을 기억하고 있지요?"

스퀼러가 이리저리 껑충껑충 뛰어다니며 외쳤다. 그가 당시의 장면을 너무나 생생하게 설명하자 동물들은 그런 기억이 나는 것 같기도 했다. 어쨌든 전투의 결정적인 순간에 스노볼이 뒤돌아 달아났던 일은 그들도 기억이 났다. 하지만 복서는 여전히 마음이 좀 께름칙했다.

"난 스노볼이 처음부터 반역자였다는 말은 못 믿겠소."

그가 마침내 입을 열었다.

"그 후에 그가 한 짓은 다를 테지만 말이오. 외양간 전투 당시에는 그가 좋은 동지였다고 나는 믿소."

"동지들, 우리의 지도자 나폴레옹 동지께서는 스노볼이 처음부터 존스의 첩자였다고 명확하게, 정말 명확하게 말씀하셨소."

스퀼러가 아주 천천히, 그러나 단호하게 공표했다.

"그렇소, 반란을 계획하기 훨씬 전부터 첩자였다고 단언하셨소."

그러자 복서가 대답했다.

"아, 그렇다면 이야기가 다르지! 나폴레옹 동지가 그렇다고 하시면 틀림없이 그런 거지."

"동지, 그게 바로 진정한 정신이오!"

스퀼러는 이렇게 외쳤지만 가느다란 두 눈을 번득이며 아주 험악한 표정으로 복서를 째려보는 기색이 역력했다. 그는 가려고 돌아서다 말고 의미심장한 말 몇 마디를 덧붙였다.

"나는 우리 농장의 동물 전부에게 늘 두 눈을 크게 뜨고 있으라고 경고

하는 바이오. 이 순간에도 스노볼의 첩자가 우리들 중에 숨어 있다고 믿을 만한 충분한 이유가 있으니 말이오!"

나흘 후 늦은 오후, 나폴레옹은 모든 동물들을 마당으로 소집했다. 동물들이 모두 모이자, 나폴레옹은 메달 두 개를 달고 (최근에 그는 '1급 동물 영웅' 훈장과 '2급 동물 영웅' 훈장을 자기 자신에게 수여했다.) 농장 저택에서 나타났다. 거대한 개 아홉 마리가 그의 주변을 껑충껑충 맴돌며 으르렁거리는 통에 모든 동물들은 등골이 오싹했다. 어떤 무서운 일이 곧 벌어지리라는 것을 예감이나 한 듯 모두들 제자리에서 조용히 몸을 움츠렸다.

나폴레옹은 엄숙한 표정으로 서서 청중을 쭉 둘러보다가 날카로운 소리를 꽥 하고 내질렀다. 그러자 개들이 곧장 달려 나와 돼지 네 마리의 귀를 물고 앞으로 끌어냈다. 돼지들은 고통과 공포로 꽥꽥거리며 나폴레옹의 발치로 끌려갔다. 돼지들의 귀에서는 피가 흘렀고, 피 맛을 본 개들은 한동안 미친 것처럼 보였다. 그중 세 마리가 복서를 향해 달려들자 모두들 깜짝 놀랐다. 복서는 커다란 발굽을 내밀어 그들 중 한 마리를 허공에서 잡아챈 뒤 바닥에 내리꽂았다. 발에 짓눌린 개는 살려달라는 듯이 날카로운 비명을 질렀고, 다른 두 마리는 뒷다리 사이로 꼬리를 내리고 도망쳤다. 복서는 개를 짓밟아 죽여야 할지 놓아줘야 할지 알고 싶다는 듯, 나폴레옹을 쳐다보았다. 나폴레옹은 안색이 변하는가 싶더니 날이 선 목소리로 복서에게 개를 놓아주라고 명령했다. 복서가 발굽을 들어 올리자 개는 상처를 입은 채 낑낑대면서 슬금슬금 도망쳤다.

곧 소란은 가라앉았다. 돼지 네 마리는 얼굴에 잡힌 주름 하나하나에 유죄라고 쓰여 있기라도 한 것처럼 벌벌 떨며 기다리고 있었다. 나폴레옹이 그들에게 죄를 자백하라고 소리쳤다. 그들은 나폴레옹이 일요 집회를 폐지했을 때 항의했던 돼지들이었다. 더 재촉하지 않아도 돼지들은 순순히 자백하기 시작했다. 자신들은 스노볼이 추방된 이후로 줄곧 그와 은밀히 접촉해 왔고 그와 공모하여 풍차를 파괴했으며, 동물농장을 프레더릭에게 넘겨주기로 스노볼과 합의했다는 내용이었다. 그리고 그들은 스노볼이 지난 몇 년 동안 존스의 비밀 첩자였음을 자신들에게 은밀히 털어놓았다고 덧붙였다. 자백이 끝나자마자 개들이 즉각 달려들어 돼지들의 목을 물어뜯었고, 나폴레옹은 무서운 목소리로 누구든 더 자백할 일이 없느냐고 다그쳤다.

그러자 달걀을 둘러싸고 반란을 주도했던 암탉 세 마리가 앞으로 나와, 스노볼이 꿈에 나타나서 나폴레옹의 명령에 불복하도록 선동했다고 진술했다. 그들 역시 처형당했다. 이번에는 거위 한 마리가 나와서 자신이 작년 수확 때 옥수수 여섯 알을 훔쳐 두었다가 밤에 먹었다고 자백했다. 뒤를 이어 양 한 마리가 나와 자신이 식수 웅덩이에 오줌을 누었는데, 이는 스노볼의 강요 때문에 한 짓이라고 자백했다. 그리고 다른 양두 마리는 나폴레옹의 헌신적인 추종자였던 늙은 숫양이 감기에 걸려 기침에 시달릴 때 모닥불 주위로 오지 못하도록 쫓아내 결국 그를 죽게 만들었다고 자백했다. 이들도 모두 즉석에서 처형되었다. 그렇게 자백과 처형이 계속 이어졌다. 어느새 나폴레옹의 발치에는 동물들의 시체가 수북이 쌓였고 농장 안은 피 냄새가 진동했다. 존스를 쫓아낸 이후 처음 있는 일이었다.

자백과 처형이 모두 끝나자 돼지와 개들을 제외한 남은 동물들은 한 몸처럼 무리 지어 마당을 슬금슬금 빠져나갔다. 온몸이 부들부들 떨렸고, 참담한 심정을 가눌 수 없었다. 스노볼과 공모한 동물들의 배반 행위가 더 충격적인지, 아니면 방금 목격한 잔혹한 보복 행위가 더 충격적인

지 알 수 없었다. 옛날 존스 시절에도 이처럼 끔찍한 유혈 장면들이 종종 있었지만, 그들 모두의 입장에서는 동물들 사이에서 일어났다는 점에서 이번 일이 훨씬 더 흉측해 보였다. 존스가 쫓겨난 이후로 오늘날까지 농장에서는 어떤 동물도 다른 동물을 죽인 적이 없었다. 쥐 한 마리조차 죽인 일이 없었다. 동물들은 풍차 건설이 반쯤 진척되어 있는 야트막한 언덕으로 올랐다. 그러고는 함께 옹기종기 모여 따스한 온기를 나누려는 듯 일제히 웅크리고 앉았다. 클로버, 뮤리엘, 벤자민, 젖소와 양, 모든 거위와 암탉이 다 거기에 있었다. 나폴레옹의 소집 명령이 내려지기 직전에 갑자기 사라진 고양이만 보이지 않았다. 한동안 아무도 말이 없었다. 복서만이 서 있었다. 그는 안절부절못하고 이리저리 서성이며 검고 길쭉한 꼬리로 옆구리를 찰싹 치다가, 이따금씩 놀랍다는 듯 나지막이 히힝 소리를 냈다. 마침내 그가 입을 열었다.

"정말 모르겠어. 이런 일이 우리 농장에서 일어나리라고는 꿈에도 생각하지 않았어. 우리 스스로에게 뭔가 잘못이 있어서겠지. 내 생각엔, 더 열심히 일하는 게 해결책이라고 봐. 지금부터 나는 아침에 한 시간 먼저 일어날 거야."

그는 그렇게 말하고는 무거운 걸음을 뚜벅뚜벅 옮기며 채석장으로 향했다. 거기에서 그는 돌을 연이어 두 짐이나 모아 풍차 공사장으로 나르고 나서야 잠자리에 들었다.

동물들은 말없이 클로버 주위에 모여들었다. 그들이 앉아 있는 야트막한 언덕에서는 그 지역의 넓은 조망이 한눈에 들어왔다. 큰길로 내리뻗은 길쭉한 목초지, 건초용 풀밭, 잡목이 자라는 숲, 식수 웅덩이, 초록빛 어린 밀들이 빽빽하게 자란 들판, 굴뚝 연기가 모락모락 피어오르고 있는 농장 건물의 빨간 지붕 등 동물농장의 전경도 대부분 눈에 들어왔다.

맑은 봄날 저녁이었다. 풀밭과 풍성하게 잔뜩 부푼 산울타리가 골고루 햇볕을 받아 황금빛으로 물들어 있었다. 동물들의 눈에 농장이 이처럼 멋있어 보인 적이 없었다. 그들은 그곳이 자신들의 농장이며 농장 구석구석이 전부 자신들의 자산이라는 생각에 새삼 놀랐다. 언덕 아래를 내려다보던 클로버의 두 눈에는 눈물이 가득 고였다. 자기 생각을 말로 잘 표현할 수만 있었다면, 클로버는 몇 년 전 인간을 타도하는 일에 투신했을 때 자신들이 목표로 삼은 것이 지금의 상황은 아니었다고 말했을 것이다. 오늘 목도한 공포와 살육의 장면들은 메이저 영감이 그들에게 처음 반란을 선동했던 날 밤에 그들이 기대했던 바는 아니었다. 그녀가 그려 본 미래상이 있었다면 그 모습은 굶주림과 채찍질에서 벗어나 모두가 평등하며 각자의 능력에 따라 일하는 사회, 메이저 영감이 연설하던 날 밤 그녀가 앞다리로 어미를 잃은 새끼 오리들을 보호해 주었던 것처럼 강자가 약자를 보호해 주는 그런 사회였다. 그런데 이유야 모르지만 그들이 맞이한 현실은 전혀 달랐다. 아무도 자기 속마음을 감히 꺼내지 못하였고, 으르렁거리는 사나운 개들이 사방팔방으로 돌아다녔으며, 동지들이 충격적인 죄를 자백한 후 갈가리 찢기는 광경을 봐야 하는 시대를 맞이한 것이다. 그렇다고 해서 그녀가 마음속으로 반란이나 불복종을 생각하고 있는 것은 아니었다. 그녀는 현실이 이렇더라도 존스 시절보다는 지금의 형편이 훨씬 좋으며 무엇보다도 인간들이 돌아오지 못하게 막아야 함을 알고 있었다. 무슨 일이 있어도 그녀는 계속 충성을 다할 것이며, 열심히 일하고 주어진 명령을 수행하면서 나폴레옹의 통치를 받아들일 것이다. 하지만 그렇다고 하더라도 그녀와 다른 동물들이 바란 것은 이러한 현실이 아니었고, 고달픈 노동도 이러한 현실을 위해서가 아니었다. 풍차를 세우고 존스의 총알에 맞선 것은 이런 현실을 위해서가 아니었다. 비록 말로 표현할 수는 없었지만, 그녀의 생각은 그랬다.

마침내 그녀는 말로 표현할 수 없는 심정을 노래로 대신할 수 있으리라 생각하고는 〈잉글랜드의 동물들〉을 부르기 시작했다. 주위에 앉아 있던 다른 동물들도 따라 불렀다. 그들은 아름다운 선율로, 그러나 어딘가 예전과는 다른 소리로 슬프고 느리게 세 번이나 반복해서 불렀다.

세 번째 노래를 막 끝냈을 때 스퀼러가 개 두 마리를 거느리고 뭔가 중요한 할 말이 있는 듯한 분위기를 풍기며 그들에게 다가왔다. 그는 나폴레옹 동지의 특별 포고에 따라 노래 〈잉글랜드의 동물들〉을 폐기한다고 발표했다. 지금부터 그 노래를 부르는 일이 금지된 것이다.

동물들은 깜짝 놀랐다.

"왜요?"

뮤리엘이 소리쳐 묻자 스퀼러가 뻣뻣하게 말했다.

"동지, 그 노래는 더 이상 필요치 않소. 〈잉글랜드의 동물들〉은 반란의 노래요. 하지만 이제 반란은 완수되었소. 오늘 오후 반역자들을 처형한 것이 최종 행동이었소. 우리는 외부의 적과 내부의 적을 모두 섬멸했소. 〈잉글랜드의 동물들〉을 통해 우리는 다가올 미래의 더 나은 사회에 대한 열망을 표현했소. 하지만 그 사회는 이제 성취되었소. 그러니 더 이상 그 노래를 불러야 할 목적이 없는 게 분명해졌소."

비록 겁은 났지만, 몇몇 동물은 항의할 수도 있었다. 그런데 바로 그때 양들이 늘 하던 대로 "네 발은 좋고 두 발은 나쁘다!"라는 구호를 외쳐 댔다. 그 소리가 몇 분 동안 계속되자 토론은 그대로 끝나고 말았다.

이로써 〈잉글랜드의 동물들〉은 더 이상 들을 수 없게 되었다. 그 대신 시인 미니무스가 다른 노래를 작곡했다. 그 노래는 이렇게 시작되었다.

동물농장이여, 동물농장이여,

나는 그대에게 해를 입히지 않으리!

　　매주 일요일 아침 깃발을 게양한 후에 이 노래를 불렀다. 하지만 동물들에게는 왠지 이 노래가 가사도 곡조도 〈잉글랜드의 동물들〉에 못 미치는 것처럼 느껴졌다.

8

"No animal shall kill any other animal
without cause."

　며칠 후, 처형이 불러온 공포가 가라앉자 일부 동물들은 여섯 번째 계명이 "어떤 동물도 다른 동물을 죽여서는 안 된다."였다는 사실을 기억했다. 아니, 기억한다고 생각했다. 돼지들이나 개들이 듣는 데서는 누구도 그런 이야기를 꺼내지 않았지만, 동물들은 얼마 전에 있었던 살육 행위가 여섯 번째 계명에 어긋나는 것 같다고 느꼈다. 클로버는 벤자민에게 여섯 번째 계명을 읽어 달라고 부탁했고, 벤자민은 으레 그렇듯이 그런 일에는 끼어들고 싶지 않다며 거절했다. 결국 클로버는 뮤리엘을 데려갔다. 뮤리엘이 그녀에게 그 계명을 읽어 주었다. 계명은 "어떤 동물도 '이유 없이' 다른 동물을 죽여서는 안 된다."라고 되어 있었다. 어찌된 일인지 동물들의 기억 속에 '이유 없이'라는 두 단어는 없었다. 그렇지만 그들은 이제 처형 행위가 계명에 위반되지 않는다는 것을 알게 되었다. 스노볼과 결탁한 반역자들을 죽인 타당한 이유가 있는 것이 분명하니 말이다.

그해 내내 동물들은 지난해보다 훨씬 더 열심히 일했다. 농장의 일상적인 일을 해야 하는 데다, 벽 두께를 전보다 두 배로 늘려서 정해진 날짜 안에 풍차 재건을 완수하려니 실로 엄청난 노동력이 요구되었다. 동물들로서는 존스 시절보다 더 많은 시간을 일하면서도 먹는 것은 나아진 게 없다는 생각이 들 때도 있었다. 일요일 아침이면 스퀼러는 앞발에 기다란 종이 뭉치를 들고 와서 동물들에게 모든 식량 생산량이 200퍼센트, 300퍼센트, 때로는 경우에 따라 500퍼센트씩 증가했음을 입증하는 숫자들을 읽어 주었다. 동물들은 반란 이전의 상황이 어떠했는지 더 이상 그리 명확하게 기억나지 않았기 때문에 스퀼러의 발표를 믿지 않을 이유가 없었다. 그렇지만 아무래도 좋으니, 그런 숫자 따위가 줄더라도 배를 채울 음식이 더 많았으면 좋겠다는 생각이 드는 날도 있었다.

이제 모든 명령은 스퀼러나 다른 돼지를 통해 전달되었다. 나폴레옹은 2주에 한 번 정도도 공식 석상에 모습을 보이지 않았다. 어쩌다 나타날 때는 수행원인 개들뿐만 아니라 검은 빛깔의 어린 수탉도 대동했다. 어린 수탉은 앞에서 행진했고, 나폴레옹이 연설하기 전에 "꼬옥끼오오!" 하고 크게 외치는 나팔수 노릇을 했다. 나폴레옹은 농장 저택 안에서조차 다른 돼지들과 분리된 방에서 혼자 머문다는 소문이 돌았다. 그는 개 두 마리의 시중을 받으며 혼자 식사를 하는데, 늘 거실의 유리 찬장에 있는 크라운 더비 정찬용 식기만을 이용한다고 했다. 앞으로는 매년 두 번의 경축일 외에 나폴레옹의 생일에도 축포를 발사한다는 발표가 있었다.

　나폴레옹은 이제 그냥 '나폴레옹'으로만 불리지 않았다. 그는 항상 '우리의 지도자 나폴레옹 동지'라는 공식 칭호로 불렸고, 돼지들은 그에게 '모든 동물의 아버지', '인간을 두렵게 하는 존재', '양들의 보호자', '새끼오리들의 친구'와 같은 칭호를 즐겨 붙였다. 스퀼러는 연설을 할 때면 두 뺨에 눈물을 줄줄 흘리며 나폴레옹의 지혜와 선량한 마음, 그리고 만방의 모든 동물들, 특히 아직도 다른 농장에서 무지와 노예 상태로 살아가고 있는 불행한 동물들에 대한 나폴레옹의 깊은 사랑을 말하곤 했다. 모든 성공적인 업적이나 온갖 행운을 나폴레옹의 공로로 돌리는 것이 일상이 되었다. 한 암탉이 다른 암탉에게 "우리의 지도자 나폴레옹 동지의 지도 아래 난 엿새 동안 알을 다섯 개나 낳았어."라고 말하거나 젖소 두 마리가 식수 웅덩이에서 물을 마시다가 "나폴레옹 동지의 지도력 덕분에 이 물맛이 너무나 좋구먼!"이라고 외치는 소리를 자주 들을 수 있었다. 농장의 전반적인 분위기는 미니무스가 지은 시 〈나폴레옹 동지〉에 잘 표현되어 있었다. 그 시는 다음과 같았다.

아버지 없는 자의 친구여!
행복의 샘이여!
여물통의 주인이여! 오, 하늘의 태양처럼
고요하고 위엄 있는 그대의 눈,
바라볼 때마다
활활 불타오르는 내 영혼,
나폴레옹 동지여!

그대는 그대의 모든 동물들이

좋아하는 모든 것을 베푸시는 자이시니,

하루 두 번 배불리 먹고, 깨끗한 짚단에서 뒹굴게 하시네.

그대가 모두를 돌보시니,

크고 작은 모든 동물들은

보금자리에서 편히 잠드네.

나폴레옹 동지여!

내게 젖먹이 돼지가 있다면

녀석은 맥주병이나 밀대만큼 자라기 전에

배워야 하리라,

그대에게 충성하고

진실해지는 법을.

그래, 그 아이가 맨 처음 지르는 소리는

"나폴레옹 동지!"여야 하리라.

　나폴레옹은 이 시를 승인하고 헛간 벽의 7계명 반대편 끝에 써놓도록 했다. 그 시 위에는 스퀼러가 흰색 페인트로 나폴레옹의 옆모습 초상화를 그려 놓았다.

　그사이 나폴레옹은 중개에 나선 휨퍼를 통해 프레더릭과 필킹턴을 상대로 복잡한 협상을 벌이고 있었다. 목재 더미는 아직 팔지 않은 상태였다. 두 사람 중에 프레더릭이 그 목재에 더 눈독을 들였지만, 만족스러운 값을 제대로 제시하지 않고 있었다. 그와 동시에 프레더릭 일당이 동물농장을 공격하고 풍차를 파괴할 음모를 꾸미고 있다는 소문이 다시 나돌았다. 풍차 건설이 프레더릭의 거센 시기심을 불러일으켰다는 이야기였다. 스노볼은 여전히 핀치필드 농장에 숨어 있는 것으로 알려져 있었다. 한여름에 암탉 세 마리가 앞으로 나와 스노볼의 사주를 받아 나폴레옹을 살해하려는 음모에 가담했다고 자백하는 소리를 듣고 동물들은 깜짝 놀랐다. 암탉들은 즉시 처형되었고 나폴레옹의 안전을 위한 새로운 예방책이 마련되었다. 밤이면 개 네 마리가 나폴레옹의 침대 네 구석을 맡아 지켰고, 나폴레옹이 식사하기 전에는 음식에 독이 들었는지 확인하기 위해 핑크아이라는 젊은 돼지가 먼저 밥을 먹어 보았다.

거의 같은 시기에 나폴레옹이 목재 더미를 필킹턴 씨에게 팔기로 했다는 소문이 돌았다. 또한 동물농장과 폭스우드 농장 사이에 특정 생산물을 교환한다는 내용의 정식 계약이 체결된다는 이야기도 돌았다. 휨퍼를 통하긴 했지만 나폴레옹과 필킹턴은 이제 나름 우호적인 관계를 맺고 있었다. 필킹턴 역시 인간이기 때문에 동물들은 여전히 그를 불신했지만, 두려움과 증오의 대상인 프레더릭보다는 낫다고 여겼다. 여름이 지나가면서 풍차가 거의 완공되었을 때 위협적인 공격이 임박했다는 소문은 점점 더 커져 갔다. 들리는 소문에 의하면 프레더릭이 전원 총으로 무장한 인간 스무 명을 이끌고 공격해 올 계획이며, 동물농장의 부동산 권리 증서만 손에 넣으면 치안 판사와 경찰이 문제 삼지 않도록 이미 그들에게 뇌물까지 먹였다고 했다. 게다가 프레더릭이 동물들을 잔혹하게 학대한다는 끔찍한 이야기가 핀치필드 농장에서 흘러나왔다. 그가 늙은 말을 채찍으로 때려 죽였고 젖소들을 굶겨 죽였으며 개를 아궁이에 던져 죽였다는 것이었다. 저녁이면 수탉들의 발톱에 면도칼 조각을 묶어서 서로 싸움 붙이기를 즐긴다고도 했다. 동지들에게 그런 잔혹한 짓을 벌인다는 이야기를 듣자 동물들은 분노로 피가 끓었다. 그래서 때로는 일치단결해서 인간들을 몰아내고 동물들을 해방시킬 테니 핀치필드 농장 습격을 허락해 달라고 아우성치기도 했다. 하지만 스퀼러가 동물들에게 성급한 행동을 피하고 나폴레옹 동지의 전략을 믿으라고 권고했다.

그렇지만 프레더릭에 대한 반감은 계속 커져 갔다. 어느 일요일 아침 나폴레옹이 헛간에 나타나서 자신은 프레더릭에게 목재를 팔 생각을 한 적이 결코 없다고 설명했다. 그런 악당과 거래를 하는 것은 자신의 위엄을 손상시키는 짓이라고 말했다. 여전히 밖으로 나가 반란 소식을 전파하고 있던 비둘기들은 폭스우드 농장에는 발을 딛지 말라는 명령을 받았다. 또한 '인간에게 죽음을'이라는 예전의 구호를 버리고 '프레더릭에게 죽음을'이라는 새로운 구호를 사용하라는 명령도 내려졌다. 늦은 여름에 스노볼의 또 다른 음모가 드러났다. 밀밭이 온통 잡초로 뒤덮였는데, 알고 보니 어느 날 밤에 스노볼이 몰래 숨어 들어와 밀 종자에 잡초 씨앗을 마구 섞어 놓았기 때문이라는 것이다. 이 음모에 은밀히 가담했던 한 수컷 거위가 스퀼러에게 죄를 자백한 후, 즉시 벨라도나[7] 열매를 삼키고 자살했다. 또한 지금까지 대다수 동물들은 스노볼이 1급 동물 영웅 훈장을 받았다고 믿어 왔는데, 실은 그런 적이 없다는 사실을 이제야 알게 되었다. 스노볼이 그 훈장을 받았다는 이야기는 외양간 전투가 끝난 이후 스노볼 자신이 퍼뜨린 전설에 불과했다. 훈장을 받기는커녕 전투 중 보인 비겁한 행동 때문에 비난을 샀다는 것이다. 일부 동물들은 이번에도 이 이야기를 듣고 당혹스러워했지만 스퀼러는 이내 그들의 기억이 틀렸음을 납득시킬 수 있었다.

---

7) belladonna. 자주색 꽃이 피고 까만 열매가 열리는 독초의 일종이다.

가을이 되었을 때 마침내 풍차가 완성되었다. 거의 같은 시기에 추수도 해야 했기 때문에 전력을 다하는 엄청난 노력 끝에 얻은 결과였다. 아직 휨퍼가 구입을 협상 중이어서 기계 장치는 설치하지 않았지만 일단 구조물은 완공된 것이다. 경험도 부족하고, 구식 도구에, 불운과 스노볼의 배반까지 온갖 난관에 부딪쳤음에도 공사는 예정된 날짜에 정확히 끝났다! 비록 몸은 완전히 지쳐 있었으나 자랑스럽고 뿌듯한 마음에 동물들은 자신들이 탄생시킨 걸작 주위를 빙빙 돌았다. 그들 눈에는 처음에 세웠던 풍차보다 지금 것이 훨씬 더 아름다워 보였다. 게다가 벽은 전보다 두 배나 두꺼웠다. 이번에는 폭약을 터뜨리지 않고는 절대로 무너뜨릴 수 없을 터이다! 얼마나 많은 고생을 했고 어떠한 좌절을 극복했던가. 풍차 날개가 돌아가고 발전기가 가동되면 자신들의 삶에 얼마나 거대한 변화가 생길지 생각하니, 동물들은 피로가 싹 가시는 기분이 들었다. 그들은 승리의 환호성을 지르며 풍차 주위를 뛰어다녔다. 나폴레옹은 개들과 어린 수탉의 호위를 받으며 몸소 납시어 완성된 작품을 시찰했다. 그는 동물들의 업적에 대해 친히 그 노고를 치하하고, 풍차를 '나폴레옹 풍차'로 명명한다고 선언했다.

이틀 후, 특별 집회를 위해 헛간에 동물들이 소집되었다. 나폴레옹이 목재 더미를 프레더릭에게 팔았다고 발표하자 동물들은 너무나 놀라 말문이 막혔다. 내일 프레더릭의 마차가 와서 목재들을 실어 간다고 했다. 나폴레옹은 그동안 필킹턴과 우호적 관계를 유지하는 척하면서 실은 프레더릭과 비밀 협정을 맺고 있었던 것이다.

폭스우드 농장과는 모든 관계를 끊었고, 필킹턴에게는 모욕적인 내용이 담긴 전갈을 보냈다. 핀치필드 농장을 피해 다니고, '프레더릭에게 죽음을'이라는 구호를 '필킹던에게 죽음을'이라는 구호로 바꾸라는 명령이 비둘기들에게 전달되었다. 동시에 나폴레옹은 동물농장에 대한 공격이 임박했다는 이야기는 완전히 거짓말이며 프레더릭이 자기 농장의 동물들에게 잔혹한 짓을 일삼는다는 소문도 지나치게 과장된 것이라고 동물들에게 단언했다. 이 모든 소문들은 스노볼과 그의 첩자들이 만들어 냈을 것이라고 했다. 결국 스노볼은 지금 핀치필드 농장에 숨어 있지 않으며, 오히려 지금껏 그곳에 가본 적도 없는 것으로 밝혀졌다. 지금 스노볼은 폭스우드 농장에서 아주 호화롭게 살고 있으며, 사실은 지난 몇 년 동안 필킹턴에게서 연금을 받아 왔다고 했다.

돼지들은 나폴레옹의 술수에 완전히 매료되었다. 나폴레옹은 필킹턴과 친한 척하는 계략으로, 목재값을 12파운드나 올려 부르도록 프레더릭을 부추겼다. 하지만 스퀼러는 나폴레옹이 아무도, 심지어 프레더릭조차도 믿지 않았다는 사실에서 그의 탁월한 정신이 나타난다고 말했다. 프레더릭은 값을 지불하겠다는 약속을 적어 놓은 종이쪽지인 이른바 '수표'라는 것으로 목재값을 치르려고 했다. 하지만 워낙 영리한 나폴레옹은 프레더릭의 잔꾀에 넘어가지 않았다. 5파운드짜리 현금으로 값을 내야 하며, 지불을 완료해야만 목재를 내주겠다고 한 것이다. 프레더릭은 즉시 목재값을 다 지불하였고, 그 돈은 풍차에 설치할 기계 장치를 구입하고도 남는 액수였다.

목재는 아주 신속하게 짐마차에 실려 나갔다. 목재가 모두 빠져 나가자, 헛간에서 특별 집회가 또 한 차례 열렸다. 동물들에게 프레더릭이 지불했다는 돈을 감상할 기회를 주기 위해서였다. 훈장 두 개를 달고 나온 나폴레옹은 아주 흐뭇한 듯 환한 미소를 지으며 단상의 짚단 침대에서 쉬고 있었고, 그 곁에는 농장 저택의 부엌에서 가져온 도자기 접시 위에 돈이 가지런히 쌓여 있었다. 동물들은 줄지어 서서 천천히 그 앞을 지나가며 마음껏 돈을 구경했다. 복서는 지폐에 코를 들이대고 킁킁거리며 냄새를 맡아 보았다. 그의 숨결에 얇고 하얀 지폐들이 나풀거리며 바스락거렸다.

사흘 후, 엄청난 소란이 일었다. 휨퍼가 새파랗게 질린 얼굴로 자전거를 타고 다급하게 길을 올라오더니, 마당에 자전거를 내동댕이치고는 곧장 농장 저택으로 뛰어들었다. 다음 순간 나폴레옹의 방에서 분노로 숨이 막힐 듯한 고함이 격하게 터져 나왔다. 소식은 삽시간에 온 농장으로 퍼졌다. 프레더릭이 지불한 지폐는 위조지폐였다! 결국 프레더릭은 돈 한 푼 안 내고 목재를 가져간 것이다!

나폴레옹은 즉시 동물들을 불러 모으고는 소름 끼치는 목소리로 프레더릭에게 사형 선고를 내렸다. 그는 프레더릭을 생포하면 산 채로 삶아 죽이겠다고 말했다. 동시에 그는 이러한 배반 행위 뒤에는 반드시 최악의 사태가 올 것이라고 동물들에게 경고했다. 프레더릭 일당이 당장이라도 오랫동안 준비해 온 공격을 감행할지도 모를 일이었다. 농장으로 들어오는 모든 길목에 보초가 배치되었다. 이와 함께 비둘기 네 마리가 화해의 메시지를 물고 폭스우드 농장으로 파견되었다. 필킹턴과 다시 좋은 관계를 맺고 싶다는 내용이었다.

바로 다음 날 아침, 공격이 시작되었다. 동물들이 아침을 먹고 있을 때 보초들이 달려와서 프레더릭과 그의 부하들이 벌써 가로대가 다섯 개인 대문을 돌파했다는 소식을 전했다. 동물들은 용감히 뛰쳐나가 적들과 맞섰지만, 이번에는 외양간 전투 때처럼 쉽게 승리를 거두지는 못했다. 적은 모두 열다섯 명이었고 그중 여섯은 총을 지니고 있었다. 그들은 동물들이 50미터 이내로 접근하는 즉시 총격을 가했다. 동물들은 무서운 총성과 쏟아지는 총탄에 맞설 수 없었다. 나폴레옹과 복서가 필사적으로 동물들을 규합하려고 했지만, 동물들은 곧 후퇴할 수밖에 없었다. 많은 동물들이 이미 부상을 당한 상태였다. 그들은 농장 건물로 피신하여 벽 틈이나 나무판자의 옹이구멍으로 조심스럽게 바깥을 내다보았다. 풍차를 포함해 드넓은 목초지 전체가 적의 수중에 들어간 상태였다. 당장은 나폴레옹마저도 속수무책인 듯했다. 그는 빳빳해진 꼬리를 씰룩거리며 말없이 이리저리 왔다 갔다 했다. 폭스우드 농장 쪽에 간절한 심정이 깃든 시선들이 쏠렸다. 필킹턴과 그의 일꾼들이 도와준다면 아직까지는 승산이 있을 것이다. 바로 그때, 전날 파견됐던 비둘기 네 마리가 돌아왔다. 그중 한 마리는 필킹턴이 보낸 종이쪽지를 지니고 있었다. 그 쪽지에는 연필로 이렇게 적혀 있었다.

"쌤통이다!"

그사이 프레더릭 일당은 풍차 주변에 멈춰 서 있었다. 동물들은 그들을 지켜보았다. 곳곳에서 절망의 탄식이 나지막이 터져 나왔다. 인간 둘이 쇠지레와 큰 망치를 꺼내 들었다. 풍차를 때려 부수려는 수작이었다.

"어림없지!"

나폴레옹이 외쳤다.

"우리가 벽을 얼마나 두껍게 세웠는데! 일주일 걸려도 부술 수 없을걸. 동지들, 용기를 냅시다!"

하지만 벤자민은 인간들의 움직임을 뚫어지게 지켜보고 있었다. 망치와 쇠지레를 든 두 사람이 풍차의 토대 근방에 구멍을 내고 있었다. 벤자민은 재미있다는 듯이 긴 주둥이를 천천히 끄덕이며 말했다.

"그럴 줄 알았지. 저들이 무슨 짓을 하려는지 모르겠소? 곧 저 구멍에 폭약을 채워 넣을 거요."

동물들은 겁에 질린 채 기다렸다. 지금 은신처 밖으로 감히 뛰쳐나가는 건 불가능했다. 몇 분 후에 인간들이 사방으로 서둘러 흩어지는 모습이 보였다. 다음 순간, 귀청이 터질 듯한 폭발음이 들렸다. 비둘기들은 허공으로 날쌔게 날아올랐고 나폴레옹을 제외한 모든 동물들은 바닥에 배를 깔고 납작 엎드려 얼굴을 묻었다. 그들이 다시 일어났을 때, 풍차가 있던 자리에는 거대하고 시커먼 연기 구름이 걸려 있었다. 산들바람에 연기가 서서히 걷혔다. 풍차는 사라지고 없었다!

이 광경을 보자 동물들은 분기를 되찾았다. 조금 전까지 느꼈던 두려움과 절망감은 이 사악하고 비열한 행위에 대한 분노로 사라져 버렸다. 순간 복수를 다짐하는 힘찬 함성이 높아지더니, 명령을 기다릴 새도 없이 동물들은 한 몸이 되어 적을 향해 곧장 돌진했다. 우박처럼 머리 위를 스쳐 지나가는 잔인한 총알에도 이번에는 아랑곳하지 않았다. 참혹하고 격렬한 전투가 벌어졌다. 인간들은 계속 총격을 가했고, 코앞에 다가온 동물들과 마주치면 방망이를 휘두르고 묵직한 구둣발로 걷어찼다. 젖소 한 마리, 양 세 마리, 거위 두 마리가 죽었고 거의 모두가 부상을 당했다. 뒤에서 작전을 지휘하던 나폴레옹마저도 총에 맞아 꼬리 끝부분이 잘리고 말았다. 하지만 인간들도 무사하지만은 않았다. 세 사람이 복서의 발굽에 차여 머리통이 깨졌고, 한 사람은 젖소의 뿔에 배를 받혔고, 또 한 사람은 제시와 블루벨의 공격을 받아 바지가 거의 다 찢어졌다. 나폴레옹의 경호병인 개 아홉 마리는 그의 지시에 따라, 은폐물 역할을 해주던 산울타리 뒤로 우회해서 불시에 인간들의 측면으로 달려들었다. 사납게 짖어 대는 개들을 보자 인간들은 돌연 공포에 사로잡혔다. 포위될 위험에 처했음을 알아챈 것이다. 프레더릭은 부하들에게 기회가 있을 때 도망치자고 소리쳤고, 겁에 질린 인간들은 필사적으로 달아났다. 동물들은 저 아래 들판 끝까지 인간들을 추격했다. 그리고 그들이 가시나무 울타리로 빠져나가는 마지막 순간까지 계속해서 발로 걷어찼다.

전투는 승리했지만, 동물들은 모두 녹초가 된 채 피를 흘리고 있었다. 그들은 절룩거리며 천천히 농장으로 돌아갔다. 풀밭 위에 널브러져 있는 동지들을 보고 몇몇은 눈물을 흘렸다. 그들은 풍차가 섰던 자리에 멈춰서서 한동안 슬픈 침묵에 잠겼다. 그랬다, 풍차는 사라져 버렸다. 그들이 바친 노동의 결실이 흔적도 없이 사라진 것이다! 토대마저도 일부 파괴되었다. 전처럼 무너진 돌을 다시 사용하지도 못할 것이다. 이번에는 돌들도 사라져 버렸으니 말이다. 폭약이 터지면서 수백 미터 밖으로 날아가 버린 것이다. 애초에 풍차는 그 자리에 없었던 것만 같았다.

동물들이 농장에 거의 도착했을 때, 전투 중에 뚜렷한 이유도 없이 자취를 감추었던 스퀼러가 꼬리를 흔든 채 껑충껑충 뛰며 그들에게로 다가왔다. 만족스러운 듯 환한 미소를 짓고 있었다. 동물들은 농장 건물 쪽에서 들려오는 엄숙한 총성을 들었다.

"저 총은 왜 쏘는 거요?"

복서가 물었다.

"우리의 승리를 축하하기 위해서요!"

스퀼러가 외쳤다.

"무슨 승리?"

복서가 말했다. 그의 무릎에서는 피가 흐르고 있었고, 편자 한쪽을 잃은 발굽이 갈라져 있었으며, 뒷다리에는 총알이 열두 개나 박혀 있었다.

"동지, 무슨 승리라니요? 우리는 우리 땅, '동물농장'이라는 이 신성한 땅에서 적들을 몰아내지 않았소?"

"하지만 적들은 풍차를 파괴했잖소. 2년에 걸쳐 우리가 세운 풍차를 말이오!"

"무슨 상관이오? 우리는 또 다른 풍차를 건설할 거요. 마음 내키면 풍차를 여섯 개라도 세울 거요. 동지, 당신은 우리가 이룬 위대한 업적을 높이 평가하지 않고 있군요. 적들은 우리가 서 있는 바로 이 땅을 점령했었소. 그런데 이제 우리는 나폴레옹 동지의 영도 덕분에 이 땅을 전부 되찾은 거요!"

"그럼 우리가 전에 가지고 있던 걸 되찾았을 뿐이군요."

복서가 말했다.

"그게 바로 우리의 승리란 거요."

스퀼러가 대꾸했다.

동물들은 절뚝거리며 마당으로 들어섰다. 복서는 다리에 박힌 총알 때문에 무척 쑤시고 아팠다. 그는 앞으로 풍차를 기초부터 다시 세우는 데 필요할 막중한 노동을 그려 보면서 마음속으로는 이미 결의를 굳게 다졌다. 그렇지만 이제 자신은 열한 살이나 먹었고, 굵직한 근육이 예전 같지 않다는 생각이 처음으로 들었다.

하지만 동물들은 초록색 깃발이 펄럭이는 모습을 보고, 축포를 총 일곱 발이나 다시 발사하는 소리를 듣고, 자신들의 행위를 치하하는 나폴레옹의 연설을 듣자, 결국은 자신들이 위대한 승리를 거둔 것처럼 느끼게 되었다. 전투 중에 사망한 동물들에게는 엄숙한 장례식을 치러 주었다. 복서와 클로버가 짐마차로 대신한 영구차를 끌었고 나폴레옹이 몸소 장례 행렬의 선두에서 걸었다. 축하 행사는 이틀 내내 지속되었다. 노래와 연설이 있었고, 더 많은 축포를 쏘았으며, 모든 동물들에게 특별 선물로 사과 하나씩을 나눠 주었다. 새에게는 옥수수 60그램, 개에게는 비스킷 세 개씩을 주었다. 이번 전투는 '풍차 전투'로 명명하였으며, 나폴레옹은 새로운 훈장인 '초록색 깃발 훈장'을 제정하고 자기 자신에게 수여했다고 발표했다. 온통 환희에 들뜬 축하 분위기 속에서 불행한 위조지폐 사건은 잊혔다.

며칠 후 돼지들은 농장 저택의 지하실에서 위스키 한 상자를 우연히 발견했다. 돼지들이 이곳을 처음 점거했을 때는 미처 눈여겨보지 못한 물건이었다. 그날 밤 농장 저택에서는 시끌벅적한 노랫소리가 흘러나왔는데, 그 노래에는 놀랍게도 〈잉글랜드의 동물들〉 가락이 섞여 있었다. 9시 반쯤, 존스 씨의 낡은 중산모를 쓴 나폴레옹이 뒷문으로 나와 마당을 빠르게 돌다가 문 안으로 다시 사라지는 모습이 똑똑히 보였다. 하지만 다음 날 아침 농장 저택은 온통 깊은 침묵에 잠겼다. 돼지 한 마리도 얼씬하지 않는 듯했다. 거의 9시가 되어서야 스퀼러가 풀이 죽은 듯 느릿느릿한 걸음으로 모습을 드러냈다. 눈이 흐리멍덩하고 꼬리가 축 처진 모양새가 어느 모로 보나 중병에 걸린 것 같아 보였다. 그는 동물들을 소집하고는 끔찍한 소식을 전하겠다고 말했다. 나폴레옹 동지가 죽어가고 있다는 것이다!

탄식이 터져 나왔다. 동물들은 농장 저택 문 앞에 짚단을 깔고 발끝으로 걸어 다녔다. 그들은 눈물이 고인 눈으로 지도자가 자신들의 곁을 떠나면 어찌하냐고 서로에게 물었다. 스노볼이 나폴레옹의 음식에 독약을 넣었다는 소문이 나돌았다. 11시에 스퀼러가 다시 나와 또 하나의 소식을 발표했다. 나폴레옹 동지가 이 세상에서 내리는 마지막 법령으로, 술을 마시는 자는 사형에 처한다는 준엄한 칙령을 공표했다는 것이다.

하지만 저녁 무렵, 나폴레옹은 다소 호전된 듯했다. 다음날 아침 스퀼러는 나폴레옹이 건강을 회복 중이라고 발표했다. 그날 저녁, 나폴레옹은 집무에 복귀했다. 그리고 다음 날, 그가 휨퍼에게 양조법과 증류법에 관한 책들을 윌링던에서 구입해 오라고 지시했다는 사실이 알려지게 됐다.

일주일 후 나폴레옹은 과수원 뒤편의 작은 방목장을 일구라는 명령을 내렸다. 그곳은 일할 나이를 넘긴 동물들을 위해 예전부터 남겨 놓은 땅이었다. 그 목장이 황폐해져서 새로 씨를 뿌려야 한다는 이유였지만, 곧 나폴레옹이 그 땅에 보리를 심으려 한다는 사실이 밝혀졌다.

이즈음 아무도 이해할 수 없는 이상한 사건 하나가 발생했다. 어느 날 밤 12시경, 마당에서 무언가 추락하는 듯 요란한 소리가 났고, 그 소리를 들은 동물들은 우리 밖으로 뛰쳐나왔다. 달빛이 환한 밤이었다. 7계명이 쓰여 있는 헛간 벽 끝 쪽 바닥에 두 동강이 난 사다리가 널브러져 있었다. 잠시 기절한 듯한 스퀼러가 사다리 옆에 뻗어 있었고 바로 옆에는 등불과 페인트 붓, 엎질러진 흰색 페인트 통이 나뒹굴고 있었다. 개들이 즉시 스퀼러를 에워싸더니 그가 걸을 수 있게 되자 재빨리 그를 호위해 농장 저택으로 데리고 갔다. 동물들은 도대체 어찌 된 일인지 전혀 짐작할 수 없었다. 늙은 벤자민만이 알겠다는 듯이 주둥이를 끄덕였지만, 아무런 말도 하려 들지 않았다.

며칠 후 뮤리엘이 7계명을 읽다가 동물들이 또다시 계명 중의 하나를 잘못 기억하고 있다는 것을 알아챘다. 동물들은 다섯 번째 계명을 "어떤 동물도 술을 마셔서는 안 된다."로 기억하고 있었는데, 지금 보니 자신들이 잊어버린 두 단어가 있었다. 벽에 새겨진 다섯 번째 계명은 "어떤 동물도 '너무 지나치게' 술을 마셔서는 안 된다."였다.

9

"Up there, just on the other side of that dark cloud
that you can see — there it lies,
Sugarcandy Mountain, that happy country
where we poor animals shall rest
for ever from our labours!"

복서의 갈라진 발굽이 낫는 데는 오랜 시간이 걸렸다. 동물들은 승전 축하연이 끝난 다음 날부터 풍차 재건에 착수했다. 복서는 단 하루도 쉬지 않으려 했고, 자신의 아픔을 다른 동물들에게 내비치지 않는 것을 명예롭게 여겼다. 저녁이면 그는 클로버에게만 발굽이 몹시 아프다고 살짝 털어놓곤 했다. 클로버는 약초를 씹어서 만든 찜질약을 그의 발굽에 붙여 치료해 주었고, 그녀와 벤자민은 복서에게 과로하지 말라고 권했다.

클로버가 "말의 허파가 영원히 건강한 건 아니에요."라고 말했지만, 복서는 들으려 하지 않았다. 은퇴하기 전에 풍차가 잘 돌아가는 모습을 보는 것이 유일하게 남은 자신의 진정한 희망이라고 말했다.

동물농장의 법이 처음 제정될 당시 동물들의 은퇴 연령은 말과 돼지 열두 살, 젖소 열네 살, 개 아홉 살, 양 일곱 살, 암탉과 거위 다섯 살이었다. 꽤 후한 노령 연금도 지급하기로 합의했었다. 실제 은퇴해서 연금 생활을 하는 동물은 아직까지 없었지만, 최근에는 이 문제가 점점 더 빈번하게 논의되었다. 이제 과수원 뒤편의 작은 들판은 보리밭으로 일구기로 했으니, 넓은 목초지 한구석에 울타리를 치고 그곳을 퇴직한 동물들을 위한 공간으로 만든다는 소문이 나돌았다. 퇴직한 말에게는 연금으로 하루에 옥수수 2.5킬로그램을 지급할 것이며 겨울에는 건초 7.5킬로그램을, 공휴일에는 당근이나 어쩌면 사과 한 개를 지급한다는 말도 있었다. 다음 해 늦여름이면 복서는 열두 살 생일을 맞게 될 터이다.

그동안 농장의 삶은 고단했다. 이번 겨울도 지난겨울처럼 몹시 추웠고 식량은 더 부족했다. 돼지와 개를 제외한 모든 동물들의 배급량은 또다시 줄어들었다. 스퀼러는 식량을 너무 엄격한 기준으로 균등하게 배급하는 것은 '동물주의' 원칙에 위배된다고 설명했다. 겉으로는 어떻게 보일지 몰라도 어쨌든 실제로는 식량이 부족하지 않다는 것을 그는 다른 동물들에게 어렵지 않게 입증해 보였다. 물론 당분간은 배급량을 재조정(스퀼러는 늘 '삭감'이라는 말 대신에 '재조정'이라는 말을 썼다.)할 필요가 있지만 존스 시절에 비하면 사정이 한결 나아졌다고 했다. 그는 날카로운 목소리로 재빨리 숫자를 읽어 가며 존스 시절보다 귀리와 건초와 순무가 더 많아졌고, 노동 시간이 줄어들었으며, 식수의 질이 더 좋아졌고, 수명이 늘어났고, 새끼들의 생존율이 높아졌고, 우리에 짚단을 더 많이 깔게 됐고, 벼룩한테 덜 시달리게 됐다는 사실을 세세히 입증해 보였다. 동물들은 스퀄러의 말을 전부 그대로 믿었다. 사실대로 말하면, 존스와 그가 상징하는 모든 것은 이미 그들의 기억에서 거의 다 사라져 버렸다. 그들은 요즘 헐벗고 고단한 삶을 영위하고 있다는 것을, 배가 고프고 추울 때가 많다는 것을, 잠자는 시간 말고는 늘 일을 한다는 것을 알고 있었다. 하지만 옛날에는 상황이 훨씬 더 나빴다는 사실은 의심할 여지가 없었다. 그렇게 믿는 게 마음이 편했다. 게다가 그들은 예전엔 노예였지만 지금은 자유로웠다. 스퀄러가 어김없이 지적하듯이 그것이야말로 가장 큰 차이였다.

지금은 먹여야 할 입들도 훨씬 늘었다. 가을에 암돼지 넷이 거의 동시에 새끼를 낳아, 태어난 새끼가 모두 서른한 마리가 되었다. 새끼들은 모두 얼룩덜룩했는데, 농장에 있는 수돼지는 나폴레옹뿐이었기에 아버지가 누구인지는 짐작할 수 있었다. 벽돌과 목재를 사들이는가 싶더니, 나중에 농장 저택의 정원에 교실을 지을 예정이라는 발표가 뒤따랐다. 당장은 나폴레옹이 직접 농장 저택의 부엌에서 새끼 돼지들을 가르쳤다. 새끼 돼지들은 정원에서 운동을 했고, 다른 동물의 새끼들과는 놀지 말라는 주의를 받았다. 다른 동물들이 길에서 돼지를 만나면 옆으로 비켜서야만 한다는 법과 모든 돼지는 계급과 상관없이 일요일이면 꼬리에 초록색 리본을 매달 수 있는 특권을 갖는다는 법이 이 무렵에 제정되었다.

동물농장은 꽤 성공적인 한 해를 보냈지만 돈은 여전히 부족했다. 교실을 지을 벽돌과 모래, 석회를 사야 했고, 풍차에 설치할 기계 장치 구입비를 또 모아야 했다. 농장 저택에서 쓸 등잔용 기름과 양초, 나폴레옹의 식탁에 올릴 설탕(나폴레옹은 설탕을 먹으면 살찐다는 이유로 다른 돼지들에게는 설탕 섭취를 금했다.), 그리고 연장, 못, 끈, 석탄, 철사, 고철, 개가 먹을 비스킷 등과 같은 일용품도 필요했다. 이런 사정 때문에 건초 한 더미와 수확한 감자 일부를 팔아 치웠고 달걀 판매량을 주당 600개로 늘렸다. 그래서 그해 부화한 병아리의 수는 농장의 암탉 수를 겨우 지금 수준으로 유지할 만큼밖에 되지 않았다. 12월에 줄었던 식량 배급량은 2월에 다시 줄었고, 기름을 절약하기 위해 우리에서 등불을 사용하는 일은 금지되었다. 하지만 돼지들만은 꽤나 편안한 삶을 누리는 것 같았다. 실제로 체중이 늘기도 했다. 2월 하순의 어느 날 오후, 존스 시절에도 쓰지 않던 부엌 뒤편의 작은 양조장에서 동물들이 지금껏 맡아본 적 없는, 구수하게 식욕을 돋우는 냄새가 마당 건너에서 풍겨 왔다. 누군가가 보리 삶는 냄새라고 말했다. 동물들은 허기진 듯 공기 중에 떠도는 향내를 향해 코를 킁킁거리며 저녁 식사로 따스한 곡물 죽이 준비되고 있는 모양이라고 생각했다. 하지만 따뜻한 죽은 없었고, 다음 일요일이 왔을 때 앞으로 모든 보리는 돼지들을 위해 비축할 거라는 발표가 있었다. 과수원 뒤편의 들판에는 벌써 보리씨를 뿌린 상태였다. 모든 돼지들이 매일 맥주 한 병씩을 배급받으며, 나폴레옹 자신은 반 통을 배급받아 항상 크라운 더비 수프 그릇에 따라 마신다는 소식이 곧 새어 나왔다.

감내해야 할 고초가 많다고 하더라도, 동물들은 현재의 삶이 과거에 비해 훨씬 더 존엄과 품위가 있다는 사실로 어느 정도 위안을 받았다. 요즘에는 노래도, 연설도, 행진도 더 많아졌다. 나폴레옹은 일주일에 한 번씩 '자발적 시위'라는 것을 개최하도록 지시했다. 이 시위의 목적은 동물 농장의 투쟁과 승리를 축하하는 것이었다. 정해진 시간이 되면 동물들은 일터를 떠나서 군대식 대형을 이뤄 농장의 경계선을 따라 행진했다. 돼지들이 이 행진을 앞장서서 이끌었고, 그 뒤를 말, 젖소, 양, 가금류 순으로 따랐다. 개들은 행렬의 측면에서 따라갔고, 나폴레옹의 검은 수탉이 맨 앞에서 행진했다. 복서와 클로버는 늘 양쪽에서 발굽과 뿔이 그려진 초록색 깃발을 들고 행진했는데, 그 깃발에는 '나폴레옹 동지 만세!'라고 쓰여 있었다. 행진 이후에는 나폴레옹을 기리기 위해 쓴 시들을 낭송했고, 이어 스퀼러가 최근에 식량 생산이 얼마나 증가했는지 상세히 밝히는 연설을 했으며, 이따금 축포를 쏘기도 했다. 자발적 시위에는 양들이 가장 열성적으로 나섰다. 누군가가 이런 일은 시간 낭비이고, 추위 속에서 너무 오래 서 있다고 불평하면 (몇몇 동물들은 돼지나 개가 곁에 없으면 이렇게 불평하기도 했다.) 양들이 엄청나게 큰 소리로 "네 발은 좋고 두 발은 나쁘다!"라고 외쳐 불평을 잠재웠다. 하지만 대체로 동물들은 그런 축하 행사를 즐겼다. 동물들은 어쨌든 자신들이 진정한 주인이며, 모든 노동도 자신들의 이익을 위한 것임을 되새기며 위안을 얻었다. 그래서 노래와 행진이 이어지고, 스퀼러가 숫자를 발표한 뒤 축포를 쏘고, 어린 수탉이 울어 대고 깃발이 펄럭이는, 적어도 그 시간만큼은 허기를 잊을 수 있었다.

4월에 동물농장은 공화국임을 선포했고, 따라서 대통령을 선출할 필요가 생겼다. 단독 후보였던 나폴레옹이 만장일치로 선출되었다. 같은 날, 스노볼이 존스와 공모한 내용을 좀 더 상세히 밝혀 주는 새로운 문서들이 발견되었다. 스노볼은 동물들이 전에 상상했던 것처럼 전략적으로 외양간 전투에서 패배하려고 했을 뿐만 아니라, 내놓고 존스의 편에서 싸운 것으로 밝혀졌다. 사실 인간의 공격을 지휘한 장본인은 바로 스노볼이며, 그는 소리 내어 "인간 만세!"라고 외치며 전투에 나섰다고 하였다. 몇몇 동물들이 여전히 기억하고 있는, 스노볼이 등에 입은 부상은 실은 나폴레옹의 이빨에 물어뜯겨 생긴 상처라고 했다.

한여름에 접어들었을 때, 몇 년 동안 보이지 않던 갈까마귀 모지스가 갑자기 농장에 나타났다. 그는 변한 게 없었다. 여전히 일은 하지 않았고 변함없는 말투로 얼음사탕 산에 대한 말만 늘어놓았다. 그는 나무 그루터기에 앉아 검은 날개를 펄럭이며 자신의 이야기를 들어 주는 이가 있으면 몇 시간이고 계속해서 떠들어 댔다.

"동지들, 저 위에 말이야."

그는 커다란 부리로 하늘을 가리키며 엄숙하게 말하곤 했다.

"저 위에, 동지들이 볼 수 있는 저 검은 구름 너머에 얼음사탕 산이 있어. 그 행복한 나라에서 우리 불쌍한 동물들은 노동에서 영원히 해방되어 안식을 누릴 수 있어!"

그는 한번은 하늘 높이 날아오르다가 그 산에 가 봤는데, 그곳에는 언제나 푸른 클로버 들판과, 아마인 깻묵과 각설탕이 자라는 산울타리가 있다고 주장하였다. 많은 동물들이 그의 말을 믿었다. 동물들은 지금 자신들이 허기지고 고된 삶을 살고 있다고 생각했다. 그러니 어딘가에 더 나은 세상이 존재하는 게 옳고 정당하지 않을까? 한 가지 판단하기 어려운 점은 돼지들이 모지스를 대하는 태도였다. 돼지들은 얼음사탕 산에 대한 모지스의 이야기가 헛소리라고 경멸하듯 말하면서도 그가 일을 하지 않고 농장에 머무는 걸 허락했고 매일 맥주 한 컵씩을 주기까지 했다.

발굽이 다 낫자 복서는 그 어느 때보다도 열심히 일했다. 사실 그해 모든 동물들은 노예처럼 일했다. 농장의 일상적인 일과 풍차를 재건하는 일 외에도 3월에 문을 열 어린 돼지들의 학교 건설 공사까지 해야 했다. 부실하게 먹고 오랫동안 일을 한다는 게 가끔씩은 견디기 어려웠지만 복서는 결코 주저하는 법이 없었다. 말이나 행동하는 모습만 보면 그의 힘이 예전만 못하다는 기미는 전혀 보이지 않았다. 조금 변한 것은 겉모습뿐이었다. 가죽은 예전처럼 윤기가 나지 않았고, 커다란 엉덩이도 살이 빠진 듯 전보다 작아 보였다. 다른 동물들은 "봄에 새 풀이 돋아날 때면 복서는 살이 붙을 거야."라고 말했지만 봄이 와도 복서는 살이 찌지 않았다. 가끔 채석장 꼭대기로 이어지는 비탈길에서 거대한 돌덩이의 무게에 맞서 온몸의 근육에 힘을 쏟는 복서의 모습을 볼 때면, 계속 일을 하겠다는 의지 말고는 그의 발을 버티게 해줄 게 아무것도 없는 듯했다. 그럴 때면 그의 입술은 "내가 좀 더 열심히 일하겠어."라고 말하는 것 같았지만 그는 그 소리를 입 밖으로 내지 못했다. 클로버와 벤자민이 복서에게 건강을 좀 챙기라고 거듭 권했지만 복서는 들은 척도 하지 않았다. 그의 열두 번째 생일이 다가오고 있었다. 그는 은퇴해 연금 생활을 하기 전까지 최대한 많은 돌들을 쌓아 놓기만 하면 무슨 일이 생기더라도 상관없다고 생각하는 듯했다.

어느 여름날 늦은 저녁, 복서에게 무슨 일이 일어났다는 소문이 온 농장에 퍼졌다. 그는 돌멩이 한 짐을 풍차 공사장으로 끌어다 놓기 위해서 혼자 밖으로 나간 상황이었다. 소문은 사실이었다. 몇 분 후에 비둘기 두 마리가 급히 날아와 소식을 전했다.

"복서가 쓰러졌어! 옆으로 쓰러져서 일어나질 못해!"

농장의 동물 중 거의 절반이 풍차 공사장인 야트막한 언덕으로 부리나케 달려갔다. 그곳에서 복서는 짐마차의 끌채 사이에 낀 채 쓰러져 있었다. 목을 쭉 뺀 채 고개를 들지도 못하고 있었다. 두 눈은 흐리멍덩했고 옆구리는 땀으로 범벅이 되어 있었다. 입에서는 가느다란 한 줄기 피가 흘러나와 있었다. 클로버가 그의 옆에 무릎을 꿇고 앉았다.

"복서! 괜찮아요?"

그녀가 외쳤다.

"폐 때문이오."

복서가 힘없는 목소리로 말했다.

"별 거 아니오. 나 없이도 여러분은 풍차를 완공할 수 있을 거요. 돌은 꽤 많이 쌓아 놓았소. 어쨌든 내겐 한 달밖에 안 남았소. 솔직히 말하면, 은퇴할 날을 고대해 왔소. 벤자민도 늙어 가고 있으니 나와 같이 은퇴해서 말동무로 지낼 수 있을 거요."

클로버가 말했다.

"당장 손을 써야겠어요. 누가 빨리 스퀼러에게 가서 사고가 났다고 전해요!"

다른 동물들이 모두 스퀼러에게 이 소식을 알리려고 즉각 농장 저택으로 달려갔다. 클로버와 벤자민만 곁에 남았다. 벤자민은 복서 옆에 앉아 말없이 긴 꼬리로 파리를 쫓아 주고 있었다. 15분쯤 지나자 스퀼러가 동정과 걱정이 가득한 표정을 지으며 나타났다. 그는 나폴레옹 동지가 농장에서 가장 성실한 노동자에게 닥친 이 불행한 사고를 보고받은 뒤 무척 침통해했으며, 복서를 윌링던에 있는 병원으로 보내 치료받을 수 있도록 벌써 조치를 취하고 있다고 말했다. 이 말에 동물들은 은근히 불안감을 느꼈다. 몰리와 스노볼 말고는 어떤 동물도 농장을 떠난 적이 없었던 데다가 아픈 동지를 인간들 손에 맡긴다는 생각에 꺼림칙했던 것이다. 하지만 스퀼러는 윌링던의 수의사가 농장에서보다 복서를 훨씬 더 잘 치료할 수 있을 거라고 동물들을 쉽게 설득했다. 30여 분 후에 다소 기운을 차린 복서는 힘겹게 일어나 절룩거리며 마구간으로 돌아갔다. 클로버와 벤자민이 그를 위해 짚단으로 편안한 잠자리를 마련해 주었다.

그 후 이틀 동안 복서는 마구간에 머물며 휴식을 취했다. 돼지들은 욕실의 약상자에서 찾아낸 커다란 분홍색 약병 하나를 보내왔고, 클로버는 그 약을 하루 두 번씩 식사를 마친 복서에게 먹였다. 저녁이면 클로버는 복서의 곁에 앉아 말벗이 되어 주었고, 그러는 동안 벤자민은 파리를 쫓아 주었다. 복서는 자신에게 닥친 일을 슬퍼하지 않는다고 말했다. 건강이 회복되면 3년은 더 살 수 있으리라 생각하면서, 그는 드넓은 목초지 한구석에서 보낼 평온한 날들을 기대하고 있었다. 그는 태어나 처음으로 공부하고 정신을 수양할 시간을 갖게 될 터이다. 그는 아직 깨치지 못한 나머지 알파벳 스물두 자를 배우며 남은 삶을 보낼 생각이라고 말했다.

벤자민과 클로버는 노동 시간이 끝난 뒤에야 복서와 함께 있을 수 있었다. 커다란 마차가 복서를 데려가려고 온 것은 어느 한낮의 일이었다. 돼지 한 마리의 감독하에 순무밭에서 잡초를 뽑고 있던 동물들은 벤자민이 농장 건물 쪽에서 목청껏 고함을 지르며 뛰어오는 것을 보고는 깜짝 놀랐다. 벤자민이 그처럼 흥분한 모습을 보기는 처음이었다. 그가 그렇게 뛰는 모습을 보는 것도 처음이었다. "빨리, 빨리!"라고 그가 소리쳤다.

"당장 와! 인간들이 복서를 데려가고 있어!"

동물들은 돼지의 명령을 기다릴 새도 없이 일제히 일손을 멈추고 농장 건물 쪽으로 부리나케 달려갔다. 아니나 다를까 마당에는 말 두 필이 끄는 천막 덮은 마차 한 대가 서 있었다. 커다란 마차의 측면에는 무슨 글자가 쓰여 있었고, 낮은 중산모 아래 교활한 인상을 한 남자가 마부석에 앉아 있었다. 그리고 복서의 마구간은 텅 비어 있었다.

동물들은 마차 주위로 몰려들어 한목소리로 외쳤다.

"잘 가요, 복서! 잘 가요!"

"이런 멍청이들! 멍청이들!"

벤자민이 동물들 주위에서 펄쩍펄쩍 뛰고 작은 발굽으로 땅을 구르며 소리쳤다.

"멍청이들! 마차에 써놓은 글자가 안 보여?"

그 말에 동물들은 일제히 입을 다물고 침묵했다. 뮤리엘이 더듬거리며 한 자 한 자 읽기 시작했다. 하지만 벤자민이 그녀를 옆으로 밀쳐 낸 뒤 쥐 죽은 듯이 조용한 침묵 속에서 그것을 읽어 나갔다.

"앨프리드 시먼즈, 윌링던의 말 도살업자 및 아교 제조업자. 가죽 및 골분 판매업자. 개집 취급.' 저게 무슨 뜻인지 모르겠어? 복서가 폐마 도살업자에게 끌려가는 거야!"

모든 동물들의 입에서 공포의 비명이 터져 나왔다. 그 순간 마부석에 앉아 있던 인간이 말들에게 채찍을 휘두르자, 마차는 빠른 속도로 마당을 빠져나갔다. 모든 동물들은 마차를 뒤따라가며 목청껏 소리 높여 외쳤다. 클로버가 다른 동물들을 헤치고 앞으로 나갔다. 마차는 속력을 내기 시작했다. 클로버는 속도를 내려고 뚱뚱한 네 발을 힘껏 움직여 보았지만 겨우 느린 뜀박질 수준의 속력만 날 뿐이었다.

"복서!"

그녀가 외쳤다.

"복서! 복서! 복서!"

바로 그 순간, 바깥에서 이는 소란을 듣기라도 했는지 콧등까지 흰 줄이 나 있는 복서의 얼굴이 마차 뒤 작은 창문에 나타났다.

"복서!"

클로버가 무서운 목소리로 소리쳤다.

"복서! 복서! 내려요! 빨리 내려요! 저들이 당신을 죽이러 데려가는 거예요!"

동물들은 모두 "복서, 내려요, 어서 내려요!"라고 소리쳤다. 그러나 이미 속력을 내고 있던 마차는 그들에게서 멀어져 갔다. 복서가 클로버의 말을 알아들었는지는 확실치 않았다. 하지만 잠시 후 그의 얼굴이 창문에서 사라지더니 마차 안에서 발굽으로 요란하게 쿵쿵 쳐대는 소리가 들려왔다. 복서가 빠져나오려고 있는 힘껏 발길질을 하는 듯했다. 옛날 같았으면 복서의 발길질 몇 번에 마차는 성냥개비처럼 박살나고 말았을 것이다. 하지만 현실은 슬펐다! 그에게는 더 이상 힘이 남아 있지 않았다. 쿵쿵거리던 발굽 소리는 점차 약해지더니 마침내 사라졌다. 절망에 빠진 동물들은 마차를 끌고 가는 말 둘에게 마차를 세우라고 호소하기 시작했다. 그들은 "동지들! 동지들! 형제를 죽음으로 몰고 가서는 안 돼요!"라고 소리쳤다. 하지만 멍청한 짐승 둘은 너무나 무지해서 무슨 일이 일어나고 있는지조차 깨닫지 못했다. 그저 귀를 뒤로 젖히고 더욱더 빠르게 속력을 낼 뿐이었다. 복서의 얼굴은 더 이상 창문에 나타나지 않았다. 누군가가 잽싸게 마차를 앞질러서 가로대가 다섯 개인 정문을 닫아 버릴 생각을 했지만 때는 이미 늦었다. 마차는 정문을 빠져나가 큰길로 빠르게 사라지고 있었다. 다시는 복서를 볼 수 없었다.

사흘 후, 복서가 윌링던의 병원에서 말이 받을 수 있는 치료는 전부 받았지만 결국 숨을 거두고 말았다는 발표가 있었다. 스퀄러가 찾아와서 다른 동물들에게 그 소식을 알렸다. 그는 복서가 이승에서 보낸 마지막 몇 시간을 함께했다고 말했다.

"그토록 감동적인 장면은 난생처음 보았소!"

스퀄러는 앞발을 들어 눈물을 한 방울 훔치며 말했다.

"마지막 순간에 나는 복서 동지의 곁에 있었소. 거의 말할 힘도 없었던 그 순간에 복서 동지는 내 귀에 대고 속삭였소. 단 하나 슬픈 일은 풍차가 완공되기 전에 떠나는 거라고. 복서는 또한 이렇게 속삭였소. '동지들, 전진하시오! 반란의 이름으로 전진하시오. 동물농장 만세! 나폴레옹 동지 만세! 나폴레옹은 항상 옳다!' 동지들, 그게 복서 동지의 유언이었소."

여기서 스퀼러의 표정이 갑자기 변했다. 그는 잠시 입을 다물고 의심에 찬 작은 눈을 이쪽저쪽 힐끗거리더니 곧 말을 이었다.

그는 복서가 병원으로 이송될 때 어리석고 사악한 소문이 돌았다는 것을 알고 있다고 말했다. 몇몇 동물들이 복서를 데려간 마차에 '말 도살업자'라고 쓰인 것을 보고는 복서가 폐마 도살업자에게 넘겨졌다고 성급하게 결론을 내렸다는 것이다. 스퀼러는 어떤 동물이 그처럼 멍청할 수 있는지 믿을 수 없다고 말했다. 그는 몹시 분개한 듯 꼬리를 흔들고 이리저리 펄쩍펄쩍 날뛰면서, 경애하는 지도자 나폴레옹 동지를 고작 그 정도로밖에는 생각하지 않느냐며 소리를 질러 댔다. 스퀼러의 설명은 정말 아주 간단했다. 복서를 싣고 간 마차는 예전에 폐마 도살업자의 소유였다가 수의사에게 팔렸는데, 수의사가 페인트로 칠해 놓은 옛날 상호를 아직 지우지 않은 탓에 오해가 생겼다는 말이었다.

동물들은 스퀼러의 설명을 듣고 크게 안도했다. 그리고 스퀼러가 복서의 임종 모습을 상세하고 생생하게 묘사하면서, 복서가 극진한 간호를 받았고 비용에 대해선 전혀 개의치 말라는 나폴레옹의 지시에 따라 값비싼 약으로 치료를 받았다고 말하자 동물들이 품었던 마지막 의구심은 말끔히 사라졌다. 복서가 적어도 행복하게 숨을 거두었다는 생각에 동지의 죽음 때문에 생겨났던 슬픔도 다소 진정되었다.

나폴레옹은 다음 일요일 아침에 열린 집회에 직접 나타나 복서를 기리는 짧은 연설을 했다. 그는 애석하게도 숨을 거둔 동지의 유해를 가져와 농장에 묻을 수는 없었지만 농장 저택 정원의 월계수로 커다란 화환을 만들어 복서의 무덤에 바치도록 명령했다고 말했다. 그리고 며칠 후에 돼지들은 복서를 기리는 추도회를 열기로 계획했다고 했다. 나폴레옹은 복서가 좋아했던 두 가지 좌우명인 "내가 좀 더 열심히 일하겠어."와

"나폴레옹 동지는 항상 옳다."라는 금언을 상기시키는 것으로 연설을 마쳤다. 그는 모든 동물들이 이 두 가지 금언을 좌우명으로 삼는 것이 마땅할 것이라고도 했다.

추도회가 열릴 예정이었던 날, 윌링던의 식료품 가게에서 온 마차 한 대가 농장 저택에 커다란 나무 상자를 배달하고 갔다. 그날 밤 와자지껄한 노랫소리가 들렸고, 이어 격렬하게 말다툼을 벌이는 소리가 들리는가 싶더니 11시쯤 유리가 깨지는 요란한 소리를 끝으로 조용해졌다. 다음 날 정오가 될 때까지 농장 저택에서는 누구도 거동하는 기색이 없었다. 그리고 돼지들이 어디에서 돈을 구했는지 몰라도 위스키를 한 상자나 더 구입했다는 소문이 돌았다.

10

ALL ANIMALS ARE EQUAL
BUT SOME ANIMALS ARE MORE EQUAL
THAN OTHERS

몇 년이 흘렀다. 계절이 왔다 가기를 여러 번 반복하면서 동물들의 짧은 생애는 순식간에 지나갔다. 이제 클로버와 벤자민, 갈까마귀 모지스, 그리고 돼지들 몇몇 이외에는 반란 이전의 날을 기억하는 동물이 아무도 없는 시절이 왔다.

뮤리엘이 죽었고 블루벨과 제시, 핀처도 죽었다. 존스도 죽었다. 그는 이 지역의 다른 마을에 있는 알코올 중독자 요양소에서 생을 마감했다. 스노볼은 잊혔다. 복서 역시 그를 알고 있던 몇몇 동물을 제외하면 기억하는 이가 전혀 없었다. 클로버는 이제 관절이 뻣뻣해지고 눈에서는 점액을 자주 분비하는 늙고 뚱뚱한 암말이 되어 있었다. 그녀는 정년(停年)을 2년이나 넘겼지만 아직도 은퇴하지 못하고 있었다. 사실 동물농장에서 은퇴한 동물은 지금껏 아무도 없었다. 은퇴한 동물들을 위해 목초지 한구석을 따로 떼어 놓았다는 이야기가 더는 입에 오르지 않은 지도 이미 오래되었다. 나폴레옹은 이제 몸무게가 150킬로그램이 넘게 나가는 성숙한 수퇘지가 되어 있었다. 스퀼러는 어찌나 살이 쪘는지 눈을 뜨고 앞을 보기도 힘들 지경이었다. 벤자민 영감만이 예전 그대로였다. 주둥이 주변이 좀 더 희끗희끗해지고, 복서가 죽은 뒤로 더욱 침울해하고 말수가 줄어든 것만 빼면 말이다.

일찍이 예상했던 것만큼 엄청나게 많이 증가하지는 않았지만, 그래도 농장에는 동물들이 꽤 많이 늘어나 있었다. 새로 태어난 많은 동물들에게 '반란'이란 그저 입에서 입으로 전해지는, 그 의미가 잘 와 닿지 않는 모호한 전통일 뿐이었다. 외부에서 팔려 온 동물들도 있었는데, 이들은 이곳에 오기 전까지는 반란이라는 이야기를 들어 본 적도 없었다. 농장에는 이제 클로버 말고도 말이 세 마리가 더 있었다. 그들은 멋지고 날씬한 짐승이었고, 자진해서 일을 하는 일꾼이자 좋은 동지였지만 아주 우둔했다. 그들 중 어느 누구도 알파벳을 B 이상 배우지 못했다. 그들은 반란과 동물주의의 원칙에 관한 이야기를 들은 대로 다 믿었다. 특히 클로버의 말이라면 더욱더 신뢰했다. 클로버를 마치 부모처럼 존경했기 때문이다. 하지만 그들이 그 이야기를 제대로 이해하고 있는지는 확신할 수 없었다.

농장은 더욱 번성하였고 조직도 훨씬 더 잘 갖추고 있었다. 필킹턴 씨에게 들판을 두 곳이나 사들여 농장의 규모도 확장되었다. 마침내 풍차는 성공적으로 완공되었다. 농장은 탈곡기와 건초를 들어 올리는 기계를 갖추었고, 새로운 건물들도 여러 채 더 들어섰다. 휨퍼는 이륜마차를 장만했다. 하지만 풍차는 결국 전력을 생산하는 데 사용하지 못했다. 대신 옥수수를 빻는 데 이용되어 꽤 많은 돈을 벌어들였다. 동물들은 풍차를 하나 더 건설하느라 열심히 일했다. 그것이 완공되면 발전소가 설치될 것이라고 했다. 하지만 한때 스노볼이 동물들에게 가르쳐 주었던 호사스러운 향락, 이를테면 우리를 밝히는 전등불, 냉·온수 시설, 주 3일 노동 따위의 꿈 같은 이야기는 더 이상 입에 오르내리지 않았다. 나폴레옹은 그런 생각들이 동물주의 정신에 위배된다며 공공연히 비난의 목소리를 냈다. 그는 진정한 행복은 열심히 일하고 검소하게 사는 데 있다고 말했다.

아무튼 농장은 부유해졌으나 어찌 된 일인지 동물들의 형편은 누구 하나 나아지지 않았다. 물론, 돼지와 개는 제외하고 말이다. 아마도 이는 돼지와 개 들이 너무 많은 탓도 있을 것이다. 이들이 일을 하지 않는 것은 아니었다. 그들에게도 나름의 일이 있었다. 스퀼러가 지칠 줄 모르고 설명하듯이, 그들은 농장을 감독하고 조직하느라 끝없이 일했다. 그런 일들은 다른 동물들은 너무 무지해서 이해할 수 없는 것들이었다. 예를 들어 스퀼러는 돼지들이 '서류철', '보고서', '의사록', '비망록' 등등으로 불리는 설명할 길 없는 것들을 떠안고 매일 엄청난 노동을 해야 한다고 말했다. 이것들은 글자를 빼곡히 적은 커다란 종이 뭉치였는데, 돼지들은 이 종이에 글자를 가득 채우고 나면 곧바로 아궁이에 넣어 태워 버렸다. 스퀼러는 그것이 농장의 복지에 가장 중요한 일이라고 말했다. 하지만 돼지나 개 들은 여전히 직접 식량을 생산하는 노동은 하지 않았다. 사정이 이런데도 개와 돼지의 수는 너무 많았고, 그들의 식욕은 언제나 왕성했다.

다른 동물들의 삶은 그들이 아는 한 예전이나 지금이나 늘 똑같았다. 그들은 언제나 굶주렸고 짚단 위에서 잠을 자야 했으며, 웅덩이 물을 마시며 종일 들판에서 일을 했다. 겨울에는 추위에, 여름에는 파리에 시달렸다. 때때로 나이 든 동물들은 흐릿한 기억을 짜내어, 존스를 쫓아낸 직후인 반란 초기 시절 사정이 지금보다 더 좋았는지 아니면 더 나빴는지 판단해 보려 애썼다. 하지만 기억할 수 없었다. 그들에게는 현재의 삶과 비교해 볼 만한 것이 전혀 없었다. 스퀼러가 제시하는 숫자 목록 말고는 기준으로 삼을 만한 자료가 아무 것도 없었다. 그 숫자가 입증하는 바에 의하면 모든 상황이 계속 좋아지고 있을 뿐이었다. 동물들에게 이 문제는 풀 수 없는 숙제였다. 더구나 지금 그들은 그런 것을 생각해 볼 여유가 거의 없었다. 오직 벤자민 영감만이 자신의 긴 생애를 하나도 빠짐없이 세세히 기억하고 있었으며, 그간 사정이 더 좋아지지도 더 나빠지지도 않았고 앞으로도 그럴 것이라고 공언했다. 그는 굶주림과 고생과 실망이 불변하는 삶의 법칙이라고 말했다.

하지만 동물들은 결코 희망을 버리지 않았다. 더구나 그들은 동물농장의 일원이라는 명예와 특권 의식을 단 한순간도 잊은 적이 없었다. 그들의 농장은 아직도 그 지역 전체, 아니 영국 전역에 걸쳐 동물들이 소유하고 운영하는 유일한 농장이었다! 가장 어린 새끼들은 물론, 20~30킬로미터 떨어진 농장에서 사들인 신참 동물들까지 하나같이 이 사실에는 감탄을 표했다. 총이 발사되는 소리를 듣고 초록색 깃발이 게양대 꼭대기에서 펄럭이는 모습을 볼 때면 그들의 가슴은 한없는 긍지로 벅차올랐고, 화제는 언제나 존스를 추방한 뒤 7계명을 기록했던, 인간들의 침입을 격퇴시킨 위대한 전쟁을 치렀던 경이로운 옛 시절로 돌아가곤 했다.

옛꿈들은 버린 게 하나도 없었다. 메이저가 예언했던 대로 영국의 푸른 들판을 인간이 밟지 못하는 '동물 공화국'의 시대가 오리라는 것을 그들은 여전히 믿고 있었다. 언젠가 그날이 올 것이다. 당장 오지는 않을지 몰라도, 지금 살아 있는 동물들의 생애에는 오지 않을지 몰라도, 언젠가 그날은 반드시 올 것이다. 어쩌면 동물들은 〈잉글랜드의 동물들〉의 곡조를 여기저기서 몰래 흥얼거리고 있을지 모른다. 누구도 감히 소리 내어 그 노래를 부르지는 못했지만, 어쨌든 농장의 모든 동물들이 그 노래를 알고 있는 것만은 사실이었다. 삶은 고단하였고 꿈꾸는 희망이 모두 실현되지는 않았을지라도, 그들은 자신들이 다른 동물들과는 다르다고 의식하고 있었다. 비록 굶주리더라도 그건 포악한 인간들을 먹여 살리기 때문이 아니며, 고된 일을 하더라도 적어도 그건 자신들을 위한 노동이었다. 그들 중에 두 발로 걷는 동물은 아무도 없었다. 어떤 동물도 다른 동물을 '주인님'이라고 부르지 않았다. 모든 동물이 평등했다.

초여름의 어느 날, 스퀼러는 양들에게 따라오라고 명령하고는, 농장의 반대편 끝에 있는 황무지로 데려갔다. 그곳에는 어린 자작나무들이 무성하게 자라 있었다. 양들은 스퀼러의 감독 아래 하루 종일 거기에서 새싹을 뜯어 먹으며 보냈다. 저녁이 되자 그는 양들에게 날씨가 따뜻하니 거기에 머무르라고 지시한 뒤 혼자만 농장으로 돌아왔다. 양들은 일주일 내내 그곳에서 지냈고 그동안 다른 동물들은 그들을 보지 못했다. 스퀼러는 매일 대부분의 시간을 양들과 보냈다. 그는 양들에게 새 노래를 가르치면서, 이 일을 반드시 비밀로 해야 한다고 말했다.

양들이 돌아온 직후의 어느 상쾌한 저녁이었다. 동물들이 일을 마치고 농장 건물로 돌아오는데, 마당에서 겁에 질린 말의 울음소리가 들렸다. 동물들은 깜짝 놀라 그 자리에서 걸음을 멈추었다. 클로버의 목소리였다. 그녀의 울음소리가 또다시 들리자, 동물들은 모두 마당으로 우르르 달려갔다. 순간 그들은 클로버가 본 광경을 목격했다.

돼지 하나가 뒷다리로 서서 걷고 있었다.

그랬다, 바로 스퀼러였다. 그는 그런 자세로 상당히 큰 몸뚱이를 지탱하기가 익숙하지 않은 듯 약간 어색하게, 그러나 완벽하게 균형을 잡고 마당을 가로질러 걷고 있었다. 잠시 후, 농장 저택의 문에서 돼지들이 길게 줄지어 나왔는데, 모두가 뒷다리로 서서 걷고 있었다. 어떤 돼지들은 다른 돼지들보다 잘 걸었고, 한두 돼지는 좀 비틀거리는 모습이 지팡이의 도움이 필요한 듯싶었다. 하지만 어쨌든 하나도 빠짐없이 모두가 성공적으로 마당을 빙 돌았다. 곧 개들이 무섭게 짖는 소리와 검은 수탉이 날카롭게 우는 소리가 들리더니, 마침내 나폴레옹이 위엄 있는 자세로 꼿꼿이 서서 거만한 시선을 이쪽저쪽으로 던지며 걸어 나왔다. 개들은 껑충껑충 뛰며 그의 주위를 맴돌았다.

나폴레옹은 앞발에 채찍을 들고 있었다.

죽음과도 같은 적막이 감돌았다. 동물들은 깜짝 놀라고 겁에 질린 채 한쪽에 함께 모여서, 돼지들이 길게 줄지어 천천히 행진하듯 마당을 돌고 있는 광경을 지켜보았다. 마치 세상이 거꾸로 뒤집힌 것만 같았다. 처음에 느꼈던 충격이 가라앉자 개들에 대한 공포에도 불구하고, 그동안 무슨 일이 일어나더라도 결코 불평하거나 비판하지 않았던 그 오랜 습관에도 불구하고, 동물들이 항의의 목소리를 터뜨릴 찰나가 왔다. 하지만 바로 그때, 마치 지금 소리치라는 신호라도 받은 듯이 모든 양들이 일제히 엄청나게 큰 소리로 외쳐 댔다.

"네 발은 좋고 두 발은 더 좋다! 네 발은 좋고 두 발은 더 좋다! 네 발은 좋고 두 발은 더 좋다!"

외침은 그치지 않고 5분 동안이나 계속되었다. 양들이 조용해졌을 때는 이미 돼지들이 농장 저택으로 돌아간 뒤였기에 항의할 기회는 사라지고 없었다.

벤자민은 누군가가 자기 어깨에 코를 비비는 것을 느꼈다. 돌아보니 클로버였다. 그녀의 늙은 눈은 어느 때보다도 침침해 보였다. 아무 말 없이 그녀는 벤자민의 갈기를 살짝 끌어당겨, 그를 7계명이 있는 큰 헛간의 안쪽으로 데려갔다. 잠시 동안 그들은 서서 흰 글자가 쓰여 있는, 타르 칠을 한 벽을 바라보았다.

"눈이 잘 보이지 않아요."

마침내 클로버가 입을 열었다.

"젊었을 때도 난 저기 쓰여 있는 글을 읽지 못했지만요. 그런데 저 벽이 좀 달라진 것 같은데요. 벤자민, 7계명은 예전 그대로인가요?"

벤자민은 지금껏 지켜 온 자신의 규칙을 이번 한 번만은 깨기로 하고 벽에 쓰여 있는 글을 소리 내어 읽어 주었다. 이제 그곳에는 단 하나의 계명만이 남아 있었다. 그 계명은 다음과 같았다.

모든 동물은 평등하다.

그러나 어떤 동물은 다른 동물들보다 더 평등하다.

그 일이 있은 다음 날부터 농장 일을 감독하는 돼지들이 모두 앞발에 채찍을 들고 있어도 이상해 보이지 않았다. 또한 돼지들이 라디오를 사고, 전화기를 설치할 계획을 하고,《존 불》,《팃 비츠》,《데일리 미러》같은 잡지의 구독을 신청했다는 소리를 들어도 이상하지 않았다. 나폴레옹이 입에 파이프를 물고 농장 저택의 정원을 산책하는 모습을 보아도 이상해 보이지 않았다. 정말 그랬다. 심지어 돼지들이 옷장에서 존스 씨의 옷을 꺼내 입어도, 나폴레옹이 검은색 코트에 사냥용 반바지를 입고 가죽 각반을 차고 나타나도, 그가 총애하는 암돼지가 존스 부인이 일요일이면 입던 물결무늬 실크 드레스를 걸치고 나타나도 이상해 보이지 않았다.

일주일이 지난 어느 날 오후, 이륜마차 여러 대가 농장으로 올라왔다. 이웃 농장주 대표단이 동물농장의 시찰 초대를 받고 온 것이다. 그들은 온 농장을 두루 구경하면서 무엇이든 보는 것마다 감탄을 표했다. 특히 그들은 풍차에 대단히 감탄했다. 그때 동물들은 순무밭에서 잡초를 뽑고 있었다. 그들은 고개 한번 제대로 들지 않고 땅만 바라보며 열심히 일했다. 돼지들이 더 두려운 존재인지 인간 방문객들이 더 두려운 존재인지 모른 채.

그날 저녁 농장 저택에서는 요란한 웃음소리와 노랫소리가 터져 나왔다. 인간과 돼지의 목소리가 뒤섞여 들려오자, 동물들은 갑자기 호기심이 일었다. 동물과 인간이 처음 대등한 입장에서 만나는 자리인데, 지금 저 안에서 무슨 일이 벌어지고 있을까? 동물들은 최대한 조용히 농장 저택의 정원으로 기어가기 시작했다.

문 앞에서 그들은 더 다가가기가 좀 두려운 듯 잠시 걸음을 멈추었지만, 그때 클로버가 앞장섰다. 그들은 발끝으로 살금살금 걸어서 저택으로 다가갔고, 키가 큰 동물들은 식당 창문으로 안을 훔쳐봤다. 농장주 여섯과 고위급 돼지 여섯이 긴 식탁에 둘러앉아 있었고, 나폴레옹은 그 상석에 자리 잡고 있었다. 의자에 앉은 돼지들은 너무나 편안해 보였다. 일

행은 카드 게임을 즐기다가 지금은 축배를 들기 위해서 잠시 중단한 듯
했다. 커다란 술병이 돌면서 빈 술잔에 맥주가 다시 채워졌다. 동물들이
의아하다는 표정으로 창문 안을 들여다보고 있는 것을 아무도 알아채지
못했다.

폭스우드 농장의 필킹턴 씨가 술잔을 손에 들고 일어섰다. 그는 그 자
리에 참석한 일행에게 건배를 제의하고자 하는데, 그 전에 꼭 하고 싶었
던 말을 몇 마디 하겠다고 말했다.

그러곤 이렇게 말을 이었다. 오랫동안 지속되어 온 불신과 오해가 마
침내 끝났다고 생각하니 대단히 만족스럽다. 참석한 다른 모든 이들도
분명 그렇게 느낄 것이다. 과거 한때 자신이나 여기 참석한 사람들은 그
렇지 않았지만, 동물농장의 이웃 인간들이 동물농장의 존경받을 만한 소
유주들을 적대감까지는 아니더라도 조금 불안한 시선으로 바라보던 적
이 있었다. 불행한 사건들이 발생했고 오해가 퍼지기도 했다. 돼지들이
소유하고 운영하는 농장이 있다는 사실은 어쩐지 비정상으로 보였고 이
웃 농장에 동요를 불러일으킬 수 있다는 우려감을 심어 주었다. 많은 농
장주들은 제대로 조사해 보지도 않고 그런 농장에는 방종이 판을 치고
규율이 전혀 잡혀 있지 않을 거라고 짐작했다. 그들은 자기네 동물들이
나 심지어 인간 일꾼들에게까지 영향을 미치지 않을까 노심초사했다. 하
지만 이제 그런 모든 의혹은 말끔히 사라졌다. 오늘 자신과 자신의 친구
들은 이곳을 방문해서 농장 구석구석을 직접 두 눈으로 살펴보고 무엇을
발견했는가? 그것은 최신식 영농법뿐만 아니라 도처의 모든 농장주에게
귀감이 될 만한 규율과 질서였다. 자신은 동물농장의 하급 동물들이 현
지역의 어떤 동물들보다도 더 많이 일하면서도 식량은 적게 먹는 것이
사실임을 확신한다. 정말로 자신과 동료 방문객들은 당장 자신들의 농장

에 도입하고 싶은, 이 농장만의 좋은 특징들을 많이 관찰했다.

필킹턴은 그동안 동물농장과 이웃 농장 사이에 지속해 왔고, 앞으로도 지속해야 하는 우의(友誼)를 다시 한번 강조하면서 연설을 마치겠다고 말했다. 그는 돼지들과 인간들 사이에는 어떠한 이해관계의 충돌도 없고, 있을 필요도 없다고 역설했다. 그들이 벌이는 투쟁과 그들이 겪은 어려움은 동일하다는 것이다. 노동 문제는 언제 어디서든 같은 문제가 아닌가? 여기서 필킹턴 씨는 심사숙고하여 준비해 온 어떤 재담을 좌중에게 막 꺼내려는 참이었던 게 분명했다. 하지만 자기가 할 그 말이 순간적으로 너무나 재미있다고 느꼈는지 말을 잇지 못하고 있었다. 그는 여러 겹의 턱이 벌겋게 달아오를 정도로 한참 숨을 참은 후에야 겨우 말을 꺼냈다.

"당신들에게 대적해야 할 하급 동물들이 있다면, 우리에게는 대적해야 할 하층 계급들이 있습니다!"

이 기지 넘치는 발언에 좌중이 떠나갈 듯 크게 웃었다. 필킹턴 씨는 동물농장에서 관찰한 적은 식량 배급, 장시간의 노동, 방자한 모습을 볼 수 없는 전반적인 분위기에 대해서 돼지들에게 다시 한번 축하를 보냈다.

그리고 마지막으로 그는 좌중에게 모두 일어나 잔을 가득 채우자고 제안하며 말했다.

"신사 여러분, 신사 여러분! 건배합시다. 동물농장의 번영을 위하여!"

좌중은 열광적으로 환호했고 요란하게 발을 굴렀다. 나폴레옹은 무척이나 만족스러웠던지 자리에서 일어나더니 식탁을 빙 돌아 필킹턴에게 와서 그와 술잔을 부딪치고는 잔을 비웠다. 환호성이 잠잠해지자, 그대로 서 있던 나폴레옹이 자신도 몇 마디 하겠다고 말했다.

나폴레옹은 늘 그렇듯이 이번에도 간단명료하게 연설을 했다. 자신 역시 오해의 시대가 끝나서 기쁘다. 오랫동안 자신과 동료들의 사상이 파괴적이고 심지어 혁명적인 데가 있다는 소문이 나돌았는데, 그 소문은 악의를 품은 적들이 퍼뜨린 것이라고 생각할 만한 근거가 있다. 또한 자신들이 이웃 농장의 동물들을 선동해 반란을 기도하려 했다는 소문이 나기도 했다. 하지만 그것은 전혀 사실이 아니다! 자신들의 유일한 바람은 지금이나 과거에나 이웃들과 정상적인 사업 관계를 유지하면서 평화롭게 살아가는 것이다. 덧붙여, 영광스럽게도 자신이 관리하는 이 농장은 협동 기업이다. 자신이 갖고 있는 부동산 권리 증서는 돼지들의 공동 소유다.

자신은 과거에 있었던 의혹이 아직까지 남아 있으리라고는 생각하지 않지만, 최근에 농장의 일부 관행을 바꾼 일은 신뢰감을 증진시키는 데 훨씬 더 효과가 있을 것이다. 지금까지 농장의 동물들은 서로를 '동지'라고 부르는 어리석은 습관을 가지고 있었다. 이를 금지시킬 것이다. 또한 그 기원을 알 수 없으나, 매주 일요일 아침이면 정원 기둥에 박아 놓은 어떤 수퇘지의 두개골 앞을 행진하는 아주 이상한 관습이 있는데, 이 또한 금지시킬 것이다. 그 두개골은 이미 땅에 묻어 버렸다. 손님들도 게양대 꼭대기에서 펄럭이는 초록색 깃발을 보았을 것이다. 그랬다면 손님들은 예전에 깃발에 흰색으로 그려 넣었던 발굽과 뿔이 이제는 없다는 걸 알아챘을 것이다. 앞으로는 단순한 초록색 깃발만 게양할 것이다.

필킹턴 씨의 뛰어나고 우호적인 연설 중에서 딱 한 가지만 지적하고 싶은 부분이 있다. 필킹턴 씨는 연설 내내 '동물농장'이라 언급했다. 물론 그는 '동물농장'이라는 이름이 폐기되었음을 몰랐을 것이다. 이 사실은 나 자신이 지금 처음으로 발표하는 것이니 말이다. 이제부터 이 농장은 '매너 농장'으로 불릴 것이다. 그게 이 농장의 정확한 원래 이름이라고 자신은 믿고 있기 때문이다.

"신사 여러분."

나폴레옹이 말을 맺었다.

"아까처럼 다시 한번 건배를 합시다. 하지만 이번에는 좀 다른 형식으로 합시다. 술잔을 가득 채우십시오. 신사 여러분, 자, 건배합시다. '매너 농장'의 번영을 위하여!"

좀 전처럼 열렬한 환호성이 터져 나왔고, 술잔은 전부 한 방울도 남김 없이 비워졌다. 하지만 동물들이 그 광경을 창밖에서 지켜보고 있자니, 그들이 보기에 뭔가 이상한 일이 일어나고 있는 것 같았다. 돼지들의 얼굴에 변화가 생긴 것 같은데 그게 무엇일까? 클로버의 늙고 침침한 눈이 이쪽저쪽으로 옮겨 가며 돼지들의 얼굴을 쳐다보았다. 어떤 돼지는 턱이 다섯 겹이었고, 어떤 돼지는 네 겹, 어떤 돼지는 세 겹이었다. 그런데 그 얼굴이 점점 녹아서 변한 듯 보이는데, 그게 뭘까? 이윽고 박수갈채가 잠잠해졌고, 일행은 카드를 집어 들고 중단했던 게임을 속행했다. 그 모습을 지켜보고 있던 동물들은 발소리를 죽여 가며 조용히 물러났다.

하지만 동물들은 20미터도 채 못 가서 걸음을 멈추었다. 농장 저택에서 소란스러운 목소리들이 터져 나오고 있었다. 동물들은 잽싸게 창가로 돌아가 다시 안을 들여다보았다. 그랬다, 격렬한 말다툼이 벌어지고 있었던 것이다. 고함을 치고, 식탁을 탕탕 내려치고, 의심에 찬 날카로운 눈초리로 서로를 노려보고, 성난 목소리로 그게 아니라고 외치는 광경이 펼쳐지고 있었다. 나폴레옹과 필킹턴 씨가 동시에 스페이드 에이스를 내놓은 것이 다툼의 발단인 듯했다.

분노에 찬 열두 개의 목소리가 고함을 치고 있었는데, 그 목소리들은 모두 똑같았다. 이제 돼지들의 얼굴에 일어난 변화가 무엇인지 분명해졌다. 창밖에 있던 동물들은 돼지에게서 인간으로, 인간에게서 돼지로, 그리고 다시 돼지에게서 인간으로 시선을 옮겨 가며 쳐다보기를 계속했다. 그러나 이미 어느 쪽이 돼지이고 어느 쪽이 인간인지 분간할 수 없었다.

1943년 11월~1944년 2월

해설편

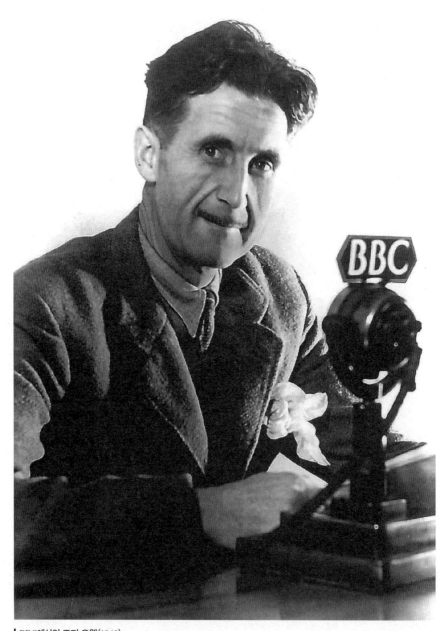

│ BBC에서의 조지 오웰(1943)
그의 필명 '조지 오웰(George Orwell)'은 가장 영국적인 이름인 '조지'와 부모님 집 근처의 강 이름 '오웰'에서 딴 것
이다.

치열한 삶을 산 사회주의자 조지 오웰과
어두운 현대의 우화 《동물농장》

Ⅰ. 조지 오웰의 삶과 사상

1

"아주 어렸을 때부터, 아마 다섯 살 내지 여섯 살 때부터 나는 장차 어른이 되면 작가가 될 것임을 알고 있었다. 열일곱 살부터 스물네 살 사이에 그런 생각을 단념하려고도 했지만, 그것이 나의 진정한 본성에 어긋나는 것이라는 사실과 결국은 머지않아 내가 책상 앞에 앉아 책을 쓰게 되리라는 것을 자각하게 됐다."

– 조지 오웰, 〈나는 왜 글을 쓰는가? Why I Write?〉

20세기 최고의 정치 작가이자 행동하는 지식인, 전체주의를 날카로운 시선으로 비판한 민주적 사회주의자인 조지 오웰(George Orwell)은 1903년 6월 25일, 인도의 벵골주(州) 모티하리에서 에릭 아서 블레어(Eric Arther Blair)라는 이름으로 태어났다. 그 당시에 아버지 리처드 웜슬리 블레어는 영국의 식민지였던 인도에서 아편국 소속의 하급 관리로 일하고 있었다. 이때 오웰의 집안은 아버지의 월급에만 의존해 살아갔던 탓에 사정이 그리 넉넉지는 못한 편이었다. 오웰 스스로의 말대로라면,

그의 집안은 '하층 중상위층 계급'이었다.

오웰이 태어난 이듬해인 1904년에 그의 어머니는 남편 곁을 떠나 오웰과 누나를 데리고 영국으로 귀국했다. 자식들의 교육을 위해서였다. 아버지는 1912년이 되어서야 퇴직해서 영국으로 돌아왔는데, 그 후에도 오웰의 가족은 아버지의 연금에 의존해 빠듯하게 살았다.

8살이 되던 해 오웰은 세인트 시프리언스 예비학교에 입학한다. 예비학교란 명문 사립학교 입학을 준비하는 학생들을 대상으로 예비교육을 시행하는 학교를 말한다. 그러나 이곳에서의 학창 시절은 그리 즐겁지 못했다. 빈부 차이에 따라 학생들을 대하는 주위 사람들의 시선에 시달리며, 감수성이 예민한 나이에 부잣집 아이들 틈에서 외톨이로 5년을 보내는 동안 오웰은 열등감과 굴욕감을 수없이 경험한다. 훗날 이때 느꼈던 정서적인 충격을 회상하며 쓴 소설 《엽란(葉蘭)을 날려라Keep the Aspidistra Flying》에서 그는 주인공의 입을 빌어 "아마 어린아이에게 할 수 있는 가장 잔인한 짓은 그 아이를 부잣집 아이들이 다니는 학교에 보내는 일일 것이다."라고 말했을 정도였다. 그만큼 예비학교에서의 생활은 어린 오웰에게는 가혹한 일이었다.

《엽란을 날려라》 외에도 과거를 회고하는 그의 글에서 자주 언급되듯이 그는 이 시절에 입은 깊은 마음의 상처를 쉽게 떨쳐내지 못했고, 이때의 우울한 체험은 그의 사회의식과 작품에 큰 영향을 미쳤다.

부잣집 아이들 사이에서는 수치로 여겨지는 장학금을 받아 가며 어렵게 예비학교를 마친 그는 1917년 이튼스쿨에 장학생으로 입학한다. 영국 최고의 명문 사립학교인 이튼의 학생들 역시 대부분 상류층 집안 출신이었지만, 예비학교에 비해 훨씬 자유로운 분위기였다. 이곳에서 오웰은 다양한 독서를 통해 학식을 넓혔고, 시와 희곡, 수필 등을 습작했다. 이를 통해 훗날 20세기를 대표하는 위대한 작가로 성공하는 데 밑거름이 될 문필가적인 기량을 연마했다. 또한 그는 여기에서 훗날 훌륭한 비평가로 이름을 날림과 동시에, 《호라이즌horizon》의 편집자가 되어 오웰의 유명한 에세이 대부분을 출간하게 될 시릴 코널리를 비롯한 여러 친구들과 우정을 나눈다.

하지만 오웰은 스스로 "나는 거기에서 공부를 하지도 않았고, 별로 배울 것도 없었다. 나는 이튼이 나의 삶을 형성하는 데 큰 역할을 했다고 생각하지 않는다."라고 말할 정도로 이튼스쿨의 정규 교육에 대해 만족하지 못했다. 졸업 무렵에 치른 마지막 시험에서는 167명 중 138등을 할 정도로 성적이 좋지 않았다.

1921년 이튼스쿨을 졸업한 그는 대학 진학을 포기하고 아버지처럼 안정적인 식민지 관료의 길을 선택한다. 그는 영국을 떠나 버마에서 5년간 경찰로 근무한다. 결코 짧다고 할 수 없는 5년 동안의 식민지 경찰 근무는 그의 사상에 지대한 영향을 미친다. 제국주의의 편에서 경찰 업무를 충실히 이행하는 동안 그는 무력한 약소국을 지배하고 착취하는 제국주의의 실태를 두 눈으로 직접 목격한 뒤 심한 죄책감에 빠졌으며, 자신의 일에 깊은 회의감을 느끼게 된다. 그러나 오웰은 자신의 생각과 느낌을 적극적으로 표현하지 못한다. 당시는 식민지 국가에서 살던 본국의 국민에게도 자유롭게 말할 자유가 주어지지 않은 시대였다. 이들이 제국주의에 반기를 드는 말이나 행동을 하는 것은 금기로 여겨졌다. 더구나 식민지 경찰인 그가 원주민의 편을 들거나 제국주의의 야만성을 비판하는 일은 상상할 수 없었다. 이처럼 오웰은 원주민은 물론이고 자신에

게까지 가해지는 제국주의의 폭력성을 뼈저리게 인식한다. 그는 에세이 〈코끼리를 쏘다Shooting an Elephant〉에서 고백한 대로 '악취를 풍기는 감방 안에 처박혀 있는 불쌍한 죄수들, 장기수들의 창백하고 겁에 질린 얼굴, 대나무(몽둥이)로 흠씬 두들겨 맞아 옴짝달싹 못 하고 있는 사람들의 상처투성이 엉덩이'를 보면서 견딜 수 없는 죄의식과 자기혐오에 시달린다. 결국 그는 당장 경찰을 그만두겠다고 마음먹는다. 그리고 이때부터 제국주의를 최악이라 여기게 된다.

1927년 오웰은 휴가 차 영국으로 귀국한 후 곧바로 사직서를 내고, 본격적으로 작가의 길을 걷기로 결심한다. 그는 밑바닥 삶을 체험하기 위해 런던의 빈민가를 전전하며 부랑자나 노숙자, 실업자들과 어울려 산다. 1928년에는 파리로 가서 영어 개인교사, 접시닦이, 식당의 주방 일꾼 등의 온갖 자질구레한 직업을 전전하거나, 빈민굴의 걸인, 도둑, 부랑자들 틈에서 구걸과 도둑질을 하고 노숙 생활을 하기도 한다. 버마에서 식민 관리로 일한 것에 대한 죄책감을 씻으려는 자기 학대에 가까운 행동이었으나 점차 지금껏 경험해 보지 못한 밑바닥 생활을 체험함으로써 비로소 통렬한 사회 비판 의식에 눈을 뜨기 시작한다. 그리고 하층 계급의 사람들에 대해 각별한 사랑과 애정을 품게 된다.

열악한 환경 속에서 폐렴을 앓게 되는 등 불운도 겪지만 그는 〈영국에서의 검열La Censure en Angleterre〉, 〈서 푼짜리 신문A Farthing Newspaper〉 등을 비롯한 여러 편의 에세이를 쓰고, 자신의 빈민 체험을 바탕으로 한

르포르타주[1] 《파리와 런던의 밑바닥 생활Down and Out in Paris and London》을 집필하기도 한다.

1929년 말 파리 생활을 청산하고 영국으로 귀국한 그는 또다시 노숙, 서점 점원, 농장 일꾼, 가정교사, 고등학교 교사 등의 직업을 전전하며 궁핍한 생활을 이어간다. 그러던 중에 진보 성향의 문예지 《디 아델피The Adelphi》에 여러 편의 글을 기고하고, 소설 《버마 시절Burmese Days》을 집필하기 시작한다.

그리고 1933년 1월, 마침내 첫 작품 《파리와 런던의 밑바닥 생활》을 출간한다. 이때 처음으로 '조지 오웰'이라는 필명(筆名)을 사용하게 된다. 이로써 그는 어릴 적 예감 그대로 작가로서 새롭게 탄생한다.

1928년부터 1932년까지 파리와 런던에서 체험한 궁핍한 밑바닥 생활을 바탕으로 쓴 자전적(自傳的) 소설 《파리와 런던의 밑바닥 생활》은 사회로부터 버림받은 하층민의 삶을 담담한 목소리로 생생하게 기록하면서 영국 자본주의의 사회적 모순을 예리하게 포착해 거침없이 폭로하는 작품이다.

《파리와 런던의 밑바닥 생활》이 비평가들에게 호평을 받으면서 무리 없이 본격적인 작가의 길에 들어선 오웰은 다음 해인 1934년 버마에서의 수치스럽고 고통스런 체험을 그린 두 번째 소설 《버마 시절》을 출간한다. 뒤이어 1935년에는 불행한 여인의 거친 삶을 통해 빈곤과 계급 문제를 그린 《목사의 딸A Clergyman's Daughter》을 발표한다. 런던 빈민가에서 지냈던 경험과 사립학교의 교사, 가정교사로서의 체험이 이 작품의 바탕이 되었다.

---

1) Reportage. 흔히 '르포'라고도 한다. 사회 현상이나 사건을 충실히 기록하거나 서술하는 보고 기사 또는 기록 문학을 말한다.

경험을 바탕으로 글 쓰는 일에 탄력이 붙은 그는 1936년 한 작가 지망생 청년의 빈곤과 좌절, 중산층의 삶의 위선과 허위를 그린 《엽란을 날려라》를 출간한다.

1930년대 중반, 오웰은 여전히 빈곤했지만 작품을 낼 때마다 부조리한 사회에 대한 깊이 있는 고뇌와 통찰력을 바탕으로 작가로서의 입지를 탄탄히 다져 가고 있었다.

2

"1936년 이래 내가 쓴 진지한 작품들은 한 줄 한 줄 모두가 직접적으로든 간접적으로든 전체주의에 맞서고 내가 아는 민주적 사회주의를 위해 쓴 글들이다."

– 조지 오웰, 〈나는 왜 글을 쓰는가?〉

"빈곤이 무엇인지 아는 사람이라면, 압제와 전쟁을 진정으로 혐오하는 사람이라면, 그 누구든 잠재적으로 사회주의자 편이다."

– 조지 오웰, 《위건 부두로 가는 길The Road to Wigan Pier》

사회적 모순에 예민했던 오웰은 대공황 이후 자본주의의 모순과 위기를 목도하면서 점차 사회주의 사상에 매료된다. 마침 이 무렵 오웰은 영국의 출판업자이자 좌파 북 클럽(Left Book Club)을 이끌던 빅터 골란츠로부터 영국 북부 탄광 지대 광부들의 삶과 실업 문제에 관한 글을 써 달라는 부탁을 받는다. 기꺼이 이를 받아들인 오웰은 곧바로 북부로 향했고 두 달 동안 셰필드, 맨체스터, 위건, 리버풀, 반즐리 등의 탄광 지대에 머물며 가난한 노동자와 실업자들의 참담한 생활 실태를 취재한다. 이 취재의 결과물이 1937년에 출간된 《위건 부두로 가는 길》이다. 이 책의 1부 '탄광 지대 노동자의 밑바닥 생활'에서는 탄광 지역 노동자들과 함께 생활하며 목격한 그들의 비참한 생활상을 생생히 기록하였고, 2부 '민주적 사회주의와 그 적들'에서는 영국 중산 계급

| 1930년대 탄광 노동자

사회주의자와 이들이 벌이는 운동의 독단적이고 위선적인 행태를 비판하고 있다. 그러면서 압제에 반대하고 정의와 자유, 평등을 이상으로 삼는 사회주의의 필요성을 역설하면서 자신은 민주적 사회주의자임을 분명히 밝힌다. 이처럼 본격적으로 자신의 정치적 견해와 사회주의 사상을 드러낸 《위건 부두로 가는 길》을 전환점으로 하여 그는 전체주의에 맞서고 민주적 사회주의를 옹호하는 글을 쓰기 시작한다. 비로소 진정한 정치 작가로 거듭난 것이다. 그가 이러한 선택을 한 이유는, 에세이 〈나는 왜 글을 쓰는가?〉에서 밝혔듯이 "제국주의와 파시즘, 전체주의가 판을 치는 소란스런 시대를 살면서 정치적인 문제, 불의에 대한 의식을 회피할 수 없었기 때문"이었다.

오웰은 탄광 지대의 취재를 마치고 돌아온 직후인 1936년, 아일린 오쇼네시와 결혼한다. 월링턴에 신혼살림을 차린 후, 생계를 위해 작은 잡화점을 운영하며 에세이와 서평을 꾸준히 쓰는 한편 곧 출간할 《위건 부두로 가는 길》의 집필에 몰두한다.

"사회주의의 진정한 목표는 행복이 아니다. 행복은 지금껏 (사회주의의) 부산물이었고 우리가 아는 한 앞으로도 그럴 것이다. 사회주의의 진정한 목표는 인간적인 형제애이다."

– 조지 오웰, 《카탈로니아 찬가Homage to Catalonia》

1936년 2월 총선거를 통해 스페인에 좌파 정권이 들어서자, 이에 반발한 프랑코 장군이 이끄는 군부 파시스트가 쿠데타를 일으켰고, 이로써 스페인 내전이 발발했다. 이 전쟁은 곧 파시즘 대 반파시즘 간의 국제전 양상을 띠었다. 독일과 이탈리아의 파시스트, 스페인 가톨릭과 왕정주의자들이 반정부군 측을 지원했고, 공화정부 측의 편을 든 나라는 소비에트 연방(Soviet Union, 이하 소련)뿐이었다. 그러자 곧 파시즘 세력에 맞서 위기에 처한 스페인 공화정부를 구하고자 세계 각지에서 3만 2천 명에 이르는 젊은이들이 국제 여단(International Brigades)이라는 이름으로 내전에 참전했다. 국제 공산주의 조직 코민테른(Comintern)의 주도하에 탄생한 국제 좌파 연대 의용군인 국제 여단에는 어니스트 헤밍웨이, 앙드레 말로, W. H. 오든, 파블로 네루다 등 많은 문인 및 지식인들이 직간접적으로 참여하기도 했다. 국제 여단의 참전은 인간적인 형제애의 발로였다.

이미 잉글랜드 북부 탄광 지대 노동자의 생활 실태를 목격하고 스스로 사회주의자임을 자처했던 오웰은 스페인의 상황을 그냥 두고 볼 수 없었다. 그는 내전의 실태를 직접 확인하고 세상에 고발하기 위해 결혼한지 6개월 만인 1936년 12월에 바르셀로나로 향한다. 그러고는 '공동의 존엄을 위해', '파시즘 세력과 싸우기 위해' 마르크스주의 통일 노동자당(POUM) 민병대에 가담한다. 민병대는 총알이 잘 나가지도 않을 정도로 형편없는 무기를 들고 제대로 훈련도

공화정부를 지원한 자원병들
스페인 내전이 일자 프랑코 장군 쪽에는 독일과 이탈리아의 지원을 받는 파시스트들이, 공화정부 쪽에는 소련의 지원을 받는 공산주의자들과 국제 여단, 그리고 무정부주의자들이 각각 지원에 나섰다.

받지 않은 채 전선에 나가 싸워야 했다. 그러나 그 안에서는 일급 장교부터 말단 사병까지 계급에 상관없이 누구나 똑같은 대우를 받았다. 그는 여기에서 평등하고 계급 없는 사회의 축소판을 발견하고 진정한 사회주의에 대한 희망을 가득 품게 된다.

그러나 얼마 못 가 진영 내의 노선 갈등과 소련의 패권주의를 목도하고 회의감을 느낀다. 최초의 사회주의 혁명을 성공한 소련에서 혁명의 기운은 사라지고 다시 계급이 생겨나고 있었으며, 스탈린은 무조건적인 복종이라는 자신들의 요구를 거부하는 POUM을 반역자로 취급하였다. 심지어 프랑코 장군과 내통한다는 누명까지 씌우려고 했다. 오웰은 파시즘에 대항한다는 공동의 목표를 버린 채 POUM을 탄압하는 스탈린의 반혁명적 배반 행위에 분노한다. 그러던 차에 아라곤 전투에서 목에 관통상을 입고 병원으로 후송된다. 그는 구사일생으로 살아나지만, POUM 민병대를 파괴하려는 소련 측의 공작을 피해 아내와 함께 바르셀로나를 탈출해 프랑스를 거쳐 영국으로 돌아온다. 이때의 사건을 계기로 오웰은 소련의 스탈린주의를 불신하고 몹시 혐오하게 된다. 그의 생각에 소련은

반혁명적 체제이며 스탈린주의는 진정한 사회주의에 대한 배반이었다. 그는 이제 영국의 제국주의와 자본주의, 소련의 전체주의를 날카롭게 비판하면서 인간적인 형제애를 목표로 하는 민주적 사회주의를 주창하고 나선다.

영국으로 돌아온 오웰은 결핵으로 요양원에 입원할 정도로 건강이 좋지 않았지만, 스페인 내전 참전 체험을 생생히 글로 옮긴 걸작 《카탈로니아 찬가》를 1938년 4월에 출간한다. 그리고 곧 영국의 사회주의 정당인 독립 노동당에 가입하였으며, 요양 차 떠난 모로코에서 프랑스에 착취당하는 모로코인들의 실상을 보고 제국주의에 다시 한번 분노한다. 그리고 1939년 2월, 스페인 공화국이 무너졌다는 소식을 듣는다.

모로코에서 겨울을 보내는 동안 오웰은 《숨 쉬러 나가다Coming Up for Air》를 집필, 1939년 6월에 출간한다. 이 작품은 중년의 뚱보 보험 영업 사원 조지 볼링이 파시즘의 공포와 전쟁의 기운으로 숨 막힐 듯 암울한 런던을 피해 고향 마을을 찾아온 후 겪는 일들을 그려내고 있다. 이 작품에서 오웰은 볼링의 눈을 통해 현대 자본주의 사회가 얼마나 인간을 소외시키는지, 또 평화로운 세상을 어떻게 파괴하고 있는지 예리하게 비판한다.

오웰이 모로코에서 영국으로 돌아왔을 때, 《숨 쉬러 나가다》에서 자신이 예고한 대로 전쟁의 먹구름이 무섭게 몰려오고 있었다.

《숨 쉬러 나가다》가 출간된 후 3개월도 지나지 않아, 제2차 세계 대전이 발발한다. 오웰도 군에 지원했으나 건강상의 이유로 입대가 허용되지 않자 1940년 6월 런던으로 가서 민방위대에 자원한다. 이런 와중에도 에세이집 《고래 뱃속에서Inside the Whale》, 에세이 〈사자와 유니콘The Lion and the Unicorn〉을 연달아 발표하였으며, 《트리뷴Tribune》에 글을 기고하기도 하였다. 1943년부터는 《트리뷴》 문예 편집장을 맡게 되었고, BBC 인도국에서 3년여에 걸쳐 전담 프로듀서로 근무하기도 하였다. 그리고 마침내 1944년 2월에 《동물농장Animal Farm》을 탈고한다. 다음 해 2월에는 독일의 패망을 취재하기 위해 독일로 건너간다.

그러던 중 아내를 사고로 잃게 되고, 그가 아내의 죽음으로 절망에 휩싸여 있던 사이 마침내 제2차 세계 대전은 종결된다. 그리고 여러 출판사로부터 출판을 거절당했던 《동물농장》은 우여곡절 끝에 전쟁이 끝난 직후인 8월 17일 출간되어 호평과 함께 베스트셀러가 된다. 이 작품의 성공으로 오웰은 작가로서 엄청난 명성을 얻고, 편안히 다음 작품을 구상할 수 있을 정도로 경제적 안정을 찾는다.

4

"정치의 문학에 대한 침투는 일어날 수밖에 없다" …… 세상의 엄청난 불의와 참상에 대한 자각과 그런 세상에 대해 무엇인가를 해야 한다는 죄의식에 시달리는 통에 "삶에 대해서 순수한 미학적 태도만을 고집하는 건 불가능하다. 오늘날 (제임스) 조이스나 헨리 제임스처럼 오로지 문학에만 헌신하는 것은 누구라도 불가능하다."

– 조지 오웰, 《작가와 리바이어던Writers and Leviathan》

경제적 안정을 찾았지만, 그는 건강이 좋지 않은 탓에 몹시 지쳐 있었다. 1946년 5월 말 그는 칼럼, 평론, 강연 등을 일체 중단하고, 스코틀랜드 주라섬으로 요양을 떠난다. 그는 건강이 점점 악화되고 있는 상황에서도 《1984》의 집필에 힘쓴다. 그는 고통과 씨름하며 혼신을 다해 생애 마지막 소설을 써 내려간다. 추위가 시작된 10월에는 잠시 런던으로 돌아왔지만, 날씨가 풀린 이듬해인 1947년 4월 초 《1984》를 완성하기 위해서 다시 주라섬으로 향한다. 1~2년 사이에 그는 자주 병원을 들락거릴 정도로 심하게 아팠고, 병세는 주라섬에서도 변함이 없었다. 결국 그는 1947년 《1984》의 초고를 마무리 지은 후 병원에서 폐결핵 양성 판정을 받고 입원한다. 그 이후로도 줄곧 병마와 사투를 벌인 끝에 1948년 11월 《1984》를 완성하고 1949년 6월에 출간한다.

버마에서부터 줄곧 죄의식에 시달렸고, 스페인 내전 체험 이후로 전체주의를 혐오해 왔으며, 늘 사회적 불의에 민감했던 오웰이 이 정치 소설을 쓸 수밖에 없었던 이유는 너무나 명백했다. 오웰 스스로 말했듯 선배 작가에게서 찾을 수 없었던 양심의 가책을 언제나 느꼈고 세상의 엄청난 불의와 참상을 잘 알고 있었기 때문에 그가 추구하는 문학은 정치 문제와 정치적 편향성에서 자유로울 수 없었다. 제국주의, 파시즘 등 많은 문제를 안고 있는 참담한 세상에서 무엇인가를 해야 한다는 죄의식을 떨쳐 낼 수 없었던 그는 그렇기에 '삶에 대해서 순수한 미학적 태도만을 고집할' 수 없었고, '(제임스) 조이스나 헨리 제임스처럼 오로지 문학에만 헌신할' 수 없었다.

예브게니 이바노비치 자먀찐의 《우리들My》, 올더스 헉슬리의 《멋진 신세계Brave New World》와 더불어 최고의 반(反)유토피아 문학이라 할 만한 《1984》는 제국주의의 횡포와 자본주의 사회를 사는 비참한 노동자의 삶을 줄곧 목도하고, 스페인 내전 이후 대두된 파시즘과 스탈린주의의

폭력을 체험한 오웰의 비관적인 시각이 그대로
반영된 작품이다. 오웰은 개인의 자유와 평등
을 박탈하고 언어와 사고마저도 통제, 지배하
는 전체주의 국가 오세아니아를 소름끼치도록
생생히 그리는 한편, 주인공 윈스턴이 빅 브라
더(Big Brother)로 대변되는 감시 통제 사회를
전복시키고자 투쟁하는 과정을 추적한다. 죽음
을 앞둔 절망적인 상황에서 쓴 만큼 《1984》의
결말은 무척 암울하다. 윈스턴의 시도, 즉 혁명

▌조지 오웰의 무덤

이 결국엔 실패하고 좌초할 수밖에 없는 상황은 무척이나 비관적이다.

　《1984》출간 이후 건강이 호전되는 듯 보이자 오웰은 버마를 배경으로
한 소설,《흡연실 이야기 A Smoking-room Story》의 초안을 잡는 데 의욕을
보이지만 다시 병세가 악화되어 1949년 9월에 런던의 한 병원에 입원한
다. 삶의 의욕을 잃지 않았던 그는 얼마 후 스위스의 요양원으로 떠나려
했으나 1950년 1월 21일, 구상 중이던 다음 작품을 끝내 쓰지 못하고 돌
연히 숨을 거둔다. 그는 세상을 떠나기 사흘 전에 전기(傳記)를 쓰지 말
라는 유언을 남긴다.

Ⅱ. 동물농장, 우리의 현실을 적나라하게 풍자한 현대의 우화

1

"《동물농장》은 잘못 흘러간 혁명의 역사에 관한 이야기이자, 혁명의 원칙을
왜곡할 때마다 구사했던 온갖 요란한 변명들에 대한 이야기이다."

– 조지 오웰, 《동물농장》 초판

오웰은 스페인 내전 참전 중에 목격한 스탈린주의의 실상을 바탕으로,
전체주의를 비판한 《동물농장》을 구상하게 된다. 계급사회로 변질된 소
련 사회에서 권력을 잡은 공산주의자들이 허위와 날조, 음모로 트로츠
키주의자들을 탄압하는 반혁명적 행위를 목도하고 스탈린주의에 환멸을
느꼈기 때문이다.

게다가 그는 당시 영국 지식인들이 소련 정권과 스탈린주의에 대해서
우호적인 태도를 보이는 것에 분개할 수밖에 없었다. 즉 당시는 제2차 세
계 대전이 한창 진행되던 때였고, 스탈린은 영국을 도와 나치즘에 대항하
는 영웅으로 칭송받고 있던 때였다. 그는 《동물농장》의 우크라이나어 판
서문에서도 밝혔듯이, 사회주의 운동의 진정한 부흥을 위해서는 (최초의
사회주의 혁명을 완수했다는) 소련의 신화를 무너뜨려야만 한다고 확신
하였다. 그래서 "모든 사람이 쉽게 이해할 수 있고, 다른 언어로 쉽게 번
역할 수 있는" 소련 신화를 둘러싼 이야기를 써야겠다고 마음먹는다.

한동안 구체적인 이야기의 구상에 골몰하던 중, 짐마차를 몰고 시골길
을 지나가던 어린 소년이 달리는 말이 방향을 바꾸려 할 때마다 채찍으

로 호되게 때리는 광경을 목격하게 된다. 이때 오웰은 인간이 동물을 착취하는 것이 유산계급이 무산계급을 착취하는 것과 똑같다는 생각을 한다. 그리고 저런 동물이 자신의 힘을 자각한다면, 우리 인간은 그들을 통제할 수 없을 거라는 생각을 하게 된다.

오웰은 동물의 관점에서 마르크스주의를 분석해 보았다. 그 결과 동물의 입장에서 인간 사이의 계급투쟁은 순전히 환상일 뿐이며, 진정한 투쟁은 동물과 인간 사이에 존재한다고 여기게 된다. 동물을 착취할 필요가 있을 경우 인간은 언제나 합심할 테지만 동물과 인간 사이에는 화해할 수 없는 대립과 반목이 계속될 것이기 때문이다. 생각이 여기까지 미치자 오웰은 구체적인 스토리를 어렵지 않게 떠올리고 《동물농장》을 우화로 그려 낸다.

1943년 11월에 시작한 《동물농장》의 집필은 1944년 2월에 끝이 나지만, 오웰은 한동안 출간에 어려움을 겪는다. 당시 소련은 영국의 전시(戰時) 동맹국이었고, 이로 인해 스탈린은 영국과 미국에서 폭넓은 지지를 받고 있었다. 이러한 상황에서 영국의 여러 출판사들이 러시아 혁명과 스탈린주의를 노골적으로 풍자하고 비판한 《동물농장》의 내용에 난색을 표한 것은 당연한 일이었다. 많은 출판사가 출간을 거절했다. 《파리와 런던의 밑바닥 생활》과 《위건 부두로 가는 길》 등 오웰의 작품을 몇 차례 출간한 바 있는 '골란츠'는 소련 체제를 노골적으로 비판한 점 때문에 출간을 거부했고, '조나단 케이프'는 출판을 수락했다가 영국 정보부 고위 간부의 전화를 받고 출간 결정을 번복했다. '페이버 앤드 페이버'의 중역이었던 시인 T. S. 엘리엇은 '좋은 작품이지만 현재의 정치 상황에 대한 비판이 올바른 관점인지 의문이 든다'며 출간을 거절했다. 결국 《동물농장》은 우여곡절 끝에 제2차 세계 대전의 종결 직후인 1945년 8월 17일에야 '세커 앤 워버그'를 통해 출간된다.

다른 출판사들이 모두 꺼리는 작품을 출간하기란 쉽지 않은 결정이었지만, 결론적으로 세커 앤 워버그의 판단은 옳았다. 《동물농장》은 출간 즉시 베스트셀러가 되었고, 흐르는 시간과 함께 오웰의 예언자적인 통찰력이 빛을 발하며 현재까지도 최고의 정치 소설로 남게 되었으니 말이다.

2

"보통 사람들이 사회주의에 매력을 느끼고 사회주의를 위해 기꺼이 목숨을 거는 이유는 평등사상 때문이다. 평등사상이야말로 사회주의의 '비결'이다."
— 조지 오웰, 《카탈로니아 찬가》

"모든 동물은 평등하다. 그러나 어떤 동물은 다른 동물들보다 더 평등하다."
— 조지 오웰, 《동물농장》

《동물농장》은 스탈린 체제하의 소련 신화, 전체주의를 신랄하게 풍자하고 독재 권력을 날카롭게 비판한 우화 소설이다. 오웰은 평소 예술은 정치와 무관할 수 없고 어떤 책도 정치적 편견으로부터 자유로울 수 없다며 문학의 정치적 책임을 강조해 왔다. 여기에 스페인 내전을 경험한 1936년 이후에는 전체주의를 반대하고 민주적 사회주의를 위해서 글을 쓴다는 소신을 늘 품고 있었기에 그의 작품은 다분히 정치적인 색채가 강할 수밖에 없었다.

그렇다고 해서 그가 예술성을 무시하는 작가는 아니었다. 그는 〈나는 왜 글을 쓰는가?〉에서 글을 쓰는 동기로 '순전한 이기심', '역사적 충동', '정치적 목적'과 함께 '미학적 열정'을 꼽으며 "철도 안내서 수준을 넘는 책이라면 어떤 책도 미학적 관심에서 완전히 벗어날 수는 없다."라고 말했다.

구상 시점부터 본격적으로 글을 쓰기까지 오랜 시간을 두고 고민한 흔적을 보면, 그가 어떤 작품보다도 《동물농장》에 미학적 열정을 쏟았음을 짐작할 수 있다. 그는 《동물농장》을 가리켜 '내가 뭘 쓰고 있는지 충분히 의식한 채 정치적 목적과 예술적 목적을 하나로 융합해 보고자 한 첫 작품'이라고 말했다. 이처럼 그는 다른 작품에서는 종종 개입시키곤 했던 개인적인 견해나 감정은 배제하는 한편, 전체적으로 우울한 줄거리를 시종 유머러스하고 경쾌하게 그려 냈다. 그러면서도 그는 자신의 사상이라 할 민주적 사회주의를 잊지 않았다.

이를 통해 우화라는 친근한 장르로 실패한 사회주의 혁명을 거침없이 풍자하였고, 그 거짓된 신화를 소련 밖으로 폭넓게 적용해 어느 시대를 막론하고 존재하기 마련인 부패한 권력과 사회적 모순을 매몰차게 비판했다. 그럼으로써 오웰은 "자신의 정치적 편향성을 의식하면 할수록, 자신의 미학적이고 지적인 성실성을 잃지 않고서도 정치적으로 행동할 수 있는 기회를 더 많이 갖게 된다."라는 생각을 문학으로 성취해 낸다.

《동물농장》의 내용을 보기에 앞서 그 풍자의 대상이었던 러시아와 그 혁명의 역사를 살펴볼 필요가 있다.

19세기 러시아는 전제 정치와 농노 제도가 존속되고 있는 후진 농업 국가였다. 이러한 봉건 체제하에서 전제 군주 차르[2]와 귀족에게 착취

---

2) 'tsar'. 제정 러시아 때 황제(皇帝)의 칭호이다.

당하던 농민들의 삶은 날로 피폐해져 갔다. 사정이 이렇다 보니 여기저기에서 불만과 개혁의 목소리가 터져 나왔고, 각종 소요 사태가 발생한다. 가장 대표적인 사건이 청년 장교들이 전제 정치와 농노 제도의 폐지를 내걸고 반란을 일으켰던 '12월당의 반란'과 같은 것이었다. 그 후 서남아시아와 발칸 지방의 패권을 두고 유럽 열강과 벌인 크림 전쟁에서 러시아가 패배하자 변혁을 요구하는 목소리는 더욱 거세진다. 결국 차르 알렉산드르 2세(Aleksandr II, 1818~1881)는 세습 농노제를 폐지하는 농노 해방령을 선포하는 등 개혁 조치를 취하지만, 얼마 지나지 않아 급진 세력에게 암살당한다. 그리고 그의 뒤를 이어 즉위한 알렉산드르 3세 (Aleksandr III, 1845~1894)는 다시 전제 정치를 천명하고 지금까지 취한 개혁을 중단해 버린다.

봉건 체제로 회귀하는 듯 보이던 러시아에서 이 무렵에 등장한 사회 민주당, 사회 혁명당, 입헌 민주당 등 체제 변혁을 지향하는 정치 세력들이 변화의 물결을 일으킨다. 특히 사회 민주당은 '10월 혁명'으로도 불리는 러시아 혁명을 이끄는 주도적인 역할을 하게 된다. 이것이 가능했던 이유는 몇몇 도시를 중심으로 산업화가 진전됨에 따라 노동 계급이 형성되었고, 이들이 변혁을 이끌 사회주의 세력의 기반을 이루었기 때문이다.

러일 전쟁 패배 후 러시아 전체가 경제 위기에 처해 있던 1905년 1월 22일, 굶주림에 지친 노동자들과 가족들이 노동 조건을 개선해 줄 것과 노동조합 설립을 허가해 줄 것을 차르에게 요구하기 위해 상트페테르부르크의 겨울 궁전으로 향한다. 하지만 그들에게 돌아온 것은 경비병들의 총탄 세례였다. 이날 하루에만 500~600명이 사망했고 부상자가 수천 명에 이르렀다. '피의 일요일'로 불리는 이날의 혁명은 실패로 끝났지만 훗날 이어지는 혁명의 기폭제가 된다. 이날 이후로 전국에 걸쳐 노동자들의 동맹 파업, 농민들의 반란이 끊이지 않았고, 상트페테르부르크의 노동자들이 소비에트[3]를 조직해 정치 세력화하기 시작한다.

이후 다소 진정되는 듯 보였던 혁명의 기운은 1914년 제1차 세계 대전 발발 이후 빵과 우유조차 구하기 힘들 정도로 극심한 생활고가 계속되면서 다시 싹트기 시작한다. 1917년 3월 8일(당시 율리우스력을 사용한 러시아 날짜로는 2월 23일), 상트페테르부르크의 공장 노동자들이 벌인 총파업을 계기로 거센 시위가 도시 전역으로 번진다. 이번에는 병사들마저 차르의 명령에 거부하고 시위대에 합류하면서 '노동자·병사 소비에트'가 조직되고 시위는 전국적으로 확산된다. 마침내 사태를 수습할 수 없었던 니콜라이 2세(Nikolai II, 1868~1918)가 퇴위하면서 300여 년간 이어온 로마노프 왕조의 제정 러시아는 몰락하고 임시 정부가 들어선다.

하지만 임시 정부는 민중의 뜻에 부응하는 개혁을 단행하지 못하고 구체제의 굴레에서 크게 벗어나지 못한다. 여기에 국내 현실을 외면한 채 무리하게 제1차 세계 대전 참전을 단행하자 임시 정부에 대한 민중의 불만은 극에 달했다. 이러한 상황에 망명지에서 돌아온 볼셰비키[4]의 수장 블라디미르 레닌(Vladimir Ilich Lenin, 1870~1924)은 "모든 권력은 소비에트로!"라는 구호를 내건 '4월 테제'를 선언하고 임시 정부 타도를 위한 혁명의 길에 나선다. 이후 레닌의 지도력과 레온 트로츠키(Leon Trotskii,

---

3) Soviet. 원래 러시아어로 '평의회' 또는 '대표자 회의'를 뜻하지만, '피의 일요일' 사건을 계기로 노동자·병사 등의 대의원으로 구성된 소비에트가 생기면서 '민중이 자발적으로 조직하고 운영하는 프롤레타리아 독재 정권의 권력 기관'이라는 의미로 변화하였다. 민주주의의 의회에 대비되는 개념이다.
4) Bolsheviki. 원래 러시아어로 '다수파(多數派)'라는 뜻으로, 후에 소련 공산당이 되는 러시아 사회민주 노동당의 분파이다. '소수파(小數派)'를 뜻하는 멘셰비키(Mensheviki)와 대립되는 당파이며, 러시아 공산당원 중 레닌을 지지하는 쪽을 일컫는 말이다. 당명 개칭 후 공산당의 별명이자 과격함을 나타내는 뜻으로 쓰이게 되었다.

| 연설하는 레닌

1879~1940)의 주도하에 민중은 손쉽게 알렉산드르 케렌스키가 이끄는 임시 정부를 전복시키고 1917년, 마침내 '10월 혁명'을 완수한다. 세계 최초로 사회주의 혁명이 성공을 거둔 순간이었다.

하지만 그것이 끝이 아니었다. 미국, 영국, 일본, 프랑스 등 제국주의 열강의 지원을 받은 반혁명 세력의 거센 반발에 부딪친 것이다. 결국 혁명 세력은 반혁명 세력과 3년에 걸친 내전을 치르고 승리한다. 이로써 1922년 12월 10일, 마침내 소련이 탄생한다.

최초의 공산주의 국가 소련의 초대 서기장이 된 레닌은 토지와 은행, 공장을 국유화하고, 무역은 국가가 독점하도록 하며 식량 배급제를 실시하는 등 국민 경제를 전시 체제로 편성하는 '전시 공산주의'를 실시한다. 그러나 그의 정책은 성공하지 못하고 소련 경제를 파탄으로 몰고 간다.

결국 그는 전시 공산주의를 포기하고 자본주의 요소를 가미한 '신(新)경제 정책'을 추진하지만 결실을 보지 못하고 곧 사망한다.

레닌의 뒤를 이어 정권을 잡은 이오시프 스탈린(Iosif Vissarionovich Stalin, 1879~1953)은 농업 집단화 정책과 5개년 경제 개발 계획을 추진하면서 산업화에 속도를 붙인다. 러시아의 농토 대다수를 집단 농장 혹은 국영 농장으로 편입시킨 뒤, 각 농장에 할당량을 정해 나라에 바치게 하였다. 그리고 여기에서 파생된 자본을 공업화에 쏟아붓는다는 계획이었다. 모든 정책은 국가의 계획과 통제에 의해 움직였다. 국가는 필요한 노동력을 마음대로 징발하였고, 이에 반대하는 사람들은 강제 수용소로 끌려갔다. 관료층, 공장 경영자, 집단 농장 책임자, 예술가 등은 일반 노동자나 농민보다 엄청나게 높은 대우를 받았다. 새로운 계급 제도가 또다시 생겨난 셈이다. 제정 러시아에서 특권을 누려 왔던 귀족 계급은 사라졌지만, 마르크스가 부르짖었고 러시아 국민이 꿈꾸던 세상은 아니었다.

한편, 레닌주의에 적대적인 사상을 펼치고 있다는 비판을 받으며 국외로 추방당한 트로츠키는 프랑스, 멕시코 등을 떠돌며 스탈린을 비판하는 책을 펴냈다. 그동안 스탈린은 자신이 정권을 잡는 데 일조했던 혁명 동지 부하린, 지노비예프, 카메네프를 비롯한 많은 인물들을 간첩 혐의 또는 트로츠키의 음모에 가담했다는 혐의로 처형하는 등 대숙청을 단행한다. 숙청 작업은 비밀경찰과 내무 인민 위원회(NKVD)의 주도로 이루어졌다. 그리고 점차 숙청 대상도 확대되어서 스탈린 반대파 제거 외에도 소수 민족에 대한 무차별 탄압으로 이어졌다. 폴란드, 루마니아, 리투아니아계뿐만 아니라, 독일, 중국, 고려인으로까지 범위가 넓어졌다. 이러한 인종 '대청소' 작업으로 최소 2천만 명, 최대 4천만 명의 사람들이 사망한 것으로 추정하기도 한다. 근 10여 년 동안 계속된 스탈린의 피의 대숙청은 1940년 멕시코에서 트로츠키가 암살되면서 막을 내린다.

《동물농장》의 모델이 된 한 시대의 역사적 흐름은 이러했다. 러시아 혁명 과정과 스탈린 체제하의 소련의 모습을 살펴보면 조지 오웰이 《동물농장》에서 비판 대상으로 삼고 있는 실패한 혁명과 독재 권력의 밑그림이 그려진다. 그리고 그것을 바탕으로 《동물농장》과 러시아의 역사적 사건 및 인물을 맞대어 비교해 보면 오웰의 풍자 대상을 구체적으로 인식할 수 있다. 비평가들의 일반적인 생각을 요약하면 다음과 같다.

《동물농장》과 러시아 역사 대비표

매너 농장	제정 러시아
존스	니콜라이 2세
동물농장	소비에트 연방(소련)
동물들의 반란	러시아 혁명
농장 저택	크렘린 궁(宮)
동물주의	소련 공산주의
〈잉글랜드의 동물들〉	공산당 당가(黨歌) 〈인터네셔널〉
메이저 영감	마르크스 혹은 레닌
나폴레옹	스탈린
스노볼	트로츠키
스퀼러	공산당 기관지 《프라우다》 또는 선동가
복서	프롤레타리아(민중)
모지스	러시아 정교 또는 라스푸틴
몰리	부르주아 또는 러시아 백군
벤자민	유대인 또는 방관적인 지식인
뮤리엘	성실하나 비판의식이 결여된 지식인층
클로버	중산층

아홉 마리의 개	비밀경찰 또는 내무 인민 위원회(NKVD)
닭들	재산 국유화에 반대하던 부농 계층
양들	선전대 또는 우매한 민중
들쥐들	원주민
미니무스	소설가 막심 고리키 혹은 시인 마야코프스키
외양간 전투	러시아 혁명 후 반혁명파와 치른 내전
동물 학살	스탈린 시대의 대숙청
동물 재판	모스크바 재판
휨퍼	소련을 지지했던 서구 지식인들
필킹턴	윈스턴 처칠 혹은 프랭클린 루스벨트
폭스우드 농장	영국 혹은 미국
프레더릭	아돌프 히틀러
핀치필드 농장	나치 독일
프레더릭과의 연합	독일과 소련의 불가침 조약
풍차 건설	스탈린의 5개년 경제 개발 계획
풍차 전투	독일의 러시아 침공
풍차 파괴	스탈린그라드 전투
카드 게임	테헤란 회담

　이상에서 살펴보았듯이 《이솝우화》와 같은 알레고리(Allegory) 형식으로 타락한 러시아 혁명의 변질 과정을 추적한 《동물농장》은 거울처럼 한 시대를 뚜렷이 비춘다.

　본격적으로 《동물농장》의 내용 속으로 들어가 보자. 동물들의 반란은 주종 관계가 명확했던 중세의 장원 체제를 상징하는 매너 농장에서 일어난다. 어느 날 밤, 늙은 수퇘지 메이저 영감은 매너 농장의 동물들에게 인간이 사라진 이후의 세상에 대한 꿈 이야기를 들려준다. 그리고 자신들을 노예로 부리는 인간들을 상대로 반란할 것을, 승리하는 날까지 계속 투쟁할 것을 호소하고 얼마 후 세상을 떠난다. 몇 개월 후 굶주림에 시달리던 동물들은 불만을 참다못해 곳간을 습격한다. 이렇게 우발적으로 일으킨 반란이 승리로 끝나자, 동물들은 농장 주인 존스와 그 일꾼들을 농장에서 내쫓고 농장을 스스로 운영하기에 이른다. 1917년 차르의 전제 체제를 타도하고 최초의 공산 정권을 수립한 러시아 혁명처럼 동물들은 반란을 일으켜 존스의 전제를 타도하고 최초의 동물농장을 수립한 것이다. 동물농장은 "모든 동물은 평등하다."라는 기치를 내걸고 계급 없는 사회를 지향한다. 그리고 동물들은 자신들 중에서 가장 머리 좋은 돼지인 나폴레옹과 스노볼, 스퀼러의 지도 아래 인간이 아닌 스스로를 위해서 자발적으로 열심히 일한다.

　동물농장은 '동물주의' 사상 체계 아래 한동안 잘 굴러가는 듯했지만, 곧 반란의 순수성이 훼손되면서 평등이라는 동물농장의 가치는 힘을 잃고 만다. 돼지들은 지배층 자리에 오르고 점차 특권을 누리기 시작하더니, 곧 내부 분열을 일으킨다. 풍차 건설안을 둘러싸고 벌어진 갈등을 계기로 현실주의자 나폴레옹과 이상주의자인 스노볼 사이에 권력 다툼이 일어난 것이다. 이는 레닌 사후 벌어졌던 스탈린과 트로츠키의 권력 다툼을 연상시킨다. 스탈린은 외부에서 혁명이 일어나지 않아도 소련에 충분히 사회주의를 건설할 수 있다고 하는 '일국 사회주의론'을 주창했고, 이에 반해 트로츠키는 세계 동시 혁명의 확산을 내세운 '영구 혁명론'을 주창했다. 이 두 사람의 대립은 농장의 방어 문제를 놓고 벌인 나폴레옹과 스노볼의 첨예한 대립으로 표현된다. 나폴레옹은 총기를 입수하고 사용법을 익혀 스스로 방어할 것을 주장한 반면 스노볼은 더 많은 비둘기를 다른 농장으로 파견해 그곳의 동물들에게 반란을 선동할 것을 주장하고 나선 것이다.

| 스탈린과 트로츠키
러시아 혁명 당시 레닌의 뒤를 잇는 2인자였던 트로츠키는 레닌이 죽은 후 권력을 잡은 스탈린에 의해 축출되었으며, 망명지인 멕시코에서 암살당했다.

　권력에 굶주린 나폴레옹은 스노볼에 비해 자신이 동물들의 지지를 덜받자, 결국 은밀히 키운 개들을 앞세워 스노볼을 쫓아낸다. 나폴레옹이몰래 데려다 키운 이 아홉 마리의 개들은 스퀼러와 더불어 작품 안에서나폴레옹을 보좌하는 두 축이 된다. 스퀼러는 소련 공산당 기관지《프라우다》와 같은 노릇을 하며 교묘한 음모와 속임수로 동물들의 사고를 지배하였고, 비밀경찰 역할을 하는 개들은 불만 세력을 처형하고 공포 분위기를 조성하는 일을 맡는다. 이로써 나폴레옹은 완벽한 독재 체제를수립하고 독재자로 군림한다.

　이제 돼지들은 지배 계급이 되어 노동 계급인 다른 동물들을 착취하며 호화로운 생활을 누리고, 무지한 동물들은 이들의 계략에 속아 아무런 저항 없이 죽도록 일만 하는 노예로 전락한다. 이렇게 동물농장은 다시 주종 관계가 뚜렷해진 매너 농장으로 돌아가고 만다. 그 농장에서 돼지들은 어느새 옛 주인인 존스처럼 두 발로 걸으며 채찍을 휘두르는 동물들의 주인이 되어 있다.

오웰은 '보통 사람들이 사회주의에 매력을 느끼고 사회주의를 위해 기꺼이 목숨을 거는 이유는 평등사상 때문'이라고 했다. 아마 동물들도 평등을 위해서 그토록 목숨을 걸며 싸웠을 것이고 "모든 동물은 평등하다."라는 계명을 동물주의의 '비결'로 신봉했을 터이다. 하지만 돼지들이 지배하는 독재 체제가 수립되자, 그 계명은 "모든 동물은 평등하다. 그러나 어떤 동물은 다른 동물들보다 더 평등하다."라는 새 계명으로 바뀌고 만다. 동물들은 폭군인 주인 존스를 상대로 반란을 일으켜 인간을 몰아내는 일은 성공하였지만, 스스로 평등한 사회를 구현하는 데는 실패하고 만 것이다. 농장의 주인이 존스(인간)에서 돼지로 바뀌었을 뿐 여전히 동물들의 운명은 지배자들을 위해 온종일 일을 하고, 알을 낳고 우유를 생산하다가 쓸모가 없어지면 도살장으로 팔려 나가는 신세다.

오웰은 윤리적 사회주의를 지향한 인물답게 사회주의를 일종의 도덕화된 자유주의로 보았다. 그래서 그는 늘 보통 사람이 중시하는 형제애적인 연대를 강조했고, 정의와 자유를 사회주의의 이상으로 삼았다. 메이저 영감이나 대부분의 동물들이 염원했던 이상도 사회주의의 이상과 크게 다르지 않았을 것이다. 그럼 어찌해서 동물들의 혁명은 실패로 끝나고 동물농장은 전체주의 체제로 돌변했을까?

러시아의 사회주의 혁명이 스탈린의 배반으로 실패했듯이, 메이저가 꿈꾸고 농장의 동물들이 염원했던 동물주의 혁명은 나폴레옹을 비롯한 지배 세력인 돼지들의 배반으로 실패하고 말았다. 오웰은 "본능적으

로 권력에 굶주린 인간들이 이끄는 폭
력적인 음모 혁명은 지배 계급만 바꿔
놓을 뿐이다. …… 대중들이 항상 깨
어 있고 지도자들이 과업을 완수하자
마자 그들을 축출하는 방법을 알고 있
을 때만 혁명은 근본적인 진보에 영
향을 미친다."라고 했다. 이는 영국의
역사가 액튼 경(Lord Acton, 1834~1902)
이 "권력은 부패하고, 절대 권력은 절

│ 동물농장의 깃발
말발굽과 뿔을 소련 국기의 낫과 망치(원 안)와
유사하게 배치하였다.

대 부패한다(Power tends to corrupt, and absolute power corrupts
absolutely)."라고 꼬집은 권력의 속성을 일깨우는 동시에, 대중들의 의
식이 깨어 있어 늘 지도자와 권력을 감시·비판하고 그들의 폭정과 부정
을 용납하지 않을 때에만 혁명이 진보적 사회 변화를 낳을 수 있다는 메
시지를 던져 준다. 그러고 보면 동물들의 반란이 실패한 데에는 돼지들
의 배신과 더불어 동물들의 무지도 한몫했다. 오웰의 말처럼 돼지들이
우유와 사과를 자신들의 몫으로 빼돌리는 시점이 사태가 비극적으로 바
뀌는 전환점이었다. 그때 복서를 비롯한 동물들이 돼지들의 불공정한 행
위를 용납하지 않았다면, 동물들과 동물농장의 운명은 달라졌을 것이다.
　결국 동물들의 무지와 무관심은 혁명의 목적을 흐리게 만들고 독재 체
제를 낳는 데 일조했다. 복서와 클로버를 비롯한 대부분의 동물들은 돼
지들의 주장을 무비판적으로 수용하며 그들의 뜻에 순순히 복종했고, 세
상 물정에 밝은 벤자민은 돼지들의 속셈을 알면서도 '굶주림과 고생과 실
망이 불변하는 삶의 법칙'이니, 자신들이 어떻게 한다고 해서 상황은 바
뀌지 않는다며 방관하였다.

이처럼 무지하거나 무관심한 동물들의 태도는 오웰이 스페인 내전이 발발했을 때 뼈저리게 체험한 일이었다. 내전 당시 서구의 많은 사회주의자들은 계급 사회로 변질된 소련 사회의 실상을 제대로 보지 못한 채 스페인에서 모략을 일삼는 스탈린을 무비판적으로 옹호하였고, 헨리 밀러와 같은 오웰의 동료 작가들은 개인이 어떻게 한다고 나아질 것은 없다면서 스페인에서 벌어지고 있는 불의를 수수방관하였다. 이탈리아와 독일의 파시스트들이 자신들의 이익을 위해 프랑코 장군의 군부 세력을 대대적으로 지원한 것에 반해, 정부군 편이었던 프랑스와 영국은 불간섭 정책을 내세워 적극적인 개입을 주저했다.

그 결과 스페인 내전은 반파시즘 진영의 패배로 끝이 났고, 스탈린주의를 내세운 소련은 전체주의의 방향으로 흘렀다.

그렇다면 이상하게 돌아가고 있는 동물농장의 상황을 전부 이해하고 있던 유일한 동물인 벤자민은 왜 방관자에만 머물렀을까?

실존주의 철학자 장 폴 사르트르(Jean Paul Sartre, 1905~1980)는 "만약 어떤 학자가 핵전쟁용 군사 무기를 만들기 위해 핵분열 연구를 하고 있다면 그들은 학자일 뿐 지식인이 아니다."라고 말한다. 자신들의 힘으로 만들어지는 핵무기의 파괴적인 능력에 전율을 느끼고 국민들이 핵무기 사용의 위험성에 대해 경각심을 갖도록 선언문을 작성하고 서명할 때에야 비로소 지식인이라는 것이다. 즉, 지식인이라면 대중을 억압하는 지배 계급의 이념에 맞서 그 허위성을 폭로하고, 모든 권력에 대항하여 대중을 위한 역사적 목표의 수호자가 되어야 한다는 것이다. 이를 위해 무엇보다도 사회 비판적인 태도와 현실 참여가 중시된다.

현실을 가장 잘 꿰뚫어 보는 지식인을 상징하는 벤자민이, 만약 돼지들의 독재 체제가 수립된 이후에라도 부당함에 맞서 그 허위성을 폭로하고 진실을 알리는 데 적극적으로 나섰다면 동물농장에도 변혁의 조짐이 일었을지 모른다. 혹은 복서가 폐마 도살업자에게 팔려 나갈 때 동물농장의 실체를 알리고 동물들과 함께 저항에 나섰다면 동물농장의 미래는 달라졌을지도 모른다. 하지만 그는 잠깐 분개했을 뿐 곧 순응의 길을 택했다. 그리고 사실 그런 태도가 벤자민이 끝까지 농장에서 살아남을 수 있었던 방법이었을 것이다.

우리 사회에도 변화를 이끌어 낼 수 있는 위치에 있으나, 부조리한 현실을 수수방관하는 벤자민과 같은 체제 순응적인 지식인들이 많을 것이다. 사실 그들은 지식인이라기보다는 그저 지식인을 자처하는 학자이거나 지식인의 윤리적 책임 의식이 결여된, 지식을 파는 장사꾼에 지나지 않을지도 모른다.

《동물농장》이 러시아 혁명과 그 이후 소련의 스탈린 독재 체제를 모델로 삼았다고 해서 이 이야기가 우리 현실과 동떨어져 있는 것은 결코 아니다. 어찌 보면 여전히 차별과 불평등이 존재하는 현실도 동물농장과 다를 바 없다. 조지 오웰 역시 《동물농장》이 주로 풍자하는 대상이 러시아 혁명이긴 하나, 오늘날 현실에 더 확대 적용할 수 있음을 밝히기도 했다. 즉 나폴레옹은 스탈린만이 아니라 어느 시대를 막론하고 있을 수 있는 독재자나 권력가로 볼 수 있다. 또 돼지들은 부패한 정치가들 혹은 사회적 모순이 존재하는 곳이라면 늘 있기 마련인, 자기 이익만을 앞세우는 기득권 세력, 권력 집단, 사리사욕에 눈이 멀어 탐욕스럽게 자본을 축적하는 자본가의 모습을 반영한다.

이처럼 《동물농장》은 과거뿐만이 아닌 현재의 모습을 비추는 거울이다.

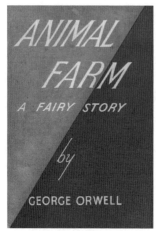
| 1945년 출간된 《동물농장》 초판

역사는 반복되는 만큼 오웰이 그린 과거의 한 시대는 오늘날과 결코 단절되어 있지 않다. 그 점을 이해하면 《동물농장》이라는 거울이 비추고 있는 우리의 현실도 뚜렷이 볼 수 있을 것이다.

1936년 스페인에 도착해 의용군들 사이에 흐르는 계급 없는 평등을 보고 처음으로 희망을 가졌던 오웰은 보통 사람들이 열망하는 평등이야말로 사회주의의 핵심이라고 생각했다. 굳이 사회주의자, 사회주의 국가가 아니더라도 평등은 사람과 사회가 지향해야 할 가치일 것이다. 그 가치가 훼손될 때 "모든 인간은 평등하다."라는 사실은 망각되고 "모든 인간은 평등하다. 그러나 어떤 인간들은 다른 인간들보다 더 평등하다."라는 생각이 우리의 사고에 부지불식간에 파고들지 모른다.

이탈리아의 소설가이자 현대 환상 문학의 거장인 이탈로 칼비노(Italo Calvino, 1923~1985)는 "고전이란 고대 전통 사회의 부적처럼 우주 전체를 드러내는 모든 책에 붙이는 이름이다."[5]라고 했다. 우리가 사는 우주를 비추는 거울로써 당당히 고전의 반열에 오른 《동물농장》의 이야기는 실패하여 사라진 신화가 결코 아니다. 과거 우리의 이야기였고 현재 우리의 이야기이다. 그리고 우리 스스로 동물농장에서 벗어나지 못하는 한 미래에도 우리의 이야기로 남게 될 것이다.

— 임종기

---

5) 이탈로 칼비노, 이소연 옮김, 《왜 고전을 읽는가》, 민음사, 2008, p15.

토론·논술 문제편

1. 다음은 《동물농장》의 줄거리입니다. 빈칸에 들어갈 알맞은 말을 써 봅시다.

> 매너 농장의 (　㉠　)은/는 다양한 동물을 사육하고 있다. 그 동물들 가운데 가장 늙은 수퇘지인 (　㉡　)은/는 인간에 의한 착취와 탄압에서 벗어나고자 반란을 꿈꾸며 다른 동물들을 독려하고 있었다. 그가 꿈꾼 세상은 인간의 구속에서 벗어나 자유를 찾고, 모든 동물이 (　㉢　)해지는 세상이었다. 그리고 그 꿈은 그가 죽은 후 어느 날 조용히 매너 농장으로 찾아왔다.
>
> 동물들의 반란은 성공했고, 매너 농장은 동물들의 차지가 되었다. 지도자 스노볼과 나폴레옹은 다른 동물들에게 희망찬 내일을 약속했다. 먹이도 평소보다 두 배로 배급하였으며 일요일마다 모든 동물이 모여 회의를 하기로 하는 등 다양한 규율을 정했다. 그리고 농장 이름을 매너 농장에서 (　㉣　)(으)로 바꿨다. 분명히 인간이 주인일 때와는 뭔가 다른 것 같은 이러한 조치에 동물들은 흥분하며 미래에 대한 꿈을 꾸기 시작했다.
>
> 그러나 그것도 잠시, 스노볼과 나폴레옹의 권력 다툼에서 (　㉤　)은/는 추방당하고, 지도자가 된 (　㉥　)은/는 서서히 본색을 드러내기 시작했다. 일요일 아침마다 열었던 회의도 직권으로 중단시켰다. 모든 명령은 그에게서 나왔고, (　㉦　)은/는 그것을 전달하는 역할을 맡았다. (　㉥　)의 명령을 거역하는 동물들에게는 죽음이 기다렸다. 혁명 공약이 점차 파괴되는 것을 보면서, 동물들은 하나둘씩 왜 반란을 하게 된 것인지 의문을 품기 시작한다.
>
> 반란 초기와는 다르게 날이 갈수록 (　㉠　)이/가 주인일 때와 특별히 달라진 것이 없는 나날이 이어졌다. 그리고 두 발로 선 돼지들은 (　㉧　)와/과 구분할 수 없이 똑같은 모습이 되었다.

㉠ : ....　　㉡ : ....

㉢ : ....　　㉣ : ....

㉤ : ....　　㉥ : ....

㉦ : ....　　㉧ : ....

2_ 다음 설명에 해당하는 동물을 〈보기〉에서 찾아 써 봅시다.

| 보기 |

스노볼	몰리	벤자민	메이저
스퀄러	복서	모지스	나폴레옹

(1) 나이는 열두 살이고, 최근 몸이 좀 불었지만 위풍당당해 보였다. 송곳니를 한 번
도 자른 적이 없었는데도 현명하고 자애로운 모습이었다. 동물들에게 〈잉글랜드
의 짐승들〉이라는 노래를 들려주었다.

....

(2) 머리가 좋은 편은 아니었지만 심지가 꿋꿋하고 일할 때는 무서운 힘을 발휘했기
때문에 농장 동물들에게 널리 존경받고 있었다.

....

(3) 좀체 말문을 여는 일이 없었지만 일단 입을 열었다 하면 냉소적인 말을 내뱉기
일쑤였다. 동물들 중에 유일하게 절대 웃지 않았다.

....

(4) 몸집이 크고 표정이 다소 사나워 보이는 버크셔종(種) 수퇘지로, 말솜씨가 좋은
편은 아니었지만 마음먹은 뜻은 꼭 이루어 내고야 만다는 평판이 나 있었다.

....

(5) 아리땁지만 머리는 비어 있다. 갈기에 리본을 단 자신의 모습에 심취하곤 했다.
반란 후 동물농장을 떠나 술집 주인의 마차를 끌게 된다.

....

(6) 통통한 **뺨**, 반짝이는 눈, 민첩한 몸동작, 날카로운 음성을 지니고 있다. 말솜씨가 뛰어났고 뭔가 어려운 문제를 논할 때에는 이리저리 뛰면서 꼬리를 탈탈 터는 버릇이 있었는데, 이러한 몸짓 덕분에 그의 주장이 꽤나 설득력 있게 보였다.

....

(7) 첩자에다 고자질쟁이였지만 동시에 영리한 말재주꾼이기도 했다. 그는 동물들이 죽으면 모두 '얼음사탕 산'이라는 하늘나라로 간다고 주장하고 다녔다.

....

(8) 성격이 쾌활하고 말솜씨가 좋고 창의력이 뛰어났다. '외양간 전투'를 지휘했으며, 집회에서 뛰어난 연설을 하여 다수의 지지를 얻어 내곤 했다.

....

3_ 다음은 〈잉글랜드의 동물들〉 중 일부분입니다. 빈칸에 공통으로 들어갈 단어를 적어 봅시다.

우리가 (   )을/를 얻는 그날이 오면,
잉글랜드의 들판은 밝게 빛나고
강물은 더욱 맑아지고
미풍은 더욱 감미롭게 불리라.

그날을 위해 우리 모두 힘써야 하리라,
그날이 오기 전에 죽을지라도.
젖소와 말, 거위와 칠면조,
모두가 (   )을/를 위해 힘써야 하리라.

....

4_ 나폴레옹은 막 젖을 뗀 강아지 아홉 마리를 데려가 다른 동물들과 철저히 격리해 놓습니다. 나폴레옹이 한 행동의 목적을 적어 봅시다.

> 나폴레옹은 스노볼의 위원회에는 전혀 관심이 없었다. 그는 어린 동물을 교육시키는 일이 이미 다 자란 동물들을 상대로 할 수 있는 그 어떤 일보다도 중요하다고 말했다. 건초 수확이 끝난 직후 제시와 블루벨이 새끼를 낳았는데, 아홉 마리 모두 아주 튼튼했다. 강아지들이 젖을 떼자마자 나폴레옹은 강아지 교육은 자기가 책임지겠다며 이들을 어미 품에서 떼어 내 데려갔다. 그는 마구 창고에서 사다리를 타고 올라가야만 갈 수 있는 다락방에 강아지들을 격리시켰다. 그 때문에 농장의 다른 동물들은 곧 강아지들이 있었다는 사실조차 잊어버렸다.

....

....

....

5_ 다음을 참고하여 스노볼이 기획했지만, 나폴레옹이 빼앗아 간 계획이 무엇인지 적어 봅시다.

> 그렇게 되면 우리에 불을 밝힐 수 있고 겨울에는 난방을 할 수 있을 뿐 아니라, 회전 톱, 여물 써는 기계, 사탕무 절단기, 전기 착유기도 사용할 수 있다고 했다. 동물들은 지금껏 그런 기계들에 대해서 들어 본 적이 없었기에 (그곳은 구식 농장이어서 가장 원시적인 기계들만 갖추고 있었다.) 놀라워하며 귀를 기울였다. 스노볼은 환상적인 기계의 모습을 그림 그리듯 생생하게 제시하며, 자신들이 들판에서 편안히 풀을 뜯거나 독서와 대화로 정신을 함양하는 동안 그 기계들이 일을 대신해 줄 거라고 설명했다.

....

6_ 다음을 읽고, 작품의 내용과 맞으면 ○표, 틀리면 ×표를 해 봅시다.

(1) '반란' 직후 일요일에는 동물들이 모두 쉬었으며, 깃발 게양도 하지 않았다.

(   )

(2) '외양간 전투' 승리 후 '1급 동물 영웅 훈장'이 스노볼과 복서에게 수여되었다.

(   )

(3) 매너 농장을 알고 있는 주변 농부들은 동물들이 벌인 반란에 충격을 받아 존스와 관계를 끊었다. (   )

(4) 스노볼을 쫓아 낸 나폴레옹은 일요 회의를 폐지하고 비공개 특별 위원회를 열 것 이며, 여기에서 결정된 사항은 다른 동물들에게 통보될 것이라고 발표하였다.

(   )

(5) 풍차 건설을 하면서 일요일에도 쉬지 않고 일한 결과, 배급되는 식량이 두 배로 늘었다. (   )

7_ 복서는 풍차 완성을 위해 일을 하다가 쓰러진 뒤 다시 일어나지 못합니다. 다음을 참 고하여 병에 걸린 복서가 기대한 은퇴 생활과 실제로 벌어진 결말의 모습을 비교하여 서술해 봅시다.

> 복서는 자신에게 닥친 일을 슬퍼하지 않는다고 말했다. 건강이 회복되면 3년은 더 살 수 있으리라 생각하면서, 그는 드넓은 목초지 한구석에서 보낼 평온한 날들을 기대하고 있었다. 그는 태어나 처음으로 공부하고 정신을 수양할 시간을 갖게 될 터 이다. 그는 아직 깨치지 못한 나머지 알파벳 스물두 자를 배우며 남은 삶을 보낼 생 각이라고 말했다.

8_ 다음은 동물농장의 '7계명'입니다. 내용을 읽고 물음에 답해 봅시다.

> **7계명**
>
> 1. 두 발로 걷는 자는 누구든 적이다.
>
> 2. 네 발로 걷거나 날개를 가진 자는 누구든 친구다.
>
> 3. 어떤 동물도 옷을 입어서는 안 된다.
>
> 4. 어떤 동물도 침대에서 잠을 자서는 안 된다.
>
> 5. 어떤 동물도 술을 마셔서는 안 된다.
>
> 6. 어떤 동물도 다른 동물을 죽여서는 안 된다.
>
> 7. 모든 동물은 평등하다.

⑴ 스노볼은 머리가 둔한 동물들을 위해 7계명을 단 한 줄의 금언으로 요약합니다. 그 한 줄의 금언이 무엇인지 써 봅시다.

....

⑵ 시간이 흐르면서 7계명은 서서히 바뀌어 갑니다. 바뀐 내용의 빈칸을 채워 봅시다.

> 1. 네 발은 좋고 두 발은 더 좋다.
>
> 4. 어떤 동물도 침대에서 (㉠   ) 잠을 자서는 안 된다.
>
> 5. 어떤 동물도 (㉡   ) 술을 마셔서는 안 된다.
>
> 6. 어떤 동물도 (㉢   ) 다른 동물을 죽여서는 안 된다.
>
> **모든 동물은 평등하다. 그러나 (㉣   ).**

㉠ : ....

㉡ : ....

㉢ : ....

㉣ : ....

![생각하기 로고] **생각하기**

Step1 동물들이 일으킨 반란의 이유를 확인하고, 동물농장의 가치에 대해 이야기해 봅시다.

가 "문제의 근원은 '인간'입니다. 인간이 우리의 유일하고도 진정한 적입니다. 그러니 우리가 사는 이 무대에서 인간을 몰아내면, 굶주림과 과도한 노동의 근본 원인을 영원히 없앨 수 있을 겁니다.

인간은 생산은 하지 않고 소비만 하는 유일한 동물입니다. 인간은 우유를 생산하지도 않고 달걀을 낳지도 않으며, 너무 힘이 약해 쟁기를 끌지도 못하고 토끼를 잡을 만큼 빨리 달리지도 못합니다. 그런데도 인간은 모든 동물의 주인 자리를 차지하고 있습니다. 인간은 동물들을 부리면서도 굶어 죽지 않을 만큼의 먹이만 주고 나머지는 모두 자기가 챙깁니다. (중략)

동지들, 사정이 이렇다면 우리 삶의 이 모든 악이 인간의 포악한 횡포에서 나왔다는 것이 너무도 명백하지 않습니까? 인간을 없애기만 한다면 우리 노동의 생산물은 모두 우리 것이 될 겁니다. 하룻밤 사이에 우리는 부자가 되고 자유로워질 겁니다. 그럼 우리는 무엇을 해야 할까요? 그렇습니다. 우리는 밤낮으로, 몸과 영혼을 다 바쳐 인간을 타도하는 일에 나서야 합니다! 동지들, 이것이 내가 여러분에게 전하는 메시지입니다. 반란, 반란하라! 그 반란이 언제 일어날지 나는 모릅니다. 일주일 안에 일어날 수도 있고, 100년 후에 일어날 수도 있지만 나는 머지않아 정의가 구현되리라는 사실만큼은 지금 발밑에 이 지푸라기를 보듯 명확히 알고 있습니다. 동지들, 짧은 생애 동안 이 사실에서 절대로 눈을 떼지 마십시오! 무엇보다도 내가 전하는 이 메시지를 여러분의 후손에게 전하십시오. 그래야 미래 세대들이 승리의 그날까지 투쟁을 계속할 수 있을 겁니다."

나 그해 여름 내내 농장 일은 시계태엽처럼 돌아갔다. 동물들은 그럴 수 있으리라고 상상도 해본 적이 없을 만큼 행복했다. 음식을 한 입 먹을 때마다 짜릿할 정도로 너무나 즐거웠다. 그것은 인색한 주인이 마지못해 조금씩 나눠 주던 먹이가 아니라 동물들이 제힘으로 스스로를 위해 생산한, 진정한 자신들의 음식이기 때문이었다. 기생충 같은 쓸모없는 인간들이 사라진 덕에 모든 동물들에게는 식량도 더 많이 돌아갔다. 동물들로서는 경험해 본 적이 없는 여가도 많아졌다. 하지만 많은 난관에 부딪히기도 했다.

다 그는 어린 수탉 한 마리에게 아침에 다른 동물들보다 30분 먼저 깨워 달라고 부탁하고는, 하루 일과가 시작되기도 전에 가장 급해 보이는 일에 자진해서 발 벗고 나섰다. 어떤 문제가 생기거나 어떤 난관에 봉착할 때면 복서는 "내가 좀 더 열심히 일하겠어!"라고 말하곤 했다. 그는 그 말을 자신의 좌우명으로 삼았다.

　모든 동물들은 각자 자기 능력에 맞게 일했다. 예를 들어 암탉과 오리들은 수확 시기에 흩어진 낟알을 주워 모아 옥수수를 다섯 포대나 모았다. 아무도 식량을 훔치지 않았고, 분배량이 적다고 불평하지도 않았다. 전에는 일상적으로 흔히 있던 다툼이나 물어뜯는 일, 서로 질투하던 모습도 거의 다 사라졌다. 게으름 피우는 동물도 없었다. 실은 전혀 없는 것은 아니고, 거의 없었다. 사실 몰리는 아침에 잘 일어나질 못했다. 발굽에 돌이 박혔다며 일찌감치 일터를 떠나기 일쑤였다. 고양이의 행동도 좀 유별났다. 동물들은 할 일이 있을 때면 고양이가 보이지 않는다는 걸 곧 알게 되었다. 그녀는 사라진 후 몇 시간이고 쭉 보이지 않다가 식사 시간이나 일이 다 끝난 저녁때가 되면 마치 아무 일도 없었다는 듯이 슬그머니 다시 나타나곤 했다. 하지만 늘 그럴듯한 핑계를 대고 너무나 다정하게 가르랑거려서 그녀의 선의를 믿을 수밖에 없었다. 벤자민은 반란 후에도 변한 게 전혀 없었다. 그는 존스 시절에도 그랬듯이 고집스런 방식으로 느려 터지게 일했다. 게으름을 피우지도 않았지만 남은 일을 자진해서 더 하려고도 하지 않았다.

— 조지 오웰, 임종기 옮김, 《동물농장》

1　'매너 농장'의 수퇘지 메이저 영감은 농장의 동물들이 반란을 일으켜야 한다고 설득합니다. 동물들이 반란을 일으키려 하는 근본적인 이유를 말해 봅시다.

....

....

....

....

....

2_ '매너 농장'은 '동물농장'으로 그 이름이 바뀌게 됩니다. '동물농장'이 가지는 의미와 가치가 무엇인지 설명해 봅시다.

....

....

....

....

....

....

3_ 동물들은 자신을 위해 일하며 행복해하지만, 동시에 어려움을 느끼기도 합니다. 동물농장이 세워진 이후 동물들이 겪어야 했던 난관에 대해 이야기해 봅시다.

....

....

....

....

....

....

....

Theme 01_ 유토피아란 무엇인가

'유토피아(Utopia)'는 이상향(理想鄕), 즉 인간이 생각할 수 있는 최선의 상태를 갖춘 완전한 사회를 말한다. 15세기 영국의 정치가이자 인문주의자인 토마스 모어(Thomas More, 1477~1535)가 쓴 책의 제목이자 그가 만든 말이다. 모어는 그리스어 'ou topia'와 'eu topia'라는 두 단어에서 각각 'o'와 'e'를 떼어 내 이 단어를 만들었다. 이때 'ou', 'eu', 'topia'는 각각 '없는', '좋은', '장소'라는 뜻으로, '유토피아'는 이 세상에 '없는 곳'이지만 '좋은 곳'이라는 두 가지 뜻을 동시에 지니게 된다.

이 단어를 '없는 곳'으로만 본다면 유토피아는 말 그대로 이루어질 수 없는 허황된 꿈과 환상을 뜻하는 공간이 될 것이며, '좋은 곳'으로 해석한다면 지금까지 인류가 찾아 헤맨 낙원 또는 실현하고자 애써 온 이상 사회가 될 것이다. 즉 지금 여기에 없을 뿐이지 결코 존재하지 않는 대상은 아니다.

《동물농장》의 동물들도 반란을 통해 유토피아를 실현하려 하였다. 인간에게 학대나 착취를 당하지 않고, 각자의 능력에 따라 일하는, 모두가 평등한 사회를 꿈꾸었다. 그러나 나폴레옹을 비롯한 권력층의 탐욕과 부패로 인해 동물농장의 유토피아는 실패하고 말았다. 동물들은 갈까마귀 모지스가 떠들고 다니는 저 구름 너머의 '얼음사탕 산'을 새로운 유토피아로 꿈꾸지만, 그곳은 '현실에 없는, 현실에서는 이룰 수 없는 곳'일 뿐이다.

농장은 점차 '디스토피아(Dystopia)'가 되어 간다. 디스토피아는 유토피아에서 파생된 말로, 'topia'에 불완전 상태를 나타내는 말 'dys'가 붙어 만들어졌다. 역(逆)유토피아를 뜻하는 디스토피아는 현대 사회의 부정적인 측면들이 극에 달한 세계를 말한다. 이와 같은 특성 때문에 디스토피아는 예술 작품에서 사회 비판의 목적으로 즐겨 사용된다. 오웰은 권력자의 그릇된 욕망이 유토피아의 가능성을 꺾어 버린다는 사실과 그로 인해 생겨나는 디스토피아의 세계를 자신의 또 다른 명작인 《1984》에서 더욱 자세히 다루게 된다.

유토피아를 꿈꾸던 동물들의 노력은 성공하지 못했다. 그러나 아직 오지 않은 이상향을 만들어 내는 것은 농장의 동물들뿐만이 아니라 이 작품을 읽는 모든 이들의 목표가 되어야 할 것이다.

Step 2 나폴레옹이 새로운 지도자로 등장하면서 동물농장에 어떠한 변화가 나타나는지 이야기해 봅시다.

㉮ 스노볼과 나폴레옹은 돼지들이 지난 석 달 동안 연구한 끝에 '동물주의' 원칙들을 '7계명'으로 요약하는 데 성공했다고 설명했다. 그 7계명을 지금 벽에 쓸 것이며, 그 계명은 동물농장의 모든 동물들이 앞으로 영원히 준수하며 살아야 할 불변의 법률이 될 것이라고 했다. (중략)

돼지들은 워낙 영리해서 매번 어려운 문제에 부딪힐 때마다 해결책을 궁리해 냈다. 말들은 들판 구석구석을 훤히 알았고, 풀을 베고 긁어모으는 일에도 존스와 그 일꾼들보다 훨씬 더 유능했다. 돼지들은 다른 동물들처럼 직접 일을 하지는 않고 대신 그들을 감독하고 지휘했다. 다른 동물들에 비해 뛰어난 지식을 갖춘 돼지들이 지휘권을 갖는 것은 당연한 일이었다.

㉯ "동지들! 여러분은 우리 돼지들이 이기심과 특권 의식 때문에 이런다고 생각하진 않겠지요? 사실 우리 중에는 우유와 사과를 싫어하는 돼지들이 많소. 나도 마찬가지입니다. 그런데도 우리가 우유와 사과를 먹는 유일한 목적은 건강을 유지하기 위함이오. 우유와 사과에는 돼지의 건강에 반드시 필요한 물질들이 들어 있소. (동지들, 이건 과학적으로 증명된 사실이오.) 우리 돼지들은 두뇌 노동자들이오. 이 농장의 경영과 조직은 전적으로 우리에게 달려 있소. 우리는 밤낮으로 여러분의 복지를 살피고 있소. 우리가 우유를 마시고 사과를 먹는 것은 바로 '여러분'을 위한 일이오. 만일 우리 돼지들이 의무를 다하지 못하면 어떤 일이 벌어질지 아시오? 존스가 돌아올 것이오! 그래요, 존스가 돌아올 것이오!"

스퀼러는 이쪽저쪽으로 뛰어다니고 꼬리를 흔들며 거의 애원하듯이 말했다.

"동지들, 설마 여러분 중에 존스가 돌아오는 걸 보고 싶은 분은 없겠지요?"

지금 동물들이 전적으로 확신하는 바가 하나 있다면 그것은 존스가 돌아오길 바라지 않는다는 것이었다. 상황이 이렇게 설명되자, 동물들은 더 이상 할 말이 없었다. 돼지들의 건강을 유지하는 게 중요하다는 사실은 너무도 명백했다. 이로써 우유와 바람에 떨어진 사과를 (그리고 다 익은 후에 수확한 사과마저도) 돼지들만의 몫으로 비축해 두어야 한다는 데 더 이상 이의 없는 합의가 이루어졌다.

다 맑은 봄날 저녁이었다. 풀밭과 풍성하게 잔뜩 부푼 산울타리가 골고루 햇볕을 받아 황금빛으로 물들어 있었다. 동물들의 눈에 농장이 이처럼 멋있어 보인 적이 없었다. 그들은 그곳이 자신들의 농장이며 농장 구석구석이 전부 자신들의 자산이라는 생각에 새삼 놀랐다. 언덕 아래를 내려다보던 클로버의 두 눈에는 눈물이 가득 고였다. 자기 생각을 말로 잘 표현할 수만 있었다면, 클로버는 몇 년 전 인간을 타도하는 일에 투신했을 때 자신들이 목표로 삼은 것이 지금의 상황은 아니었다고 말했을 것이다. 오늘 목도한 공포와 살육의 장면들은 메이저 영감이 그들에게 처음 반란을 선동했던 날 밤에 그들이 기대했던 바는 아니었다. 그녀가 그려 본 미래상이 있었다면 그 모습은 굶주림과 채찍질에서 벗어나 모두가 평등하며 각자의 능력에 따라 일하는 사회, 메이저 영감이 연설하던 날 밤 그녀가 앞다리로 어미를 잃은 새끼 오리들을 보호해 주었던 것처럼 강자가 약자를 보호해 주는 그런 사회였다. 그런데 이유야 모르지만 그들이 맞이한 현실은 전혀 달랐다. 아무도 자기 속마음을 감히 꺼내지 못하였고, 으르렁거리는 사나운 개들이 사방팔방으로 돌아다녔으며, 동지들이 충격적인 죄를 자백한 후 갈가리 찢기는 광경을 봐야 하는 시대를 맞이한 것이다. 그렇다고 해서 그녀가 마음속으로 반란이나 불복종을 생각하고 있는 것은 아니었다. 그녀는 현실이 이렇더라도 존스 시절보다는 지금의 형편이 훨씬 좋으며 무엇보다도 인간들이 돌아오지 못하게 막아야 함을 알고 있었다. 무슨 일이 있어도 그녀는 계속 충성을 다할 것이며, 열심히 일하고 주어진 명령을 수행하면서 나폴레옹의 통치를 받아들일 것이다. 하지만 그렇다고 하더라도 그녀와 다른 동물들이 바란 것은 이러한 현실이 아니었고, 고달픈 노동도 이러한 현실을 위해서가 아니었다. 풍차를 세우고 존스의 총알에 맞선 것은 이런 현실을 위해서가 아니었다. 비록 말로 표현할 수는 없었지만, 그녀의 생각은 그랬다.

– 조지 오웰, 임종기 옮김, 《동물농장》

라 소련은 1917년에 레닌과 볼셰비키들이 주도한 10월 혁명의 성공 이후 수립된다. 차르의 독재 정치, 서유럽 국가에 비해 열악한 러시아 현실에 분노한 시민은 로마노프 왕조를 무너뜨린다. 러시아의 마지막 왕조가 무너지고 임시 정부가 세워졌으나, 임시 정부가 러시아의 현실을 외면한 채 제1차 세계 대전에 참가하자 레닌의 주도하에 세계 최초의 공산주의 혁명이 일어난다. 볼셰비키들은 프롤레타리아에 의한 지배, 생산 수단의 공유화, 상속세 폐지 등을 통해 새로운 사회주의 국가를 세우려 했다. 혁명을 주도한 레닌은 후계자로 트로츠키를 지목하지만 스탈린이 트로츠키를 국외로 추방하고 마르크스, 레닌주의와는 다른 내용의 공산주의적 정치를 한다. 또한 스탈린은 자신의 권력에 위험이 되는 자들을 죽이고 강제 수용소에 가둔다.

토론하기

1 돼지들은 뛰어난 지식으로 다른 동물들을 지휘하고 감독하며 동물농장을 이끌어 갑니다. 돼지들이 다른 동물들보다 더 많은 권리를 갖는 것이 정당한지 자신의 생각을 이야기해 봅시다.

• 돼지들이 더 많은 권리를 갖는 것이 정당하다.

....

....

....

....

• 돼지들이 더 많은 권리를 갖는 것은 정당하지 않다.

....

....

....

....

2_ 반란 후에도 동물들이 꿈꾸던 평등한 세상은 만들어지지 않았지만, 동물들은 어떠한 행동도 하지 않습니다. 그 이유가 무엇인지 구체적으로 말해 봅시다.

....

....

....

....

3_ 《동물농장》은 우화 소설입니다. 제시문 **라**와 다음 글을 참고하여, 작가가 《동물농장》을 통해 드러내고자 하는 현실이 무엇이었는지 이야기해 봅시다.

> 알레고리(allegory)는 '다르게 말한다'는 뜻의 그리스어 'allegoria'에서 나온 것으로, 이중적 의미를 가진 이야기 유형을 가리킨다. 즉, 하나의 이야기가 표면적인 의미와 이면적인 의미를 동시에 가지는 것이다. 그러므로 이러한 이야기는 두 가지 수준에서 이해·해석될 수 있다. 알레고리는 우화(寓話)와 밀접한 관계를 맺고 있다. 우화 역시 일차적으로는 동물 세계의 이야기를 다루지만, 이차적으로는 인간 세계를 빗대어 말하는 이중 구조를 보이기 때문이다.

• 메이저 영감 : 공산주의 혁명가 마르크스와 레닌

• 매너 농장의 주인 존스 씨 : 로마노프 왕조 황제 니콜라스 2세

• 동물들의 반란 : ....

• 스노볼 : ....

• 나폴레옹 : ....

• 돼지들 : ....

Step **3** 나폴레옹이 자신의 권력을 강화하기 위해 어떠한 방법을 사용했는지 살펴보고, 소설 《동물농장》이 현대 사회에 주는 의미를 이야기해 봅시다.

㉮ 최근에는 특히 대중을 설득하기 위한 중요한 수단으로 선전(宣傳), 프로파간다의 역할이 높이 평가되고 있다. 이는 매사가 극소수 사람들의 의사와 결정으로 운영되던 시대는 지나가고 대중이 사회·정치·경제면에서 강력한 힘을 행사하게 되었으므로, 대중의 심리적 납득과 지원을 얻지 못하면 아무것도 수행할 수 없기 때문이다. 선전은 대중의 심리를 조종하는 수단으로 중요한 역할을 하게 되었으며, 그와 동시에 선전 도구로써 대중 매체의 발전과 이용도 중대한 의의를 가진다. 선전은 피선전자가 가진 정보량의 많고 적음에 따라 그 기술과 효과에 영향을 받는다.

독일 국민에 대한 나치의 선전은 성공적이었다. 외부의 정보 유입을 엄격한 검열과 비밀경찰 제도를 통해 극도로 제한하고, 국민에게는 히틀러 독재 정치의 정당성을 뒷받침하는 정보만을 제공하였기 때문이다.

• 프로파간다(propaganda) : 어떠한 사상을 강요하거나 주입하기 위한 목적의 활동.

㉯ 사회자가 외쳤다.
　여기 일생 동안 이웃을 위해 산 분이 계시다.
　이웃의 슬픔은 이분의 슬픔이었고
　이분의 슬픔은 이글거리는 빛이었다.
　사회자는 하늘을 걸고 맹세했다.
　이분은 자신을 위해 푸성귀 하나 심지 않았다.
　눈물 한 방울도 자신을 위해 흘리지 않았다.
　사회자는 흐느꼈다.
　보라, 이분은 당신들을 위해 청춘을 버렸다.
　당신을 위해 죽을 수도 있다.
　그분은 일어서서 흐느끼는 사회자를 제지했다.
　군중들은 일제히 그분에게 박수를 쳤다.
　사내들은 울먹였고 감동한 여인들은 실신했다.
　그때 누군가 그분에게 물었다. 당신은 신인가
　그분은 목소리를 향해 고개를 돌렸다.

당신은 유령인가, 목소리가 물었다.

저 미치광이 끌어내, 사회자가 소리쳤다.

사내들은 달려갔고 분노한 여인들은 날뛰었다.

그분은 성난 사회자를 제지했다.

군중들은 일제히 그분에게 박수를 쳤다.

사내들은 울먹였고 감동한 여인들은 실신했다.

그분의 답변은 군중들의 아우성 때문에 들리지 않았다.

– 기형도, 〈홀린 사람〉

다 감내해야 할 고초가 많다고 하더라도, 동물들은 현재의 삶이 과거에 비해 훨씬 더 존엄과 품위가 있다는 사실로 어느 정도 위안을 받았다. 요즘에는 노래도, 연설도, 행진도 더 많아졌다. 나폴레옹은 일주일에 한 번씩 '자발적 시위'라는 것을 개최하도록 지시했다. 이 시위의 목적은 동물농장의 투쟁과 승리를 축하하는 것이었다. 정해진 시간이 되면 동물들은 일터를 떠나서 군대식 대형을 이뤄 농장의 경계선을 따라 행진했다. 돼지들이 이 행진을 앞장서서 이끌었고, 그 뒤를 말, 젖소, 양, 가금류 순으로 따랐다. 개들은 행렬의 측면에서 따라갔고, 나폴레옹의 검은 수탉이 맨 앞에서 행진했다. 복서와 클로버는 늘 양쪽에서 발굽과 뿔이 그려진 초록색 깃발을 들고 행진했는데, 그 깃발에는 '나폴레옹 동지 만세!'라고 쓰여 있었다. 행진 이후에는 나폴레옹을 기리기 위해 쓴 시들을 낭송했고, 이어 스퀼러가 최근에 식량 생산이 얼마나 증가했는지 상세히 밝히는 연설을 했으며, 이따금 축포를 쏘기도 했다. 자발적 시위에는 양들이 가장 열성적으로 나섰다. 누군가가 이런 일은 시간 낭비이고, 추위 속에서 너무 오래 서 있다고 불평하면 (몇몇 동물들은 돼지나 개가 곁에 없으면 이렇게 불평하기도 했다.) 양들이 엄청나게 큰 소리로 "네 발은 좋고 두 발은 나쁘다!"라고 외쳐 불평을 잠재웠다. 하지만 대체로 동물들은 그런 축하 행사를 즐겼다. 동물들은 어쨌든 자신들이 진정한 주인이며, 모든 노동도 자신들의 이익을 위한 것임을 되새기며 위안을 얻었다. 그래서 노래와 행진이 이어지고, 스퀼러가 숫자를 발표한 뒤 축포를 쏘고, 어린 수탉이 울어 대고 깃발이 펄럭이는, 적어도 그 시간만큼은 허기를 잊을 수 있었다.

4월에 동물농장은 공화국임을 선포했고, 따라서 대통령을 선출할 필요가 생겼다. 단독 후보였던 나폴레옹이 만장일치로 선출되었다.

라 "동지들!"

스퀼러는 다소 신경질적으로 펄쩍펄쩍 뛰면서 외쳤다.

"아주 무서운 사실이 밝혀졌소. 스노볼이 지금도 우리를 공격해서 농장을 빼앗을 음모를 꾸미고 있는 핀치필드 농장의 프레더릭에게 매수되었소! 공격이 개시되면 스노볼은 프레더릭의 안내자 노릇을 할 거요. 그리고 이보다도 더 나쁜 소식이 있소. 우리는 스노볼이 허영과 야심 때문에 우리를 배반했다고 생각했었소. 한데 우리의 생각이 틀렸소, 동지들. 진짜 이유가 무엇인지 아시오? 스노볼은 처음부터 존스와 결탁했던 거요! 놈은 줄곧 존스의 첩자였소. 이 사실은 모두 스노볼이 달아나며 남긴 문서를 통해 밝혀졌소. 우리는 그 문서를 방금 발견했소. 동지들, 나는 이것이 많은 것을 설명해 준다고 생각하오. (중략) 결정적인 순간에 도주 신호를 보내고 적에게 농장을 내주려는 것이 스노볼의 계략이었소. 거의 성공할 뻔했지요. 내가 장담하는데, 우리의 영웅적인 지도자 나폴레옹 동지가 안 계셨다면, 그놈의 계략은 성공했을 거요."

마 나폴레옹은 이제 그냥 '나폴레옹'으로만 불리지 않았다. 그는 항상 '우리의 지도자 나폴레옹 동지'라는 공식 칭호로 불렸고, 돼지들은 그에게 '모든 동물의 아버지', '인간을 두렵게 하는 존재', '양들의 보호자', '새끼 오리들의 친구'와 같은 칭호를 즐겨 붙였다. 스퀼러는 연설을 할 때면 두 뺨에 눈물을 줄줄 흘리며 나폴레옹의 지혜와 선량한 마음, 그리고 만방의 모든 동물들, 특히 아직도 다른 농장에서 무지와 노예 상태로 살아가고 있는 불행한 동물들에 대한 나폴레옹의 깊은 사랑을 말하곤 했다. 모든 성공적인 업적이나 온갖 행운을 나폴레옹의 공로로 돌리는 것이 일상이 되었다. (중략) 농장의 전반적인 분위기는 미니무스가 지은 시 〈나폴레옹 동지〉에 잘 표현되어 있었다. 그 시는 다음과 같았다.

그대는 그대의 모든 동물들이
좋아하는 모든 것을 베푸시는 자이니,
하루 두 번 배불리 먹고, 깨끗한 짚단에서 뒹굴게 하시네.
그대가 모두를 돌보시니,
크고 작은 모든 동물들은
보금자리에서 편히 잠드네.
나폴레옹 동지여!

바 "1936년 이래 내가 쓴 진지한 작품들은 한 줄 한 줄 모두가 직접적으로든 간접적으로든 전체주의에 맞서고 내가 아는 민주적 사회주의를 위해 쓴 글들이다."

"《동물농장》은 잘못 흘러간 혁명의 역사에 관한 이야기이자, 혁명의 원칙을 왜곡할 때마다 구사했던 온갖 요란한 변명들에 대한 이야기이다."

《동물농장》이 러시아 혁명과 그 이후 소련의 스탈린 독재 체제를 모델로 삼았다고 해서 이 이야기가 우리 현실과 동떨어져 있는 것은 결코 아니다. 어찌 보면 여전히 차별과 불평등이 존재하는 현실도 동물농장과 다를 바 없다. 조지 오웰 역시 동물농장이 주로 풍자하는 대상이 러시아 혁명이긴 하나, 오늘날 현실에 더 확대 적용할 수 있음을 밝히기도 했다. (중략)

이처럼 《동물농장》은 과거뿐만이 아닌 현재의 모습을 비추는 거울이다. 역사는 반복되는 만큼 오웰이 그린 과거의 한 시대는 오늘날과 결코 단절되어 있지 않다. 그 점을 이해하면 《동물농장》이라는 거울이 비추고 있는 우리의 현실도 뚜렷이 볼 수 있을 것이다.

1936년 스페인에 도착해 의용군들 사이에 흐르는 계급 없는 평등을 보고 처음으로 희망을 가졌던 오웰은 보통 사람들이 열망하는 평등이야말로 사회주의의 핵심이라고 생각했다. 굳이 사회주의자, 사회주의 국가가 아니더라도 평등은 사람과 사회가 지향해야 할 가치일 것이다. 그 가치가 훼손될 때 "모든 인간은 평등하다."라는 사실은 망각되고 "모든 인간은 평등하다. 그러나 어떤 인간들은 다른 인간들보다 더 평등하다."라는 생각이 우리의 사고에 부지불식간에 파고들지 모른다.

– 조지 오웰, 임종기 옮김, 《동물농장》

1 제시문 **가**를 참고하여 제시문 **나**의 '사회자'와 같은 존재를 동물농장 속에서 찾고, 두 존재의 공통점을 설명해 봅시다.

....

....

....

....

2_ 나폴레옹은 동물농장을 통치하기 위해 다양한 방법을 동원합니다. 제시문 **다**~**마**를 활용하여 나폴레옹이 자신의 권력을 강화하고 동물들을 통제하기 위해 어떤 정책을 펼쳤는지 구체적으로 이야기해 봅시다.

다	
라	
마	

3_ 《동물농장》은 1947년에 발간되었습니다. 오늘날의 시대 상황이 1947년과 다름에도 이 소설이 여전히 가치 있는 이유는 무엇인지 말해 봅시다.

Theme 02_ '닫힌사회', 동물농장

'닫힌사회'는 집단 성원이 내부적으로만 긴밀한 관계를 가지고, 그 집단 밖에 대하여는 거부하는 사회 형태를 말한다. 영국의 철학자 칼 포퍼(Karl Popper, 1902~1994)의 저서 《열린사회와 그 적들》을 통해 잘 알려진 개념이다. 닫힌사회에서는 소수 지배층만이 정보에 접근할 권한을 가지며, 이들은 사회의 유용한 정보를 자신들에게 유리한 쪽으로 포장한다. 《동물농장》에는 이러한 닫힌사회의 문제점이 적나라하게 드러나 있다.

닫힌사회를 유지하는 좋은 방법은 외부의 적을 만드는 것이다. 돼지들은 심각한 정신노동에 시달리는 자신들이 다른 동물들보다 좀 더 많이 누리는 게 당연하다고 말한다. 그리고 이 말을 전달하는 스퀼러는 언제나 말끝에 '만약 돼지들이 없다면 존스가 다시 쳐들어 와 소중한 동물농장을 파괴할 것'이라고 위협한다.

'노동 영웅'을 만들어 내는 것도 닫힌사회 구성원의 불만을 잠재우기 위한 좋은 방법이다. 언제나 농장 일에 앞장서는 우직한 말 복서는 농장 동물들의 중심적 역할을 하지만, 닫힌사회의 지배층은 노동 영웅이 자신의 역할 외의 자리에 서는 것을 허락하지 않는다. 그토록 충성을 다한 복서에게 돌아온 결과는 비극적인 죽음뿐이었다.

아무리 닫힌사회라 하더라도 불합리한 상황이 반복되면 불만은 거세질 수밖에 없다. 이제 지배층은 폭력적인 방법으로 불만을 막으려 한다. 나폴레옹은 불만을 가진 소수 동물들, 혹은 무고한 동물들까지도 죄를 억지로 만들어 잔인하게 처형한다.

오늘날에도 여전히 '닫힌사회'가 존재한다. 히틀러 시대의 독일, 파시즘의 탄생지 이탈리아, 독재 정권기의 한국도 예외가 아니다. 그렇기 때문에 《동물농장》의 날카로운 풍자가 시공간을 초월하여 빛을 발하는 것이다. 《동물농장》을 풍자가 아닌 단순한 동화로 여길, 열린사회의 그날을 기다린다.

가 동물들은 결코 희망을 버리지 않았다. 더구나 그들은 동물농장의 일원이라는 명예심과 특권 의식을 단 한순간도 잊은 적이 없었다. 그들의 농장은 아직도 그 지역 전체, 아니 영국 전역에 걸쳐 동물들이 소유하고 운영하는 유일한 농장이었다! 가장 어린 새끼들은 물론, 20~30킬로미터 떨어진 농장에서 사들인 신참 동물들까지 하나같이 이 사실에는 감탄을 표했다. 총이 발사되는 소리를 듣고 초록색 깃발이 게양대 꼭대기에서 펄럭이는 모습을 볼 때면 그들의 가슴은 한없는 긍지로 벅차올랐고, 화제는 언제나 존스를 추방한 뒤 7계명을 기록했던, 인간들의 침입을 격퇴시킨 위대한 전쟁을 치렀던 경이로운 옛 시절로 돌아가곤 했다. 옛꿈들은 버린 게 하나도 없었다. 메이저가 예언했던 대로 영국의 푸른 들판을 인간이 밟지 못하는 '동물 공화국'의 시대가 오리라는 것을 그들은 여전히 믿고 있었다. 언젠가 그날이 올 것이다. 당장 오지는 않을지 몰라도, 지금 살아 있는 동물들의 생애에는 오지 않을지 몰라도, 언젠가 그날은 반드시 올 것이다. 어쩌면 동물들은 〈잉글랜드의 동물들〉의 곡조를 여기저기서 몰래 흥얼거리고 있을지 모른다.

나-1 벤자민은 어떤 돼지 못지않게 잘 읽었지만 자기 능력을 발휘하는 법이 없었다. 그는 자기가 아는 한 읽을 만한 가치 있는 것은 없다고 말했다. 클로버는 알파벳을 전부 배웠지만 단어들을 조합하지는 못했다. 복서는 D 이상의 진도를 나가지 못했다. 그는 커다란 발굽으로 땅바닥에 A, B, C, D까지 써놓고는 두 귀를 뒤로 젖히고 그 글자들을 빤히 쳐다보며, 이따금 앞머리를 흔들면서 다음 알파벳을 기억해 내려 기를 썼지만 번번이 실패하고 말았다.

나-2 돼지들이나 개들이 듣는 데서는 누구도 그런 이야기를 꺼내지 않았지만, 동물들은 얼마 전에 있었던 살육 행위가 여섯 번째 계명에 어긋나는 것 같다고 느꼈다. 클로버는 벤자민에게 여섯 번째 계명을 읽어 달라고 부탁했고, 벤자민은 으레 그렇듯이 그런 일에는 끼어들고 싶지 않다며 거절했다. 결국 클로버는 뮤리엘을 데려갔다. 뮤리엘이 그녀에게 그 계명을 읽어 주었다. 계명은 "어떤 동물도 '이유 없이' 다른 동물을 죽여서는 안 된다."라고 되어 있었다.

— 조지 오웰, 임종기 옮김, 《동물농장》

다 부당한 권력은 그 부당함에 맞서기를 꺼리는 개인들의 소극적이고 이기적인 태도 때문에 유지된다. 부당한 권력에 복종하는 사람들이 여러 가지 불가피한 이유들을 나열하지만, 그것은 대부분 자신의 나약함이나 **기회주의적** 성격을 변명하는 것에 불과하다. 어떤 형태의 권력도 진정으로 확실한 윤리적 태도와 지성을 가진 개인을 굴복시킬 수 없는 한, 외적 상황을 탓하는 것은 옳지 못하다. 욕망과 안락함을 추구하려는 경향 때문에 개인의 윤리적 책임 의식과 지성적 판단력이 약해지는 것이야말로 인간을 나약하게 만드는 주범이다. 끊임없는 자기 **성찰**, 공공적 관심에의 시민적 참여만이 자신의 존엄성을 지키는 것은 물론이고 부당한 권력을 약화시키는 유일한 힘이다.

라 구성원들의 자유로운 의사소통과 자율적 활동이 보장되지 않는 억압적 정치 상황에서 개인이 할 수 있는 일은 매우 적다. 그런 환경에서 개인은 스스로의 판단과 책임에 따라 행동해야 할 이유를 발견하지 못한다. **소신**이나 창의성 같은 것은 오히려 손해를 가져오는 경우가 많기 때문에 적당히 **관행**에 따라 행동하려는 태도가 몸에 배게 된다. 설사 자율적으로 판단하고 행동하더라도 그 범위는 매우 좁은 개인적 일상사 또는 소시민적 활동에 한정되게 마련이다. 나약한 인간을 만드는 원인은 개개인의 윤리 의식 부족에 있다기보다 그들을 타율적인 존재로 만드는 비민주적 환경에 있다.

— 2000년 서울대 수시 논술

- **기회주의적**(機會主義的) : 일관된 입장을 지니지 못하고 그때그때의 정세에 따라 이로운 쪽으로 행동하는. 또는 그런 것.
- **성찰**(省察) : 자기의 마음을 반성하고 살핌.
- **소신**(所信) : 굳게 믿고 있는 바. 또는 생각하는 바.
- **관행**(慣行) : 오래전부터 해 오는 대로 함. 또는 관례에 따라서 함.

1 당나귀 벤자민은 글을 읽을 수 있지만, 다른 동물들의 부탁에도 자신의 능력을 행사하지 않습니다. 당시 상황을 고려하여 벤자민의 행동에 대해 평가해 봅시다.

• 벤자민의 행동은 어쩔 수 없는 것이었다.

....

....

....

• 벤자민의 행동은 옳지 못한 것이었다.

....

....

....

2 당나귀 벤자민은 오늘날 우리 사회의 지식인을 상징합니다. 동물농장과 벤자민을 통해 현대 사회 지식인의 역할과 중요성에 대해 이야기해 봅시다.

....

....

....

....

....

Theme 03_ 벤자민과 복서

《동물농장》의 비극을 나폴레옹과 돼지들의 탓으로만 돌릴 수 있을까? 조지 오웰은 당나귀 벤자민과 말 복서를 통해 농장의 일에 무관심하거나 무지했던 다른 동물들에게도 국가 권력의 부정(不正)에 대한 책임을 지운다.

당나귀 벤자민은 농장의 모든 동물 가운데 매사에 가장 무관심한 동물이다. 돼지들을 제외하면 농장에서 유일하게 과거의 일을 확실히 기억하고 있고, 글을 읽을 줄 아는 동물이지만 이러한 재능을 절대 발휘하려 하지 않는다. 미래에 대해서도 비관적·**회의적**이어서 언제나 '삶이 그리 나아지지 않을 것'이라고 말한다. 오웰은 어느 사회에나 존재하는 회의주의적 지식인의 전형으로 벤자민을 제시하면서, 이러한 무관심이 지배 계급에게 독재를 행할 수 있는 좋은 빌미를 제공한다고 꼬집는다.

그릇된 권력에 저항하지 않는 것은 우직한 말 복서의 경우도 마찬가지이다. 엄청난 힘으로 열심히 일을 하는 농장 최고의 일꾼이지만, 그는 나폴레옹에 대해 그릇된 충성심을 가진 인물이다. 스노볼을 쫓아낸 후에도 '나폴레옹은 항상 옳다'면서 묵묵히 일을 하며 나폴레옹의 체제를 다지는 데 이바지하지만, 마지막에는 자신도 폐마 도살업자에게 팔려 나가는 비극적 신세를 맞이하게 된다.

복서는 농장에서 가장 힘이 세고 동물들의 신망도 높았던 존재로, 어쩌면 동물들이 꿈꾸던 진정한 동물농장을 이룩하는 데에 주체적 역할을 할 수도 있었다. 그러나 작가는 복서의 최후를 작품에서 가장 비극적인 장면으로 그리면서, 권력에 대해 의심하지 않고 무조건 **추종**하는 태도가 불러올 수 있는 문제에 대해 경고하고 있다.

- **회의적**(懷疑的) : 어떤 일에 의심을 품는. 또는 그런 것.
- **추종**(追從) : 권력이나 권세를 가진 사람이나 자신이 동의하는 학설 따위를 별 판단 없이 믿고 따름.

Step 5 《동물농장》에는 나폴레옹과 복서라는 두 영웅이 등장합니다. 영웅이 만들어지는 과정을 통해 두 주인공을 평가해 봅시다.

가 천의 얼굴 나폴레옹에 대한 평가는 양극단으로 나뉜다. 하지만 나폴레옹은 시대를 읽을 줄 아는 탁월한 능력이 있었으며, 시대와 상황이 바뀔 때마다 자신의 이미지를 만들어 주는 수단을 사용할 줄 아는 정치 지도자였다. 그는 살아 있을 때뿐만 아니라, 《세인트 헬레나의 비망록》을 통해 사후에도 자신을 영웅으로 만들 수 있었다. 그는 이 책에서 자신의 진정한 목표를 민족들에게 '자유'의 이념을 전파하며 '민족'의 공존과 화합을 이루는 '제국'을 이루는 것으로 남기면서 후세 사람들의 기억에 진정한 영웅으로 남기를 원했다.

그는 당시 최고의 헤게모니인 '자유'와 '민족'을 위해 위대한 '제국'을 만들다가 희생된 영웅이었다. 이러한 이미지는 유럽인들에게 낭만적으로 그려졌다. 그리고 숙부의 인기를 업고 왕위에 오른 그의 조카 루이 나폴레옹의 정치적 이해관계에 따라 그의 이미지는 다시 부활하였다.

나 잔 다르크는 죽은 후 수백 년 동안 잊힌 인물이었다. 이러한 잔 다르크를 '발굴'하여 프랑스의 영웅으로 만들어 낸 장본인은 드골이다. 영국으로 망명한 일부 프랑스군을 이끌고 독일에 저항하던 드골은, 독일에 점령당해 좌절감에 젖어 있던 프랑스 사람들이 저항의 상징으로 삼을 만한 영웅 모델이 필요하다고 생각했다. 그리고 그러한 영웅을 제시하기 위해 발굴해 낸 인물이 바로 잔 다르크였다.

사실 잔 다르크는 드골이 사리사욕을 채우기 위해 찾아낸 것도 아니고, 다른 사람들과 구별되는 업적을 남기지 못한 것도 아니다. 그럼에도 영웅 잔 다르크는 비판을 받는다. 하느님이 자신에게 프랑스를 구하라는 사명을 내렸다고 믿는 '광신자(狂信者)'를 당시 프랑스 왕이 이용했고, 드골이 이를 발굴해서 또다시 이용했다는 것이다. 이처럼 만들어 낸 영웅에게는 후유증이 적지 않다.

(중략)

이런 것이 현실적인 필요에 따라 발굴해 낸 영웅의 이면(裏面)이다. 현실적인 필요가 강조되기 때문에 오히려 영웅 자체의 실체에 대해서는 생각조차 하지 않을 수 있다. 그러니 진정한 영웅을 찾고 싶으면 사회에서 공인한 기준을 제시하는 것이 우선이다.

– 《투데이신문》, 2014. 10. 27.

다 나폴레옹은 다음 일요일 아침에 열린 집회에 직접 나타나 복서를 기리는 짧은 연설을 했다. 그는 애석하게도 숨을 거둔 동지의 유해를 가져와 농장에 묻을 수는 없었지만 농장 저택 정원의 월계수로 커다란 화환을 만들어 복서의 무덤에 바치도록 명령했다고 말했다. 그리고 며칠 후에 돼지들은 복서를 기리는 추도회를 열기로 계획했다고 했다. 나폴레옹은 복서가 좋아했던 두 가지 좌우명인 "내가 좀 더 열심히 일하겠어."와 "나폴레옹 동지는 항상 옳다."라는 금언을 상기시키는 것으로 연설을 마쳤다. 그는 모든 동물들이 이 두 가지 금언을 좌우명으로 삼는 것이 마땅할 것이라고도 했다.

추도회가 열릴 예정이었던 날, 윌링던의 식료품 가게에서 온 마차 한 대가 농장 저택에 커다란 나무 상자를 배달하고 갔다. 그날 밤 왁자지껄한 노랫소리가 들렸고, 이어 격렬하게 말다툼을 벌이는 소리가 들리는가 싶더니 11시쯤 유리가 깨지는 요란한 소리를 끝으로 조용해졌다. 다음 날 정오가 될 때까지 농장 저택에서는 누구도 거동하는 기색이 없었다. 그리고 돼지들이 어디에서 돈을 구했는지 몰라도 위스키를 한 상자나 더 구입했다는 소문이 돌았다.

– 조지 오웰, 임종기 옮김, 《동물농장》

- 헤게모니(hegemony) : ① 어떠한 일을 주도하거나 주동하는 지위 또는 권리, 주도권, 패권(霸權). ② 한 집단이나 국가, 문화가 다른 집단이나 국가, 문화를 지배하는 것.
- 드골(de Gaulle, 1890~1970) : 프랑스의 군인·정치가. 제2차 세계 대전 때 런던에서 프랑스 망명 정부를 수립하여 독일에 대한 저항 운동을 지도하였다. 1959년에서 1969년까지 프랑스 대통령을 지냈다.
- 공인(公認) : 국가나 공공 단체 또는 사회단체 등이 어느 행위나 물건에 대하여 인정함.

1. 제시문 **가**와 **나**에서 영웅이 만들어지는 과정을 분석하여 비교해 봅시다.

2 다음은 고사성어 '토사구팽(兎死狗烹)'의 유래입니다. 문제 1번과 이 고사성어를 활용하여 《동물농장》의 두 영웅 나폴레옹과 복서에 대해 평가해 봅시다.

> 범려(范蠡)와 문종(文種)은 춘추 시대 월(越)나라 왕 구천(句踐)이 오(吳)나라를 물리치고 **춘추오패**가 되는 데 가장 큰 공을 세운 신하이다. 월나라가 패권을 차지한 뒤 구천은 범려와 문종을 각각 큰 벼슬에 임명하였다. 그러나 범려는 큰 명성 아래서는 오래 머무를 수 없다고 여겨 제(齊)나라로 도망쳤다.
>
> 범려는 월에 남은 문종을 염려하여, "새 사냥이 끝나면 좋은 활도 감추어지고, 교활한 토끼를 다 잡고 나면 사냥개를 삶아 먹는 법[蜚鳥盡良弓藏, 狡兎死走狗烹]이오. 구천은 목이 길고 입이 새처럼 뾰족하니, 어려움은 함께 할 수 있어도 즐거움을 같이 할 수는 없는 상(相)인데, 그대는 왜 월을 떠나지 않는가."라는 편지를 보내 문종에게 월을 떠나라고 충고했다.
>
> 그러나 문종은 범려의 편지를 받고도 떠나기를 주저하였고, 결국 반역의 의심을 받은 끝에 자결하고 말았다.
>
> ─────────
> • 춘추오패(春秋五霸) : 춘추 시대 5대 강국, 혹은 5대 강국을 이끌던 5인의 왕을 일컫는 말.

• 나폴레옹 : ....

....

....

....

• 복서 : ....

....

....

....

Step 6 《동물농장》에서 동물들이 추구한 평등의 양상을 살펴보고, 평등과 개인의 행복이 어떠한 관계에 있는지 말해 봅시다.

가 사회 계약론자들은 모든 인간은 본래 자유롭고 평등하게 태어났다는 자연적 평등 사상을 주장하였다. 이것은 오늘날 법 앞에서의 평등 사상으로 발전하였다. 그러나 현대 복지 국가에서는 평등이 법 앞에서의 것에 머물러서는 안 되며, 전체 국민의 인간다운 생활 보장으로까지 발전되어야 한다고 생각한다. 그런 점에서 오늘날 평등의 개념은 절대적 평등보다는 개인적 차이를 인정하는 상대적 평등을 의미한다.

절대적 평등은 선천적, 후천적 차이를 고려하지 않고 모든 인간을 똑같이 대우해야 한다는 사상이다. 그러기 위해서는 출발을 똑같이 하거나, 결과를 똑같이 해줘야 한다. 예를 들면 재산, 성별, 능력, 직업, 교육 수준 등과 상관없이 일정한 연령에 도달하면 누구에게나 선거권을 한 표씩 주는 경우라 하겠다.

반면 상대적 평등은 성별, 체력, 능력 등과 같은 선천적 조건의 차이나 직업, 재산, 교육 수준 등과 같은 후천적인 차이를 고려하여 능력이나 공헌도에 따라 차등 대우하는 것을 의미한다. 즉, 개인의 차이에 따른 합리적 차별은 공정하다고 보는 견해이다. 예를 들어 연봉제나 성과급제처럼 개인의 업적에 따라 각기 다른 봉급을 책정하는 경우라 하겠다.

요컨대 절대적 평등은 절대로 차별을 해서는 안 되는 것을 말하고, 상대적 평등은 '같은 것은 같게, 다른 것은 다르게' 하여 합리적인 차별을 할 수 있다는 것을 말한다. 이 두 개념은 서로 모순되는 것처럼 보이지만, 사실은 보완적인 개념이다. 인간의 인권이나 정치적 권리 등에는 절대적 평등권이 적용되어야 하며, 사회·경제적 분야에는 상대적 평등이 적용되어야 하기 때문이다. – 강호영, 《한국의 교양을 읽는다 4》

나 루소(Rousseau, 1712~1778)는 불평등의 기원을 두 가지로 설명했다. 첫 번째는 개인의 심리와 관련이 있다. 동료는 겁을 먹고 도망치기 바쁜 크고 사나운 동물을 정복했을 때 동료보다 우월하다고 느끼는 자부심 같은 것이 출발점이다. 노래를 가장 잘하고 춤을 가장 잘 추는 사람, 가장 잘생긴 사람, 가장 강한 사람 등이 선망의 대상이 되면서 심리적 불평등이 생겼다는 것이다. 두 번째는 사회적 요인으로, 사유 재산과 관련이 있다. 불을 사용하고 농업과 **야금술**이 발달하면서 생산력이 높아지고 부가 쌓이면서 사유 재산 문제가 생겨났다. 토지의 경작은 필연적으로 분배의 문제를 낳았고 이 과정에서 소유 개념이 강화되었다. 자신이 경작한 토지에서 나온 산물에 대한 소유권을 인정 받기 시작했고, 동족 간에도 계급이 형성되어 주인과 노예의 개념이 생겼다. 이렇게 하 여 강한 자와 약한 자, 가진 자와 못 가진 자가 생겨난 것이다. 사회는 약자에게 새로운 구속이 되었으며, 다른 것을 얻기 위해 개인의 자유를 희생해야만 했다. 법률은 이러한 소유와 불평등 구조를 더욱 강화하는 데 이바지하였다. 자유롭고 평등한 사회를 만들기 위해 인간이 만든 제도가 오히려 불평등을 **고착**시키고, 개인을 구속하게 된 것이다.

결국 인간은 선악을 판별할 정신적인 능력조차 없었던 원시 자연 상태에서 가장 자유 롭고 평등하게 살았던 셈이다. 그렇다면 결론은 인류가 자유와 평등, 행복을 향해 잘못 된 길을 가고 있다는 것이다. '자연으로 돌아가라'는 루소의 말은 그런 뜻에서 나왔는지 도 모른다.

하지만 문명이 원래 상태로 되돌아갈 수도 없고 극소수 사람들 말고는 숲으로 되돌아 가려는 사람도 많지 않았기에, 루소는 사회 조직을 개선하는 방법으로 이를 해결하려 했다. 루소는 《사회 계약론》에서 가장 강력하고도 완벽한 국가 이념을 정립했는데, 이 국가는 일반 의지에 의해 작동된다. 일반 의지란 이기심을 억제시키고 자기 존경심을 다시 발현하게 하는 것, 다시 말해 개인 이익의 총합이 아니고 공동체 전체의 이익을 고 려하는 것을 말한다. 이 일반 의지를 따르는 것만이 인간다운 존재가 되는 유일한 방법 이다. 이런 사회를 실천하려면 인구 전체가 면담을 통해 서로의 의사를 확인할 수 있어 야 하기 때문에 공동체의 규모는 작아야 한다. 그리고 만일 일반 의지에 따르지 않는 구 성원이 있으면 공동체 전체가 일반 의지에 복종하도록 강제해야 한다. 이른바 자유로워 지도록 강제한다는 자유의 **역설**이다.

다 그리스 신화에는 프로크루스테스라는 도둑 이야기가 나온다. 그는 길에 숨어 있다 가 지나가는 사람을 유괴해서 자기 집으로 끌고 간 뒤 침대에 묶어 놓는다. 이 사람의 키가 침대보다 크면 침대에 맞춰 다리와 발목을 잘라 버렸고, 작으면 침대에 맞춰 몸을 늘렸다. 물론 유괴된 사람은 그 고통으로 죽게 된다. 사람마다 각자 키는 다른 법인데 모든 사람을 똑같은 길이로 맞추려 하는 것은 잘못되었음을 보여 주는 이야기이다. 다 른 사람의 생각을 자기 사고에 맞추려고 하는 것도 마찬가지이다. 모든 사물에는 각기 독특한 속성이 있는데 이를 무시하고 **동등**을 주장하는 것이 과연 바람직한 것인지는 생 각해 볼 문제이다. 만약 평등이 '동등화'를 의미한다면, 평등은 인간을 행복하게 만들기

는커녕 오히려 불행하게 만들고 말 것이다. 이에 대해 독일의 철학자 메베스와 오르트리프는 〈동등화의 원리에 의해 인간이 불행해지는 것에 대하여〉라는 글 등에서 '동등한 사회는 결국 멸망할' 것이라고 주장하고 있다.

누구든지 똑같은 키로 맞춰야 한다는, 즉 똑같은 결과를 얻어야 한다는 동등화의 원리를 살펴보자. 나이 든 사람은 젊어져야 한다. 어린이들은 어른이 되어야 한다. 여성은 남성화되고 남성은 여성화되어야 한다. 영리한 자는 우둔해져야 하고, 재능을 적게 받은 자는 더 영리해져야 하며, 아이들은 가족 없이 지내야 한다. 부자들은 가난해져야 한다. 국민들은 요구해야 하며, 병자는 더 건강해져야 한다. 서열은 동등해져야 한다. 이렇게 되면 결과가 동등해져서 모두가 행복하게 되었다고 느껴질지 모르겠다. 하지만 이 동등한 사회는 결국 멸망하고 말 것이다.   – 강호영, 《한국의 교양을 읽는다 4》

라 사회주의 국가의 특권 계층을 일컫는 '노멘클라투라(nomenklatura)'는 원래 '고급 간부의 명부(名簿)'라는 뜻의 라틴어에서 온 말이다. 1917년 소련이 등장한 지 약 10년이 지난 스탈린 집권기에 세력을 형성한 특권 계층 또는 귀족 계층을 가리키는 말로 쓰였다. 스탈린 집권 당시 계급이 없고 평등한 공산주의의 이념을 따라야 할 소련은 오히려 거꾸로 계급주의적이고 전체주의적인 양상을 보였다. 그 결과 소련은 국가를 구성하는 관리 및 공산당 간부가 특권 계층, 즉 노멘클라투라가 되어 국가를 좌지우지하는 사회가 되었다. 이들은 러시아 혁명 시절 자신들이 혁명의 선두 주자였다는 이유를 내세우며, 공산주의 국가의 직업적 혁명가들과 달리 생산력을 발생시키지 않는 특권 계층으로 자리 잡았다. '공산 귀족'이 된 이들은 소련 내 다른 노동자들에 비해 훨씬 많은 소득을 얻었으며, 국가에서 지급하는 아파트와 최고급 별장(다차)을 보유하여 '다차족(族)'이라고도 불렸다. 권력 세습과 부패를 일삼았던 노멘클라투라는 소련에서 점차 **기생** 계급이 되었고, 역사적으로는 사회에서 불필요한 존재라는 의미로 인식되었다.

• 야금술(冶金術) : 광석에서 금속을 골라내는 방법이나 기술.
• 고착(固着) : 어떤 상황이나 현상이 굳어져 변하지 않음.
• 역설(逆說) : 어떤 주장이나 이론이 겉보기에는 모순되는 것 같으나 그 속에 중요한 진리가 함축되어 있는. 또는 그런 것.
• 동등(同等) : 등급이나 정도가 같음. 또는 그런 등급이나 정도.
• 기생(寄生) : 스스로 생활하지 못하고 다른 사람을 의지하여 생활함.

1. 제시문 **㉮**와 **㉯**를 참고하여, 동물농장의 초기 계명이 추구하고자 했던 바를 이야기
해 봅시다.

> **7계명**
>
> 1. 두 발로 걷는 자는 누구든 적이다.
> 2. 네 발로 걷거나 날개를 가진 자는 누구든 친구다.
> 3. 어떤 동물도 옷을 입어서는 안 된다.
> 4. 어떤 동물도 침대에서 잠을 자서는 안 된다.
> 5. 어떤 동물도 술을 마셔서는 안 된다.
> 6. 어떤 동물도 다른 동물을 죽여서는 안 된다.
> 7. 모든 동물은 평등하다.

....

....

2. 제시문 **㉯**～**㉰**를 활용하여 동물농장의 계명이 다음과 같이 바뀌게 된 이유를 이야기
해 봅시다.

> 1. 네 발은 좋고 두 발은 더 좋다.
> 4. 어떤 동물도 침대에서 침대보를 깔고 잠을 자서는 안 된다.
> 5. 어떤 동물도 너무 지나치게 술을 마셔서는 안 된다.
> 6. 어떤 동물도 이유 없이 다른 동물을 죽여서는 안 된다.
>
> 모든 동물은 평등하다. 그러나 어떤 동물은 다른 동물들보다 더 평등하다.

....

....

....

3_ 개개인의 삶을 더 행복하게 만들기 위해 어떠한 평등을 추구해야 하는지 자신의 생각을 이야기해 봅시다.

논술하기

1. 제시문 **가**의 관점에서 제시문 **다**의 에밀 졸라와 **라**의 벤자민을 평가하고, 벤자민이 동물농장의 지식인 역할을 제대로 수행했다면 어떤 결과가 나타났을지 논술해 봅시다.

가 바람직한 지식인은, 역사의 사례에서 알 수 있듯 국민 대다수를 위해 어떤 공헌을 할 수 있어야 하며 절실한 문제들을 찾아 해결해 나가야 한다. 즉, 사회 변혁에 주체적 역할을 수행하며 주어진 일에 소신을 갖고 추진해 나가는 태도가 중요하다. 예를 들어 특정 이념을 믿는 사람이 자신이 원치 않는 사회 체제에 놓여 있을 때, 그 체제를 비판하고 사회를 보다 나은 방향으로 이끄는 노력을 발휘할 수 있어야 하는 것이다.

이처럼 지식인의 역할은 기존의 사회 체제에 대한 사회 과학적 문제의식을 갖고, 동시에 변혁을 가능하게 하는 구체적인 원리를 찾아서 사회에 제시하는 것이다. 지식인은 합리적 계산이나 공리주의적인 이익이 아니라 진리, 선, 정의, 인류애와 같은 절대적 가치와 도덕성에 바탕을 두고 행동해야 한다. 그리고 기존 질서가 비윤리적·비도덕적이며 인간의 존엄을 손상시킨다고 인식될 때는 가차 없이 도덕적 분노를 터뜨려야 한다.

나 1894년 10월 프랑스의 포병 대위 드레퓌스가 독일에 군사 정보를 팔았다는 혐의로 체포되었다. 그는 곧 비공개 군법 회의에서 종신형 판결을 받았다. 몰래 입수한 서류의 글씨체가 드레퓌스의 것과 비슷하다는 점 외에는 별다른 증거가 없었으나, 그가 유대인이라는 점이 혐의를 짙게 하였다. 그 후 진범이 따로 있다는 확증이 나왔으나, 군부는 진상 발표를 거부하고 사건을 은폐하려 하였다.

그러나 재판 결과가 발표된 직후 소설가 에밀 졸라가 〈로로르(L'Aurore)〉지에 '나는 고발한다(J'Accuse)'라는 제목의 논설을 공개하면서 사건의 흐름이 달라진다. 졸라는 드레퓌스에게 유죄 판결을 내린 군부의 의혹을 비판하는 이 글을 대통령에게 보내는 공개장 형식으로 발표하였다. 이를 계기로 프랑스 전체가 '정의·진실·인권 옹호'를 부르짖는 드레퓌스 파와 '군의 명예와 국가 질서'를 내세우는 반(反)드레퓌스 파로 분열되어 격론을 벌였다.

드레퓌스는 1906년 최고 재판소로부터 무죄 판결을 받았다.

다 진실, 저는 진실을 말하겠습니다. 왜냐하면 정식으로 재판을 담당한 사법부가 만천하에 진실을 밝히지 않는다면 제가 진실을 밝히겠다고 약속했기 때문입니다. 제 의무는 말을 하는 겁니다. (중략)

그렇습니다! 지금 우리는 비열한 광경을 목격하고 있습니다. 빚더미와 죄악으로 얼룩진 자들은 무죄를 선고받고, 한 점 오점도 없는 명예로운 이는 오욕의 구렁텅이에 빠져 있지요! 이 지경에 이른 사회라면 그 운명은 파멸밖에 없습니다. (중략)

제가 고발한 사람들에 관한 한, 저는 그들을 알지도 못하며, 단 한 번 만난 적도 없으며, 그들에 대해 원한이나 증오를 품고 있지도 않습니다. 그들은 제게 사회악의 표본일 뿐입니다. 그리고 오늘 저의 행위는 진실과 정의의 폭발을 앞당기기 위한 혁명적 수단일 뿐입니다.

저는 그토록 큰 고통을 겪은 인류, 바야흐로 행복 추구의 권리를 지닌 인류의 이름으로 오직 하나의 열정, 즉 진실의 빛에 대한 열정을 간직하고 있을 뿐입니다. 저의 불타는 항의는 저의 영혼의 외침일 뿐입니다. 부디 저를 중죄 재판소로 소환하여 푸른 하늘 아래에서 조사하시기 바랍니다!

기다리겠습니다.
— 에밀 졸라, 〈나는 고발한다!〉

라 Benjamin could read as well as any pig, but never exercised his faculty. So far as he knew, he said, there was nothing worth reading. (omitted)

As for the others, their life, so far as they knew, was as it had always been. They were generally hungry, they slept on straw, they drank from the pool, they laboured in the fields; in winter they were troubled by the cold, and in summer by the flies. Sometimes the older ones among them racked their dim memories and tried to determine whether in the early days of the Rebellion, when Jones's expulsion was still recent, things had been better or worse than now. They could not remember. Only old Benjamin professed to remember every detail of his long life and to know that things never had been, nor ever could be much better or much worse —hunger, hardship, and disappointment being, so he said, the unalterable law of life.

— George Orwell, 《Animal Farm》

2_ 다음 글에 인간 사회의 어떠한 문제들이 암시되어 있는지 내용에 근거하여 밝히고, 'Boxer'의 죽음에 대해 어떻게 생각하는지 논술해 봅시다.

After his hoof had healed up, Boxer worked harder than ever. Indeed, all the animals worked like slaves that year. Apart from the regular work of the farm, and the rebuilding of the windmill, there was the schoolhouse for the young pigs, which was started in March. Sometimes the long hours on insufficient food were hard to bear, but Boxer never faltered. In nothing that he said or did was there any sign that his strength was not what it had been. It was only his appearance that was a little altered; his hide was less shiny than it had used to be, and his great haunches seemed to have shrunken. The others said, "Boxer will pick up when the spring grass comes on"; but the spring came and Boxer grew no fatter. Sometimes on the slope leading to the top of the quarry, when he braced his muscles against the weight of some vast boulder, it seemed that nothing kept him on his feet except the will to continue. At such times his lips were seen to form the words, "I will work harder"; he had no voice left. Once again Clover and Benjamin warned him to take care of his health, but Boxer paid no attention. His twelfth birthday was approaching. He did not care what happened so long as a good store of stone was accumulated before he went on pension.

Late one evening in the summer, a sudden rumour ran round the farm that something had happened to Boxer. He had gone out alone to drag a load of stone down to the windmill. And sure enough, the rumour was true. A few minutes later two pigeons came racing in with the news: "Boxer has fallen! He is lying on his side and can't get up!"

About half the animals on the farm rushed out to the knoll where the windmill stood. There lay Boxer, between the shafts of the cart, his neck stretched out, unable even to raise his head. His eyes were glazed, his sides matted with sweat. A thin stream of blood had trickled out of his mouth. Clover dropped to her knees at his side.

"Boxer!" she cried, "how are you?"

"It is my lung," said Boxer in a weak voice. "It does not matter. I think you will be able to finish the windmill without me. There is a pretty good store of stone accumulated. I had only another month to go in any case. To tell you the truth, I had been looking forward to my retirement. And perhaps, as Benjamin is growing old too, they will let him retire at the same time and be a companion to me."

"We must get help at once," said Clover. "Run, somebody, and tell Squealer what has happened."

All the other animals immediately raced back to the farmhouse to give Squealer the news. Only Clover remained, and Benjamin who lay down at Boxer's side, and, without speaking, kept the flies off him with his long tail. After about a quarter of an hour Squealer appeared, full of sympathy and concern. He said that Comrade Napoleon had learned with the very deepest distress of this misfortune to one of the most loyal workers on the farm, and was already making arrangements to send Boxer to be treated in the hospital at Willingdon. The animals felt a little uneasy at this. Except for Mollie and Snowball, no other animal had ever left the farm, and they did not like to think of their sick comrade in the hands of human beings. However, Squealer easily convinced them that the veterinary surgeon in Willingdon could treat Boxer's case more satisfactorily than could be done on the farm. And about half an hour later, when Boxer had somewhat recovered, he was with difficulty got on to his feet, and managed to limp back to his stall, where Clover and Benjamin had prepared a good bed of straw for him.

For the next two days Boxer remained in his stall. The pigs had sent out a large bottle of pink medicine which they had found in the medicine chest in the bathroom, and Clover administered it to Boxer twice a day after meals. In the evenings she lay in his stall and talked to him, while Benjamin kept the flies off him. Boxer professed not to be sorry for what had happened. If he made a good recovery, he might expect to live another three years, and he looked forward to the peaceful days that he would spend in the corner of the big pasture. It would be the first time that he had had leisure to study and improve his mind. He intended, he said, to devote the rest of his life to learning the remaining twenty-two letters of the alphabet.

However, Benjamin and Clover could only be with Boxer after working hours, and it was in the middle of the day when the van came to take him away. The animals were all at work weeding turnips under the supervision of a pig, when they were astonished to see Benjamin come galloping from the direction of the farm buildings, braying at the top of his voice. It was the first time that they had ever seen Benjamin excited—indeed, it was the first time that anyone had ever seen him gallop. "Quick, quick!" he shouted. "Come at once! They're taking Boxer away!" Without waiting for orders from the pig, the animals broke off work and raced back to the farm buildings. Sure enough, there in the yard was a large closed van, drawn by two horses, with lettering on its side and a sly-looking man in a low-crowned bowler hat sitting on the driver's seat. And Boxer's stall was empty.

The animals crowded round the van. "Good-bye, Boxer!" they chorused, "good-bye!"

"Fools! Fools!" shouted Benjamin, prancing round them and stamping the earth with his small hoofs. "Fools! Do you not see what is written on the side of that van?"

That gave the animals pause, and there was a hush. Muriel began to spell out the words. But Benjamin pushed her aside and in the midst of a deadly silence he read: "'Alfred Simmonds, Horse Slaughterer and Glue Boiler, Willingdon. Dealer in Hides and Bone—Meal. Kennels Supplied.' Do you not understand what that means? They are taking Boxer to the knacker's!"

(omitted)

Three days later it was announced that he had died in the hospital at Willingdon, in spite of receiving every attention a horse could have. Squealer came to announce the news to the others. He had, he said, been present during Boxer's last hours.

"It was the most affecting sight I have ever seen!" said Squealer, lifting his trotter and wiping away a tear. "I was at his bedside at the very last. And at the end, almost too weak to speak, he whispered in my ear that his sole sorrow was to have passed on before the windmill was finished. 'Forward, comrades!' he whispered. 'Forward in the name of the Rebellion. Long live Animal Farm! Long live Comrade Napoleon! Napoleon is always right.' Those were his very last words, comrades."

Here Squealer's demeanour suddenly changed. He fell silent for a moment, and his little eyes darted suspicious glances from side to side before he proceeded.

It had come to his knowledge, he said, that a foolish and wicked rumour had been circulated at the time of Boxer's removal. Some of the animals had noticed that the van which took Boxer away was marked 'Horse Slaughterer', and had actually jumped to the conclusion that Boxer was being sent to the knacker's. It was almost unbelievable, said Squealer, that any animal could be so stupid. Surely, he cried indignantly, whisking his tail and skipping from side to side, surely they knew their beloved Leader, Comrade Napoleon, better than that? But the explanation was really very simple. The van had previously been the property of the knacker, and had been bought by the veterinary surgeon, who had not yet painted the old name out. That was how the mistake had arisen.

The animals were enormously relieved to hear this. And when Squealer went on to give further graphic details of Boxer's death-bed, the admirable care he had received, and the expensive medicines for which Napoleon had paid without a thought as to the cost, their last doubts disappeared and the sorrow that they felt for their comrade's death was tempered by the thought that at least he had died happy.

Napoleon himself appeared at the meeting on the following Sunday morning and pronounced a short oration in Boxer's honour. It had not been possible, he said, to bring back their lamented comrade's remains for interment on the farm, but he had ordered a large wreath to be made from the laurels in the farmhouse garden and sent down to be placed on Boxer's grave. And in a few days' time the pigs intended to hold a memorial banquet in Boxer's honour. Napoleon ended his speech with a reminder of Boxer's two favourite maxims, 'I will work harder' and 'Comrade Napoleon is always right'—maxims, he said, which every animal would do well to adopt as his own.

On the day appointed for the banquet, a grocer's van drove up from Willingdon and delivered a large wooden crate at the farmhouse. That night there was the sound of uproarious singing, which was followed by what sounded like a violent quarrel and ended at about eleven o'clock with a tremendous crash of glass. No one stirred in the farmhouse before noon on the following day, and the word went round that from somewhere or other the pigs had acquired the money to buy themselves another case of whisky.

— George Orwell, 《Animal Farm》

개요표	
서론	
본론	
결론	

아로파 세계문학을 펴내며 |

一日不讀書 口中生荊棘

흔히 책 한 권이 한 사람의 운명을 바꿀 수 있다고 한다. 훌륭한 책을 차분하게 읽는 것이 개개인의 인생 역정에 지대한 영향을 미친다는 의미이다. 특히 젊은 날의 독서는 읽는 그 순간으로 그치는 것이 아니라, 독자의 인생 전반에 걸쳐 그 울림의 자장이 더욱 크다. 안중근 의사가 형장의 이슬로 사라지기 전 후대를 위해 남긴 수많은 경구 중 특히 '일일부독서구중생형극(一日不讀書口中生荊棘)'이라는 유묵이 전하는 바는 지금 이 순간에도 절절하게 다가온다.

고전은 시대와 세대를 뛰어넘어 당대를 사는 독자에게 언제나 깊은 감동을 준다. 시간이 흘러도 인간이 추구하는 근본적이고 보편적인 가치는 변하지 않기 때문이다. 이러한 고전 읽기는 가벼움과 효율성을 중시하는 담론이 지배하고 있는 시대에 우리의 삶을 다시 한 번 돌아보게 한다.

아로파 세계문학 시리즈는 주요 독자를 청소년으로 설정하였다. 번역 과정에서도 원문의 맛을 잃지 않는 한도 내에서 최대한 청소년의 눈높이에 맞추고자 노력하였다. 도서 말미에는 작품을 읽고 토론하는 데 도움을 주는 '깊이 읽기' 해설편과 문제편을 각각 수록하였다.

열악한 출판 현실에서 단순히 차려진 밥상에 숟가락을 얹는 것이 아닌, 청소년들이 알을 깨고 나오는 성장기의 고통을 느끼는 데에 일조하고 싶었다. 아무쪼록 아로파 세계문학 시리즈가 청소년들의 가슴을 두드리는 북이 되었으면 하는 바람이다.

옮긴이 **임종기**

  서강대학교 대학원에서 사회학을 전공했으며, 현재는 전문 번역가로 활동하고 있다. 지은 책으로 《SF부족들의 새로운 문학 혁명, SF의 탄생과 비상》이 있으며, 옮긴 책으로 닐 스티븐슨의 《바로크 사이클》, 허버트 조지 웰스의 《타임머신》과 《투명인간》, 필립 커의 《철학적 탐구》, 메리 셸리의 《프랑켄슈타인》, 니콜라스 카의 《빅 스위치》, 샹커 베단텀의 《히든 브레인》, 오스카 와일드의 《도리언 그레이의 초상》, 에드워드 J. 라슨의 《얼음의 제국》, 다니엘 G. 에이멘의 《뷰티풀 브레인》, 로버트 루이스 스티븐슨의 《자살 클럽》 등 다수가 있다.

아로파 세계문학 **01**
  동물농장

1판 1쇄 발행 2015년 10월 25일
1판 6쇄 발행 2020년 7월 15일

지은이 조지 오웰 | 옮긴이 임종기 | 펴낸이 이재종
책임편집 윤지혜 | 디자인 정미라 | 그 림 황 진

펴낸곳 도서출판 **아로파**
등록번호 제2013-000093호
등록일자 2013년 3월 25일
주소 서울시 강남구 도곡로 63길 23, 302호
전화 02_501_0996
팩스 02_569_0660
이메일 rainbownonsul@daum.net
ISBN 979-11-950581-7-4
       979-11-950581-6-7(세트)